봄 봄

봄봄

| 김유정 지음 |

좋은 책 좋은 독자를 만드는—
㈜신원문화사

차 례

봄 봄

"장인님! 인젠 저……."

내가 이렇게 뒤통수를 긁고 나이가 찼으니 성례를 시켜줘야 하지 않겠느냐고 하면 그 대답이 늘,

"이자식아! 성례구 뭐구 미처 자라야지!"

하고 만다.

이 자라야 한다는 것은 내가 아니라 장차 내 아내가 될 점순이의 키 말이다.

내가 여기에 와서 돈 한 푼 안 받고 일하기를 삼 년 하고 꼬박 일곱 달 동안을 했다. 그런데도 미처 못 자랐다니까 이 키는 언제야 자라는 겐지 짜장 영문 모른다. 일을 좀더 잘해야 한다든지, 혹은 밥을(많이 먹는다고 노상 걱정이니까) 좀 덜 먹어야 한다든지 하면 나도 얼마든지 할 말이 많다. 허지만 점순이가 아직 어리니까 더 자라야 한다는 얘기에는 어쩌 볼 수 없이 고만 벙벙하고 만다.

이래서 나는 애초 계약이 잘못된 걸 알았다. 이태면 이태, 삼 년이면 삼 년, 기한을 딱 작정하고 일을 했어야 할 것이다. 덮어 놓고 딸이 자라는 대로 성례를 시켜주마 했으니 누가 늘 지키고 섰는 것도 아니고, 그 키가 언제 자라는지 알 수 있는가. 그리고 난, 사람의 키가 무럭무럭 자라는 줄만 알았지 붙박이 키에 모로만 벌어지는 몸도 있는 것을 누가 알았으랴. 때가 되면 장인님이 어련하랴 싶어서 군소리 없이 꾸벅꾸벅 일만 해왔다. 그럼 말이다, 장인님이 제가 다 알아차려서,

"어 참, 너 일 많이 했다. 고만 장가들어라."

하고 살림도 내주고 해야 나도 좋을 것이 아니냐. 시치미를 딱 떼고 도리어 그런 소리가 나올까 봐서 지레 펄펄 뛰고 이 야단이다. 명색이 좋아 데릴사위지 일하기에 싱겁기도 할 뿐더러 이건 참 아무것도 아니다.

숙맥이 그걸 모르고 점순이의 키 자라기만 까맣게 기다리지 않았나.

언젠가는 하도 갑갑해서 자를 가지고 덤벼들어서 그 키를 한번 재볼까 했다마는, 우리는 장인님이 내외를 해야 한다고 해서 마주 서 이야기도 한마디 하는 법 없다. 우물길에서 어쩌다 마주칠 적이면 겨우 눈어림으로 재보곤 하는 것인데 그럴 적마다 나는 저만치 가서 '제에미 키두!' 하고 논둑에다 침을 퉤 뱉는다. 아무리 잘 봐야 내 겨드랑(다른 사람보다 좀 크긴 하지만) 밑에서 넘을락 말락 밤낮 요 모양이다.

개 돼지는 푹푹 크는데 왜 이리도 사람은 안 크는지, 한동

10

안 머리가 아프도록 궁리도 해보았다. 아하, 물동이를 자꾸 이니까 뼈다귀가 움츠러드나보다, 하고 내가 넌짓 넌지시 그 물을 대신 길어도 주었다. 뿐만 아니라 나무를 하러 가면 서 낭당에 돌을 올려놓고

"점순이의 키 좀 크게 해줍소사. 그러면 담엔 떡 갖다 놓고 고사드립죠니까."

하고 치성도 한두 번 드린 것이 아니다. 어떻게 돼먹은 킨지 이래도 막무가내니……. 그래 내 어저께 싸운 것이지 결코 장 인님이 밉다든가 해서가 아니다.

모를 붓다가 가만히 생각을 해보니까 또 싱겁다. 이 벼가 자라서 점순이가 먹고 좀 큰다면 모르지만 그렇지도 못할 걸 내 심어서 뭘 하는 거냐. 해마다 앞으로 축 불거지는 장인님 의 아랫배(너무 먹는 걸 모르고 내병이라나, 그 배)를 불리기 위하여 심곤 조금도 싶지 않았다.

"아이구 배야!"

난 몰 붓다 말고 배를 쓰다듬으면서 그대루 논둑으로 기어 올랐다. 그리고 겨드랑에 꼈던 벼 담긴 키를 그냥 땅바닥에 털썩 떨어뜨리며 나도 털썩 주저앉았다. 일이 암만 바빠도 나 배 아프면 고만이니까. 아픈 사람이 누가 일을 하느냐. 파릇 파릇 돋아오른 풀 한 줌을 뜯어들고 다리의 거머리를 쓱쓱 문 대며 장인님의 얼굴을 쳐다보았다.

논 가운데서 장인님도 이상한 눈을 해가지고 한참 날 노려 보더니,

"너 이자식, 왜 또 이래 응?"

"배가 좀 아파서유!"

하고 풀 위에 슬며시 쓰러지니까 장인님은 약이 올랐다. 저도 논에서 철벙철벙 둑으로 올라오더니 잡은 참 내 멱살을 움켜 잡고 뺨을 치는 것이 아닌가.

"이자식아, 일허다 말면 누굴 망해놀 속셈이냐. 이 대가릴 까놀 자식!"

우리 장인님은 약이 오르면 이렇게 손버릇이 아주 못됐다. 또 사위에게 이자식 저자식 하는 이놈의 장인님은 어디 있느냐. 오죽해야 우리 동리에서 누굴 물론하고 그에게 욕을 안 먹는 사람은 명이 짧다 한다. 조그만 아이들까지도 그를 돌려 세워 놓고 욕필이(본 이름이 봉필이니까) 욕필이 하고 손가락 질을 할 만치 두루 인심을 잃었다. 허나 인심을 정말 잃었다 면 욕보다 읍의 배 참봉댁 마름으로 더 잃었다. 본디 마름이 란 욕 잘하고, 사람 잘 치고, 그리고 생김 생기길 호박개 같아 야 쓰는 거지만 장인님은 외양이 똑 됐다. 작인이 닭 마리나 좀 보내지 않는다든가 애벌논 때 품을 좀 안 준다든가 하면, 그해 가을에는 영락없이 땅이 뚝뚝 떨어진다. 그러면 미리부 터 돈도 먹이고 술도 먹이고 안달재신으로 돌아치던 놈이 그 땅을 슬쩍 돌라 안는다. 이 바람에 장인님 집 외양간에는 눈 깔 커다란 황소 한 놈이 절로 엉금엉금 기어들고, 동리 사람 들은 그 욕을 다 먹어가면서도 그래도 굽실굽실 하는 게 아닌 가.

그러나 내겐 장인님이 감히 큰소리할 계제가 못 된다.

뒷생각은 못하고 뺨 한 대를 딱 때려놓고는 장인님은 무색

해서 덤덤히 쓴침만 삼킨다. 난 그 속을 퍽 잘 안다.

조금 있으면 갈도 꺾어야 하고, 모도 내야 하고, 한창 바쁜 때인데 나 일 안 하고 우리집으로 그냥 가면 고만이니까.

작년 이맘 때도 트집을 좀 하니까 늦잠 잔다구 돌멩이를 집어던져서 자는 놈의 발목을 삐게 해놓았다. 사나흘씩이나 건성 끙끙 앓았더니 종당에는 거반 울상이 되지 않았던가.

"얘, 그만 일어나 일 좀 해라. 그래야 올 갈에 벼 잘되면 너 장가들지 않니?"

그래 귀가 번쩍 뜨여서 그날로 일어나서 남이 이틀 품 들일 논을 혼자 삶아 놓으니까 장인님도 눈깔이 커다랗게 놀랐다. 그럼 정말로 가을에 와서 혼인을 시켜줘야 원 경우가 옳지 않겠나. 볏섬을 척척 들여 쌓아도 다른 소리는 없고, 물동이를 이고 들어오는 점순이를 담배통으로 가리키며,

"이자식아, 미처 커야지. 조걸 데리구 무슨 혼인을 한다구 그러니 원!"

하고 남 낯짝만 붉혀 주고 그만이다. 골김에 그저 이놈의 장인님, 하고 댓돌에다 메다꽂고 우리 고향으로 내뺄까 하다가 꾹꾹 참고 말았다.

참말이지 난 이 꼴 하고는 집으로 차마 못 간다. 장가를 들러갔다가 오죽 못났어야 그대로 쫓겨왔느냐고 손가락질을 받을 테니까.

논둑에서 벌떡 일어나 한풀 죽은 장인님 앞으로 다가서며,

"난 갈 테야유. 그 동안 사경 쳐내슈."

"너 사위로 왔지, 어디 머슴 살러 왔니?"

"그러면 얼찐 성례를 해줘야 안 하지유. 밤낮 부려만 먹구 해준다, 해준다……."

"글쎄, 내가 안 하는 거냐, 그년이 안 크니까."

하고 어름어름 담배만 담으면서 늘 하는 소리를 또 늘어놓는다.

이렇게 따져나가면 언제든지 늘 나만 밑지고 만다. 이번엔 안 된다 하고 대뜸 구장님한테로 판단 가자고 소맷자락을 내 끌었다.

"아, 이자식이 왜 이래 어른을!"

안 간다고 뻗디디고 이렇게 호령은 제맘대로 하지만 장인님 제가 내 기운은 못 당한다. 막 부려먹고 딸은 안 주고, 게다 땅땅 치는 건 다 뭐야…….

그러나 내 사실 참, 장인님이 미워서 그런 것은 아니다. 그 전날, 왜 내가 새고개 맞은 봉우리 화전밭을 혼자 갈고 있지 않았느냐. 밭 가생이(가장자리)로 돌 적마다 야릇한 꽃내가 물컥물컥 코를 찌르고 머리 위에서 벌들은 가끔 봉봉 소리를 친다. 바위 틈에서 샘물 소리밖에 안 들리는 산골짜기니까 맑은 하늘의 봄볕은 이불 속같이 따스하고 꼭 꿈꾸는 것 같다. 나는 몸이 나른하고(몸살을 아직 모르지만) 병이 나려구 그러는지 가슴이 울렁울렁하고 이랬다.

"어러이! 말이! 맘 마 마……."

이렇게 노래를 하며 소를 부리면 여느 때 같으면 어깨가 으쓱으쓱한다. 웬일인지 밭을 반도 갈지 않아서 온몸의 맥이 풀리고 대고 짜증만 난다. 공연히 소만 들입다 두들기며,

"안야! 안야! 이 망할 자식의 소(장인님의 소니까), 대리를 꺾어 줄라."

그러나 내 속은 정말 안야 때문이 아니라 점심을 이고 온 점순이의 키를 보고 울화가 났던 것이다.

점순이는 뭐 그리 썩 이쁜 계집애는 못된다. 그렇다구 또 개떡이냐 하면 그런 것도 아니고, 꼭 내 아내가 돼야 할 만치 그저 튭튭하게 생긴 얼굴이다. 나보다 십 년이 아래니까 올해 열 여섯인데, 몸은 남보다 두 살이나 덜 자랐다. 남은 잘도 횟칠히들 크건만 이건 위아래가 뭉툭한 것이 내 눈에는 헐없이 감참외 같다. 참외 중에는 감참외가 제일 맛좋고 이쁘니까 말이다. 둥글고 커단 눈은 서글서글하니 좋고 좀 짓쳐 찢어졌지만 입은 밥술이나 톡톡히 먹음직하니 좋다. 아따, 밥만 많이 먹게 되면 팔자는 고만 아니냐. 헌데 한 가지 파(흠집)가 있다면 가끔 가다 몸이(장인님은 이걸 채신이 없이 들까분다고 하지만) 너무 빨리빨리 논다. 그래서 밥을 나르다가 때없이 풀밭에다 깨빡을 쳐서 흙투성이 밥을 곧잘 먹인다. 안 먹으면 무안해 할까 봐서 이걸 씹고 앉았노라면 으적으적 소리만 나고 돌을 먹는 겐지 밥을 먹는 겐지.

그러나 이 날은 웬일인지 성한 밥째로 밭머리에 곱게 내려 놓았다. 그리고 또 내외를 해야 하니까 저만큼 떨어져 이쪽으로 등을 향하고 웅크리고 앉아서 그릇 나기를 기다린다.

내가 다 먹고 물러섰을 때 그릇을 와서 챙기는데, 그런데 난 깜짝 놀라지 않았느냐. 고개를 푹 숙이고 밥함지에 그릇을 포개면서 날더러 들으라는지, 혹은 제 소린지,

"밤낮 일만 하다 말 텐가!"

하고 혼자서 쫑알거린다. 고대 잘 내외하다가 이게 무슨 소린가, 하고 난 정신이 얼떨떨했다. 그러면서도 한편 무슨 좋은 수나 있는가 싶어서 나도 공중을 대고 혼잣말로,

"그럼 어떡해?"

하니까,

"성례시켜 달라지 뭘 어떡해……."

하고 되알지게 쏘아붙이고 얼굴이 빨개져서 산으로 그저 도망질을 친다.

나는 잠시 동안 어떻게 되는 셈판인지 맥을 몰라서 그 뒷모양만 덤덤히 바라보았다.

봄이 되면 온갖 초목이 물이 오르고 싹이 트곤 한다. 사람도 아마 그런가 보다 하고 며칠 내 부쩍(속으로) 자란 듯싶은 점순이가 여간 반가운 것이 아니다. 이런 걸 멀쩡하게 아직 어리다구 하니까…….

우리가 구장님을 찾아갔을 때 그는 싸리문 밖에 있는 돼지 우리에서 죽을 퍼 주고 있었다. 서울엘 좀 갔다오더니 사람은 점잖아야 한다구, 윗수염을(얼른 보면 지붕 위에 앉은 제비 꼬랑지 같다) 양쪽으로 뾰죽이 뻗치고 그걸 에헴 하고 늘 쓰다듬는 손버릇이 있다.

우리를 멀뚱히 쳐다보고 미리 알아챘는지,

"왜 일들 허다 말구 그래?"

하더니 손을 올려서 그 에헴을 한번 후딱 했다.

"구장님! 우리 장인님과 츰(처음)에 계약하기를……."

16

먼저 덤비는 장인님을 뒤로 떠다밀고 내가 허둥지둥 달겨
들다가 가만히 생각하고,

"아니, 우리 빙장님과 츰에."

하고 첫번부터 다시 말을 고쳤다. 장인님은 빙장님, 해야 좋
아하고 밖에 나와서 장인님, 하면 괜스레 골을 내려고 든다.
뱀두 뱀이래야 좋냐구, 창피스러우니 남 듣는 데는 제발 빙장
님, 빙모님 하라구 일상 당조짐을 받아오면서 난 그것도 자꾸
잊는다.

당장도 장인님, 하다 옆에서 내 발등을 꾹 밟고 곁눈질을
흘기는 바람에야 겨우 알았지만…….

구장님도 내 이야기를 자세히 듣더니 퍽 딱한 모양이었다.
하기야 구장님뿐만 아니라 누구든지 다 그럴 게다. 길게 길러
둔 새끼 손톱으로 코를 후벼서 저리 탁 튀기며,

"그럼, 봉필 씨! 얼른 성례를 시켜 주구려. 그렇게까지 제
가 하구 싶다는 걸……."

하고 내 짐작대로 말했다. 그러나 이 말에 장인님이 삿대질로
눈을 부라리고,

"아, 성례구 뭐구 계집애년이 미처 자라야 할 게 아닌가?"

하니까, 고만 멀쑤룩해서 입맛만 쩍쩍 다실 뿐이 아닌가.

"그것두 그래!"

"그래, 거진 사 년 동안에도 안 자랐다니 그 킨 은제 자라지
유? 다 그만두구 사경 내슈……."

"글쎄, 이자식아! 내가 크질 말라구 그랬니, 왜 날보구 떼
냐?"

"빙모님은 참새만한 것이 그럼 어떻게 앨 낳지유(사실 장모님은 점순이보다도 귀때기 하나가 작다)?"

장인님은 이 말을 듣고 껄껄 웃더니(그러나 암만해두 돌 씹은 상이다) 코를 푸는 척하고 날 은근히 곯리려고 팔꿈치로 옆 갈비께를 퍽 치는 것이다. 더럽다. 나두 종아리의 파리를 쫓는 척하고 허리를 구부리며 어깨로 그 궁둥이를 콱 떼밀었다. 장인님은 앞으로 우찔근하고 싸리문께로 쓰러질 듯하다 몸을 바로 고치더니 눈총을 몹시 쏘았다. 이런 쌍년의 자식, 하고 싶으나 남 앞이라니 차마 못하고 섰는 그 꼴이 보기에 퍽 쟁그라웠다.

그러나 이 밖에는 별반 신통한 귀정을 얻지 못하고 도로 논으로 돌아와서 모를 부었다. 왜냐면 장인님이 뭐라고 귓속말로 수군수군하고 간 뒤다. 구장님이 날 위해서 조용히 데리고 아래와 같이 일러 주었기 때문이다(뭉태의 말은 구장님이 장인님에게 땅 두 마지기 얻어부치니까 그래 꾀였다고 하지만 난 그렇게 생각하지 않는다).

"자네 말두 하기야 옳지. 암, 나이 찼으니까 아들이 급하다는 게 잘못된 말은 아니야. 허지만 농사가 한창 바쁜 때 일을 안 한다든가 집으로 달아난다든가 하면 손해죄루 그것두 징역을 가거든(여기에 그만 정신이 번쩍 났다)! 왜 요전에 삼포 말서 산에 불 좀 놓았다구 징역간 거 못 봤나? 제 산에 불을 놓아도 징역을 가는 이땐데 남의 농사를 버려두니 죄가 얼마나 더 중한가. 그리고 자넨 정장을(사경 받으러 정장 가겠다 했다) 간대지만 그러면 괜스레 죄를 들쓰고 들어가는 걸세. 또 결혼두 그렇지. 법률에 성년이란 게 있는데 스물 하나가 돼야 지 비로소 결혼을 할 수가 있는 걸세. 자넨 물론 아들이 늦을 걸 염려하지만 점순이루 말하면 이제 겨우 열 여섯이 아닌가. 그렇지만 아까 빙장님의 말씀이 올 갈에는 열 일을 제치고라 두 성례를 시켜 주겠다 하시니 좀 고마울 겐가. 빨리 가서 모 붓던 거나 마저 붓게. 군소리 말구 어서 가."

그래서 오늘 아침까지 끽소리 없이 왔다.

장인님과 내가 싸운 것은 지금 생각하면 전혀 뜻밖의 일이 라 안 할 수 없다.

장인님으로 말하면 요즈막 작인들에게 행세를 좀 하고 싶 다고 해서, "돈 있으면 양반이지 별게 있느냐?" 하고 일부러 아랫배를 쑥 내밀고 걸음도 뒤틀리게 걷곤 하는 이판이다. 이 까짓 나쯤 두들기다 남의 땅을 가지고 모처럼 닦아 놓았던 가 문을 망친다든가 할 어른이 아니다. 또 나로 논지면 아무쪼록 잘 봬서 점순이에게 얼른 장가를 들어야 하지 않느냐.

이렇게 말하자면 결국 어젯밤 뭉태네 집에 마슬간 것이 썩 나빴다. 낮에 구장님 앞에서 장인님과 내가 싸운 것을 어떻게 알았는지 대고 빈정거리는 것이 아닌가.

"그래 맞구두 그걸 가만둬?"

"그럼 어떡허니?"

"임마, 봉필일 모판에다 거꾸로 박아 놓지 뭘 어떡해?" 하고 괜히 내 대신 화를 내가지고 주먹질을 하다 등잔까지 쳤 다. 놈이 본시 괄괄은 하지만 그래놓고 날더러 석유값을 물라 구 막 지다위를 붓는다. 난 어안이 벙벙해서 잠자코 앉았으니

까 저만 연신 지껄이는 소리가,

"밤낮 일만 해주구 있을 테냐?"

"……"

"영득이는 일 년을 살구두 장갈 들었는데 넌 사 년이나 살
구두 더 살아야 해?"

"……"

"네가 세 번째 사윈 줄이나 아니, 세 번째 사위?"

"……"

"남의 일이라두 분하다, 이자식아. 우물에 가 빠져 죽어."

나중에는 겨우 손톱으로 목을 따라고까지 하고, 제 아들같
이 함부로 욱대겼다. 별의별 소리를 다 해서 그대로 옮길 수
는 없으나 그 줄거리는 이렇다.

우리 장인님이 딸이 셋이 있는데 맏딸은 재작년 가을에 시
집을 갔다. 정말은 시집을 간 것이 아니라 그 딸도 데릴사위
를 해 가지고 있다가 내보냈다. 그런데 딸이 열 살 때부터 열
아홉, 즉 십 년 동안에 데릴사위 갈아들이기를, 동리에선 사
위 부자라고 이름이 났지마는 열 놈이란 참 너무 많다. 장인
님이 아들은 없고 딸만 있는고로, 그 다음 딸을 데릴사위를
해올 때까지는 부려먹지 않으면 안 된다. 물론 머슴을 두면
좋지만 그건 돈이 드니까, 일 잘하는 놈을 고르느라고 연방
바꿔 들였다. 또 한편 놈들이 욕만 줄창 퍼붓고 심히도 부려
먹으니까 밸이 상해서 달아나기도 했겠지. 점순이는 둘째 딸
인데 내가 일테면 그 세 번째 데릴사위로 들어온 셈이다. 내
담으로 네 번째 놈이 들어올 것을, 내가 일도 참 잘하고 그리

고 사람이 좀 어수룩하니까 장인님이 잔뜩 붙들고 놓질 않는
다. 셋째 딸이 인제 여섯 살, 적어도 열 살은 돼야 데릴사위를
할 터이므로 그 동안은 죽도록 부려먹어야 된다. 그러니 인제
는 속 좀 차리고 장가를 들여 달라구 떼를 쓰고 나자빠져라,
이것이다.

나는 건으로 엉, 엉 하며 귓등으로 들었다. 뭉태는 땅을 얻
어 부치다가 떨어진 뒤로는 장인님만 보면 공연히 못 먹어서
으릉거린다. 그것도 장인님이 저 달라고 할 적에 제 집에서
위한다는 그 감투(예전에 원님이 쓰던 것이라나, 옆고리에 뿡뿡
좀먹은 걸레)를 선뜻 주었다면 그럴 리도 없었던 걸……

그러나 나는 뭉태란 놈의 말을 전수이 곧이듣지 않았다. 꼭
곧이들었다면 간밤에 와서 장인님과 싸웠지 무사히 있었을
리가 없지 않은가. 그러면 딸에게까지 인심을 잃은 장인님이
혼자 나빴다.

실토이지, 나는 점순이가 아침 상을 가지고 나올 때까지는
오늘은 또 얼마나 밥을 담았나, 하고 이것만 생각했다. 상에
는 된장찌개 하고 간장 한 종지, 조밥 한 그릇 그리고 밥보다
더 수북하게 담은 산나물이 한 대접, 이렇다. 나물은 점순이
가 틈틈이 해오니까 두 대접이고 네 대접이고 멋대로 먹어도
좋으나 밥은 장인님이 한 사발 외엔 더 주지 말라고 해서 안
된다. 그런데 점순이가 그 상을 내 앞에 내려놓으며 제 말로
지껄이는 소리가,

"구장님한테 갔다 그냥 온담그래?"
하고 엊그제 산에서와 같이 되우 쫑알거린다. 딴은 내가 더

단단히 덤비지 않고 만 것이 좀 어리석었다. 속으로 그랬다.
나도 저쪽 벽을 향하여 외면하면서 내 말로,

"안 된다는 걸 그럼 어떡헌담!"

하니까,

"쇰(수염)을 잡아채지 그냥 둬, 이 바보야!"

하고 또 얼굴이 빨개지면서 성을 내며 안으로 샐쭉하니 튀들
어 가지 않느냐. 이때 아무도 본 사람이 없었게 망정이지 보
았다면 내 얼굴이 에미 잃은 황새 새끼처럼 가엾다 했을 것이
다.

사실 이때만치 슬펐던 일이 또 있었는지 모른다. 다른 사
람은 암만 못생겼다 해두 괜찮지만 내 아내 될 점순이가 병
신으로 본다면 참 신세는 따분하다. 밥을 먹은 뒤 지게를 지
고 일터로 가려 하다 도로 벗어 던지고 바깥 마당 공석 위에
드러누워서 나는 차라리 죽느니만 같지 못하다 생각했다.

내가 일 안 하면 장인님 저는 나이가 먹어 못 하고 결국 농
사 못 짓고 만다. 뒷짐으로 트림을 꿀꺽 하고 대문 밖으로 나
오다 날 보고서,

"이자식아, 너 왜 또 이러니."

"관격이 났어유, 아이구 배야!"

"기껀 밥 처먹구 나서 무슨 관격이야, 남의 농사 버려 주면
이자식아, 징역 간다 봐라!"

"가두 좋아유, 아이구 배야!"

참말 난 일 안 해서 징역 가도 좋다 생각했다. 일후 아들을
낳아도 그 앞에서 바보, 바보, 이렇게 별명을 들을 테니까 오

22

늘은 열 쪽이 난대도 결정을 내고 싶었다.

장인님이 일어나라고 해도 내가 안 일어나니까 눈에 독이 올라서 저편으로 횡하게 가더니 지게 작대기를 들고 왔다. 그리고 그걸로 내 허리를 마치 돌 떠넘기듯이 쿡 찍어서 넘기고 넘기고 했다. 밥을 잔뜩 먹어 딱딱한 배가 그럴 적마다 퉁겨지면서 뱃창이 꼿꼿한 것이 여간 켕기지 않았다. 그래도 안 일어나니까 이번에는 배를 지게 작대기로 위에서 쿡쿡 찌르고 발길로 옆구리를 차고 했다. 장인님은 원체 심성이 궂어서 그렇지만 나도 저만 못하지 않게 배를 채였다. 아픈 것을 눈을 꽉 감고 넌 해라 난 재밌단 듯이 있었으나 볼기짝을 후려갈길 적에는 나도 모르는 결에 벌떡 일어나서 그 수염을 잡아챘다마는, 내 골이 난 것이 아니라 정말은 아까부터 벽 뒤 울타리 구멍으로 점순이가 우리들의 꼴을 몰래 엿보고 있었기 때문이다.

가뜩이나 말 한마디 똑똑히 못 한다고 바보라는데 매까지 잠자코 맞는 걸 보면 짜장 바보로 알 게 아닌가. 또 점순이도 미워하는 이까짓 놈의 장인님하곤 아무것도 안 되니까 막 때려도 좋지만 사정 보아서 수염만 채고(제 원대로 했으니까 이때 점순이는 퍽 기뻤겠지) 저기까지 잘 들리도록,

"이걸 까셀라 부다!"

하고 소리를 쳤다.

장인님은 더 약이 바짝 올라서 잡은 참지게 작대기로 내 어깨를 그냥 내려갈겼다. 정신이 다 아찔하다. 다시 고개를 들었을 때 그때엔 나도 온몸에 약이 올랐다. 이녀석의 장인

님을, 하고 눈에서 불이 퍽 나서 그 아래 밭 있는 넝 아래로 그대로 떠밀어 굴려 버렸다. 조금 있다가 장인님이 씩씩 하고 한번 해보려고 기어오르는 걸 얼른 또 떠밀어 굴려 버렸다.

기어오르면 굴리고 굴리면 기어오르고 이러길 한 너덧 번을 하며 그럴 적마다,

"부려만 먹구 왜 성례 안 하지유!"

나는 이렇게 호령했다. 하지만 장인님이 선뜻 오냐 낼이라두 성례시켜주마, 했으면 나도 성가신 걸 그만두었을지 모른다. 나야 이러면 때린 건 아니니까 나중에 장인 쳤다는 누명도 안 들을 터이고 얼마든지 해도 좋다.

한번은 장인님이 헐떡헐떡 기어서 올라오더니 내 바짓가랑이를 요렇게 노리고서 단박 움켜잡고 매달렸다. 악, 소리를 치고 나는 그만 세상이 팽그르 도는 것이,

"빙장님! 빙장님! 빙장님!"

"이자식! 잡아먹어라, 잡아먹어!"

"아! 아! 할아버지! 살려줍쇼, 할아버지!"

하고 두 팔을 허둥지둥 내저을 적에는 이마에 진땀이 쭉 내솟고 인젠 참으로 죽나 보다 했다. 그래두 장인님은 놓질 않더니 내가 기어이 땅바닥에 쓰러져서 거진 까무러치게 되니까 놓는다. 더럽다, 더럽다. 이게 장인님인가? 나는 한참을 못 일어나고 쩔쩔맸다. 그러다 얼굴을 드니(눈에 참 아무것도 보이지 않았다) 사지가 부르르 떨리면서 나도 엉금엉금 기어가 장인님의 바짓가랑이를 꽉 움키고 잡아 낚았다.

내가 머리가 터지도록 매를 얻어맞은 것이 이 때문이다. 그러나 여기가 또한 우리 장인님이 유달리 착한 곳이다. 여느 사람이면 사경을 주어서라도 당장 내쫓았지 터진 머리를 불솜으로 손수 지져 주고, 호주머니에 희연 한 봉을 넣어 주고 그리고.

"올 갈엔 꼭 성례를 시켜 주마. 암말 말구 가서 뒷골의 콩밭이 나 얼른 갈아라."

하고 등을 두드려 줄 사람이 누구냐.

나는 장인님이 너무나 고마워서 어느덧 눈물까지 났다. 점순이를 남기고 인젠 내쫓기려니 하다 뜻밖의 말을 듣고,

"빙장님! 인제 다시는 안 그러겠어유!"

이렇게 맹세를 하며 부랴부랴 지게를 지고 일터로 갔다. 그러나 이때는 그걸 모르고 장인님을 원수로만 여겨서 잔뜩 잡아당겼다.

"아! 아! 이놈아! 놔라, 놔."

장인님은 헛손질을 하며 솔개미에 챈 닭의 소리를 연해 질렀다. 놓긴 왜, 이왕이면 호되게 혼을 내주리라 생각하고 짓궂이 더 당겼다마는 장인님은 땅에 쓰러져서 눈에 눈물이 피잉 도는 것을 알고 좀 겁도 났다.

"할아버지! 놔라, 놔, 놔, 놔, 놔."

그래도 안 되니까,

"애, 점순아! 점순아!"

이 악장에, 안에 있었던 장모님과 점순이가 헐레벌떡하고 단숨에 뛰어나왔다.

나의 생각에 장모님은 제 남편이니까 역성을 하는지도 모른다. 그러나 점순이는 내 편을 들어서 속으로 고소해 하겠지……. 대체 이게 웬 속인지(지금까지도 난 영문을 모른다), 아버질 혼내 주기는 제가 내래놓고 이제 와서는 달겨들며,

　"에그머니! 이 망할 게 아버지 죽이네!"

하고 내 귀를 뒤로 잡아당기며 마냥 우는 것이 아니냐. 그만 여기에 기운이 탁 꺾이어 나는 얼빠진 등신이 되고 말았다. 장모님도 덤벼들어 한 쪽 귀마저 뒤로 잡아채면서 또 우는 것이다.

　이렇게 꼼짝도 못 하게 해놓고 장인님은 지게 작대기를 들어서 사뭇 내려제겼다. 그러나 나는 구태여 피하려지도 않고 암만해도 그 속 알 수 없는 점순이의 얼굴만 멀거니 들여다보았다.

　"이자식! 장인 입에서 할아버지 소리가 나오도록 해?"

동백꽃

　오늘도 또 우리 수탉이 막 쪼이었다. 내가 점심을 먹고 나무를 하러 갈 양으로 나올 때이었다. 산으로 올라서려니까 등 뒤에서 푸드득 푸드득 하고 닭의 횃소리가 야단이다. 깜짝 놀라서 고개를 돌려보니 아니나 다르랴, 두 놈이 또 얼리었다.

　점순네 수탉(대강이가 크고 똑 오소리 같은 실팍하게 생긴 놈)이 덩저리 작은 우리 수탉을 함부로 해내는 것이다. 그것도 그냥 해내는 것이 아니라 푸드득 하고 면두를 쪼고 물러섰다가 좀 사이를 두고 또 푸드득 하고 모가지를 쪼았다. 이렇게 멋을 부려 가며 여지없이 닦아놓는다. 그러면 이 못생긴 것은 쪼일 적마다 주둥이로 땅을 받으며 그 비명이 킥 킥 할 뿐이다. 물론 미처 아물지도 않은 면두를 또 쪼이어 붉은 선혈은 뚝뚝 떨어진다.

　이걸 가만히 내려다보자니 내 대강이가 터져서 피가 흐르는 것같이 두 눈에 불이 번쩍 난다. 대뜸 지게 작대기를 메고 달려들어 점순네 닭을 후려칠까 하다가 생각을 고쳐먹고 헛매질로 떼어만 놓았다.

이번에도 점순이가 쌈을 붙여 놨을 것이다. 바짝바짝 내 기를 올리느라고 그랬음에 틀림없을 것이다. 고놈의 계집애가 요새로 접어들어서 왜 나를 못 먹겠다고 고렇게 아르릉거리는지 모른다.

나흘 전 감자쪼간만 하더라도 나는 저에게 조금도 잘못한 것은 없다. 계집애가 나물을 캐러 가면 갔지, 남 울타리 엮는 데 쌩이질을 하는 것은 다 뭐냐? 그것도 발소리를 죽여가지고 등뒤로 살며시 와서,

"애! 너 혼자만 일하니?"

하고 긴치 않은 수작을 하는 것이다.

어제까지도 저와 나는 이야기도 잘 않고, 서로 만나도 본척만척하고 이렇게 점잖게 지내던 터이련만 오늘에 갑작스레 대견해졌음은 웬일인가. 항차 망아지만한 계집애가 남 일하는 놈 보구…….

"그럼 혼자 하지 떼루 하디?"

내가 이렇게 내뱉는 소리를 하니까,

"너 일하기 좋니?"

또는,

"한여름이나 되거든 하지 벌써 울타리를 하니?"

잔소리를 두루 늘어놓다가 남이 들을까봐 손으로 입을 틀어막고는 그 속에서 깔깔대인다. 별로 우스울 것도 없는데 날

씨가 풀리더니 이놈의 계집애가 미쳤나 하고 의심하였다. 게다가 조금 뒤에는 저의 집께를 할끔할끔 돌아보더니 행주치마 속으로 꼈던 바른손을 뽑아서 나의 턱밑으로 불쑥 내미는 것이다. 언제 구웠는지 아직도 더운 김이 홱 끼치는 굵은 감자 세 개가 손에 뿌듯이 쥐였다.

"느 집엔 이거 없지?"

하고 생색 있는 큰소리를 하고는 제가 준 것을 남이 알면 큰일날 테니 여기서 얼른 먹어 버리란다. 그리고 또 하는 소리가,

"너 봄감자가 맛있단다."

"난 감자 안 먹는다. 너나 먹어라."

나는 고개도 돌리려 하지 않고 일하던 손으로 그 감자를 도로 어깨 너머로 쓱 밀어버렸다. 그랬더니 그래도 가는 기색이 없고, 뿐만 아니라 쌔근쌔근하고 심상치 않게 숨소리가 점점 거칠어진다. 이건 또 뭐야 싶어서 그때에야 비로소 돌아다보니, 나는 참으로 놀랐다. 우리가 이 동리에 들어온 것은 근 삼 년째 되어 오지만 여지껏 가무잡잡한 점순이의 얼굴이 이렇게까지 홍당무처럼 새빨개진 법이 없었다. 게다 눈에 독을 올리고 한참 나를 요렇게 쏘아보더니 나중에는 눈물까지 어리는 것이 아니냐. 그리고 바구니를 다시 집어들더니 이를 꼭 악물고는 엎어질 듯 자빠질 듯 논둑으로 휑하게 달아나는 것이다.

어쩌다 동리 어른이,

"너 얼른 시집을 가야지?"

하고 웃으면,

"염려 마세유. 갈 때 되면 어련히 갈라구……."

이렇게 천연덕스레 받는 점순이었다. 본시 부끄럼을 타는 계집애도 아니거니와, 또한 분하다고 눈에 눈물을 보일 얼병이도 아니다. 분하면 차라리 나의 등허리를 바구니로 한번 모지게 후려 때리고 달아날지언정.

그런데 고약한 그 꼴을 하고 가더니, 그 뒤로는 나를 보면 잡아먹으려고 기를 복복 쓰는 것이다.

설혹 주는 감자를 안 받아먹은 것이 실례라 하면, 주면 그냥 주었지 '느 집엔 이거 없지'는 다 뭐냐. 그렇잖아도 저희는 마름이고 우리는 그 손에서 배재를 얻어 땅을 부치므로 일상 굽신거린다. 우리가 이 마을에 처음 들어와 집이 없어서 곤란으로 지낼 제, 집터를 빌리고 그 위에 집을 또 짓도록 마련해 준 것도 점순네의 호의였다. 그리고 우리 어머니 아버지도 농사 때 양식이 달리면 점순네한테 가서 부지런히 꾸어다 먹으면서 인품 그런 집은 다시 없으리라고 침이 마르도록 칭찬하곤 하는 것이다. 그러면서도 열 일곱씩이나 된 것들이 수군수군하고 붙어다니면 동리 소문이 사납다고 주의를 시켜 준 것도 또 어머니였다. 왜냐하면 내가 점순이하고 일을 저질렀다가는 점순네가 노할 것이고, 그러면 우리는 땅도 떨어지고 집도 내쫓기고 하지 않으면 안 되는 까닭이었다. 그런데 이놈의 계집애가 까닭없이 기를 복복 쓰며 나를 말려 죽이려고 드는 것이다.

눈물을 흘리고 간 그 담날 저녁나절이었다. 나무를 한 짐

잔뜩 지고 산을 내려오려니까 어디서 닭이 죽는 소리를 친다. 이거 뉘 집에서 닭을 잡나, 하고 점순네 울 뒤로 돌아오다가 나는 고만 두 눈이 뚱그래졌다. 점순이가 저희 집 봉당에 홀로 걸터앉았는데 아 이게 치마 앞에다 우리 씨암탉을 꼭 붙들어 놓고는,

"이놈의 닭! 죽어라, 죽어라."

요렇게 암팡스레 패주는 것이 아닌가. 그것도 대가리나 치면 모른다마는 아주 알도 못 낳으라고 그 볼기짝께를 주먹으로 콕콕 쥐어박는 것이다.

나는 눈에 쌍심지가 오르고 사지가 부르르 떨렸으나 사방을 한번 휘돌아보고야 그제서 점순이 집에 아무도 없음을 알았다. 잡은 참지게 작대기를 들어 울타리 중턱을 후려치며,

"이놈의 계집애! 남의 닭 알 못 낳으라구 그러니?"

하고 소리를 빽 질렀다.

그러나 점순이는 조금도 놀라는 기색이 없고 그대로 의젓이 앉아서 제 닭 가지고 하듯이 또 죽어라 죽어라, 하고 패는 것이다. 이걸 보면 내가 산에서 내려올 때를 겨냥해 가지고 미리부터 닭을 잡아 가지고 있다가 네 보란 듯이 내 앞에 쥐지르고 있음이 확실하다.

그러나 나는 그렇다고 남의 집에 뛰어들어가 계집애하고 싸울 수도 없는 노릇이고, 형편이 썩 불리함을 알았다. 그래 닭이 맞을 적마다 지게 작대기로 울타리나 후려칠 수밖에 별도리가 없다. 왜냐하면 울타리를 치면 칠수록 울섶이 물러앉으며 뼈대만 남기 때문이다. 허나 아무리 생각하여도 나만 밑

지는 노릇이다.

"아, 이년아! 남의 닭 아주 죽일 터이냐?"

내가 도끼눈을 뜨고 다시 꽥 호령을 하니까 그제서야 울타리께로 쪼르르 오더니 울 밖에 섰는 나의 머리를 겨누고 닭을 내팽개친다.

"에이 더럽다! 더럽다!"

"더러운 걸 널더러 입때 끼고 있으랬니? 망할 계집애년 같으니!"

하고 나도 더럽단 듯이 울타리께를 횡하게 돌아내리며 약이 오를 대로 다 올랐다. 라고 하는 것은, 암탉이 풍기는 서슬에 나의 이마빼기에다 물찌똥을 찍 갈겼는데 그걸 본다면 알집만 터졌을 뿐 아니라 골병은 단단히 든 듯싶다.

그리고 나의 등뒤를 향하여 나에게만 들릴 듯 말 듯한 음성으로,

"이 바보 녀석아!"

"……."

"얘! 너 배냇병신이지?"

그만도 좋으련만,

"얘! 너 느 아버지가 고자라지?"

"뭐? 울아버지가 그래 고자야?"

할 양으로 열벙거지가 나서 고개를 홱 돌리어 바라봤더니 그때까지 울타리 위로 나와 있어야 할 점순이의 대가리가 어디를 갔는지 보이지를 않는다. 그러다 돌아서서 오자면 아까에 한 욕을 울 밖으로 또 퍼붓는 것이다. 욕을 이토록 먹어가면

서도 대거리 한마디 못 하는 걸 생각하니 돌부리에 채이어 발톱 밑이 터지는 것도 모를 만치 분하고 급기야는 두 눈에 눈물까지 불끈 내솟는다.

그러나 점순이의 침해는 이것뿐이 아니다. 사람들이 없으면 틈틈이 제 집 수탉을 몰고 와서 우리 수탉과 쌈을 붙여놓는다. 제 집 수탉은 썩 험상궂게 생기고 쌈이라면 홰를 치는 고로 으레 이길 것을 알기 때문이다. 그래서 툭하면 우리 수탉의 면두며 눈깔이 피로 흐드르하게 되도록 해놓는다. 어떤 때에는 우리 수탉이 나오지를 않으니까 요놈의 계집애가 모이를 쥐고 와서 꾀어 내다가 쌈을 붙인다.

이렇게 되면 나도 다른 배차를 차리지 않을 수 없다. 하루는 우리 수탉을 붙들어가지고 넌지시 장독께로 갔다. 쌈닭에게 고추장을 먹이면 병든 황소가 살모사 먹고 용을 쓰는 것처럼 기운이 뻗친다 한다. 장독에서 고추장 한 접시를 떠서 닭주둥아리께로 들여밀고 먹여 보았다. 닭도 고추장에 맛을 들였는지 거스르지 않고 거진 반 접시 턱이나 곧잘 먹는다. 그리고 먹고 금세는 용을 못 쓸 터이므로 얼마쯤 기운이 돌도록 홰 속에다 가두어 두었다.

밭에 두엄을 두어 짐 져내고 나서 쉴 참에 그 닭을 안고 밖으로 나왔다. 마침 밖에는 아무도 없고 점순이만 저희 울 안에서 헌옷을 뜯는지 혹은 솜을 타는지 웅크리고 앉아서 일을 할 뿐이다.

나는 점순네 수탉이 노는 밭으로 가서 닭을 내려놓고 가만히 맥을 보았다. 두 닭은 여전히 얼리어 쌈을 하는데 처음에는 아무 보람이 없다. 멋지게 쪼는 바람에 우리 닭은 또 피를 흘리고 그러면서도 날갯죽지만 푸드득 푸드득 하고 올라 뛰고 뛰고 할 뿐으로 제법 한 번 쪼아 보지도 못한다.

그러나 한 번은 어쩐 일인지 용을 쓰고 펄쩍 뛰더니 발톱으로 눈을 하비고 내려오며 면두를 쪼았다. 큰 닭도 여기에는 놀랐는지 뒤로 멈씰하며 물러난다. 이 기회를 타서 작은 우리 수탉이 또 날쌔게 덤벼들어 다시 면두를 쪼니 그제서는 감때사나운 그 대강이에서도 피가 흐르지 않을 수 없다.

'옳다, 알았다. 고추장만 먹이면 되는구나' 하고 나는 속으로 아주 쟁그라워 죽겠다. 그때에는 뜻밖에 내가 닭쌈을 붙여 놓는 데 놀라서 울 밖으로 내다보고 섰던 점순이도 입맛이 쓴지 눈살을 찌푸렸다.

나는 두 손으로 볼기짝을 두드리며 연방,

"잘한다! 잘한다!"

하고 신이 머리끝까지 뻗치었다.

그러나 얼마 되지 않아서 나는 넋이 풀리어 기둥같이 묵묵히 서 있게 되었다. 왜냐하면 큰 닭이 한 번 쪼인 앙갚음으로 허들갑스레 연거푸 쪼는 서슬에 우리 수탉은 찔끔 못하고 막 곯는다. 이걸 보고서 이번에는 점순이가 깔깔거리고, 되도록 이쪽에서 많이 들으라고 웃는 것이다.

나는 보다 못하여 덤벼들어서 우리 수탉을 붙들어 가지고 도로 집으로 들어왔다. 고추장을 좀더 먹였더라면 좋았을 걸, 너무 급하게 쌈을 붙인 것이 퍽 후회가 난다. 장독께로 돌아와서 다시 턱밑에 고추장을 들이댔다. 홍분으로 말미암아 그런지 당최 먹질 않는다.

나는 하릴없이 닭을 반듯이 눕히고 그 입에다 궐련 물부리를 물리었다. 그리고 고추장 물을 타서 그 구멍으로 조금씩 들이부었다. 닭은 좀 괴로운지 킥킥 하고 재채기를 하는 모양이나, 그러나 당장의 괴로움은 매일같이 피를 흘리는 데 댈 게 아니라 생각하였다.

그러나 한 두어 종지 가량 고추장 물을 먹이고 나서는, 나는 고만 풀이 죽었다. 싱싱하던 닭이 왜 그런지 고개를 살며시 뒤틀고는 손아귀에서 뻐드러지는 것이 아닌가. 아버지가 볼까봐서 얼른 홰에다 감추어 두었더니 오늘 아침에서야 겨우 정신이 든 모양 같다.

그랬던 걸 이렇게 오다 보니까 또 쌈을 붙여 놨으니 이 망할 계집애가 필연 우리집에 아무도 없는 틈을 타서 제가 들어와 홰에서 꺼내 가지고 나간 것이 분명하다.

나는 다시 닭을 잡아 가두고 염려는 스러우나 그렇다고 산으로 나무를 하러 가지 않을 수도 없는 형편이었다.

소나무 삭정이를 따며 가만히 생각해 보니 암만 해도 고년의 목쟁이를 돌려놓고 싶다. 이번에 내려가면 망할년 등줄기를 한 번 되게 후려치겠다, 하고 싱둥겅둥 나무를 지고는 부리나케 내려왔다.

거지반 집에 다 내려와서 나는 호드기 소리를 듣고 발이 딱 멈추었다. 산기슭에 널려 있는 굵은 바윗돌 틈에 노란 동백꽃이 소보록하니 깔리었다. 그 틈에 끼어 앉아서 점순이가 청승맞게스레 호드기를 불고 있는 것이다. 그보다도 더 놀란 것은 그 앞에서 또 푸드득 푸드득 하고 들리는 닭의 횃소리다. 필연코 요년이 나의 약을 올리느라고 또 닭을 집어내다가 내가 내려올 길목에다 쌈을 시켜 놓고, 저는 그 앞에 앉아서 천연스레 호드기를 불고 있음에 틀림없으리라.

나는 약이 오를 대로 다 올라서 두 눈에서 불과 함께 눈물이 퍽 쏟아졌다. 나무 지게도 벗어놓을 새 없이 그대로 내동댕이치고는 지게 작대기를 뻗치고 허둥지둥 달려들었다.

가까이 와보니 과연 나의 짐작대로 우리 수탉이 피를 흘리고 거의 빈사지경에 이르렀다. 닭도 닭이려니와 그러함에도 불구하고 눈 하나 깜짝없이 고대로 앉아서 호드기만 부는 그 꼴에 더욱 치가 떨린다. 동리에서도 소문이 났거니와 나도 한때는 걱실걱실히 일 잘하고 얼굴 예쁜 계집애인 줄 알았더니 시방 보니까 그 눈깔이 꼭 여우 새끼 같다.

나는 대뜸 달겨들어서 나도 모르는 사이에 큰 수탉을 단매로 때려 엎었다. 닭은 푹 엎어진 채 다리 하나 꼼짝 못 하고 그대로 죽어 버렸다. 그리고 나는 멍하니 섰다가 점순이가 매섭게 눈을 흡뜨고 닥치는 바람에 뒤로 벌렁 나자빠졌다.

"이놈아! 너 왜 남의 닭을 때려 죽이니?"

"그럼 어때?"

하고 일어나다가,

"뭐 이자식아! 누 집 닭인데?"

하고 복장을 떼미는 바람에 다시 벌렁 자빠졌다. 그리고 나서 가만히 생각하니 분하기도 하고 무안도스럽고, 또 한편 일을 저질렀으니 인젠 땅이 떨어지고 집도 내쫓기고 해야 될는지 모른다.

　나는 비슬비슬 일어나며 소맷자락으로 눈을 가리고는 얼김에 엉, 하고 울음을 놓았다. 그러다 점순이가 앞으로 다가와서,

　"그럼, 너 이담부턴 안 그럴 테냐?"

하고 물을 때에야 비로소 살 길을 찾은 듯싶었다. 나는 눈물을 우선 씻고 뭘 안 그러는지 명색도 모르건만,

　"그래!"

하고 무턱대고 대답하였다.

　"요담부터 또 그래봐라, 내 자꾸 못살게 굴 테니."

　"그래 그래, 인젠 안 그럴 테야."

　"닭 죽은 건 염려 마라. 내 안 이를 테니."

　그리고 뭣에 떠다밀렸는지 나의 어깨를 짚은 채 그대로 퍽 쓰러진다. 그 바람에 나의 몸뚱이도 겹쳐서 쓰러지며 한창 피어 퍼드러진 노란 동백꽃 속으로 폭 파묻혀 버렸다.

　알싸한, 그리고 향긋한 그 냄새에 나는 땅이 꺼지는 듯이 온 정신이 고만 아찔하였다.

　"너 말 마라?"

　"그래!"

　조금 있더니 요 아래서,

　"점순아! 점순아! 이년이 바느질을 하다 말구 대체 어딜 갔어!"

하고 어딜 갔다 온 듯싶은 그 어머니가 역정이 대단히 났다.

　점순이가 겁을 잔뜩 집어먹고 꽃 밑을 살금살금 기어서 산

아래로 내려간 다음 나는 바위를 끼고 엉금엉금 기어서 산 위로 치빼지 않을 수 없었다.

금따는 콩밭

땅 속 저 밑은 늘 음침하다.

고달픈 간드렛불. 맥없이 푸르끼하다.

밤과 달라서 낮엔 되우 흐릿하였다.

겉으로 황토 장벽으로 앞뒤 좌우가 콕 막힌 좁직한 구뎅이. 흡사히 무덤 속같이 귀중중하다. 싸늘한 침묵. 구터브레 흙내와 징그러운 냉기만이 그 속에 자욱하다.

곡괭이는 뻗질 흙을 이르집는다. 암팡스러이 내려쪼며,

'퍽 퍽 퍼억.'

이렇게 메떨어진 소리뿐. 그러나 간간 우수수 하고 벽이 헐린다.

영식이는 일손을 놓고 소맷자락을 끌어당기어 얼굴의 땀을 훔는다. 이놈의 줄이 언제나 잡힐는지 기가 찼다. 흙 한 줌을 집어 코밑에 바짝 들여대고 손가락으로 샅샅이 뒤져 본다. 완연히 버력은 좀 변한 듯싶다. 그러나 불퉁버력이 아주 다 풀린 것도 아니었다. 밑둥버력이라야 금이 온다는데, 왜 이리 안 나오는지.

곡괭이를 다시 집어든다. 땅에 무릎을 꿇고 궁둥이를 번쩍 든 채 식식거린다. 곡괭이를 무작정 내려찍는다. 바닥에서 물이 스미어 무르팍이 흥건히 젖었다. 굿 옆은 천판에서 흙방울은 내리며 목덜미로 굴러든다. 어떤 때에는 윗벽의 한쪽이 떨어지며 등을 탕 때리고 부서진다.

그러나 그는 눈도 하나 깜짝하지 않는다. 금을 캔다고 콩밭 하나를 다 잡쳤다. 약이 올라서 죽을 둥 살 둥 눈이 뒤집힌 이판이다. 손바닥에 침을 탁 뱉고 곡괭이 자루를 한번 꼬나잡더니 쉴 줄 모른다.

등뒤에서는 흙 긁는 소리가 드윽드윽 난다. 아직도 버력을 다 못 친 모양. 이자식이 일을 하나 시졸 하나. 남은 속이 바직바직 타는데 웬 뱃심이 이리도 좋아.

영식이는 살기 띤 시선으로 고개를 돌렸다. 암말 없이 수재를 노려본다. 그제야 꾸물꾸물 바지게에 흙을 담고 등에 메고 사다리를 올라간다.

굿이 풀리는지 벽이 움찔하였다. 흙이 부서져 내린다. 전날이라면 이 곳에서 안 해 한번 못 하고 생죽음이나 안 할까 털끝까지 쭈뼛할 게다. 그러나 이젠 그렇게 되고도 싶다. 수재란 놈하고 흙더미에 묻히어 한꺼번에 죽는다면 그게 오히려 날 게다.

이렇게까지 몹시몹시 미웠다. 이놈 풍치는 바람에 애꿎은 콩밭 하나만 결단을 냈다. 뿐만 아니라 모두 다 낭패다. 세 벌 논도 못 맸다. 논둑의 풀은 성큼 자란 채 어지러이 널려 있다. 이 기미를 알고 지주는 대노하였다. 내년부터는 농사 지을 생각을 말라고 발을 굴렀다. 땅은 암만을 파도 지수가 없다. 이만해도 다섯 길을 훨씬 넘었으리라. 좀더 지펴야 옳을지, 혹은 북으로 밀어야 옳을지, 우두커니 망설거린다. 금점 일에는 푸뜸이다. 입때껏 수재의 지휘를 받아 일을 하여 왔고, 앞으로도 역시 그러해야 금을 딸 것이다. 그러나 그런 칙칙한 짓은 안 한다.

"이리 와, 이것 좀 파게."

그는 어쓴 위풍을 보이며 이렇게 분부하였다. 그리고 저는 일어나 손을 털며 뒤로 물러선다.

수재는 군말 없이 고분하였다. 시키는 대로 땅에 무릎을 꿇고 벽채로 군버력을 긁어 낸 다음 다시 파기 시작한다.

영식이는 치다 나머지 버력을 짊어진다. 커다란 걸대를 뒤툭거리며 사다리로 기어오른다. 굿문을 나와 버력더미에 흙을 마악 내치려 할 제,

"왜 또 파. 이것들이 미쳤나그래!"

산에서 내려오는 마름과 맞닥뜨렸다. 정신이 떠름하여 그대로 벙벙히 섰다. 오늘은 또 무슨 포악을 들으려는가.

"말라니까 왜 또 파는 게야."

하고 영식이의 바지게 뒤를 지팡이로 콱 찌르더니,

"갈아먹으라는 밭이지 흙 쓰고 들어가라는 거야, 이 미친 것들아. 콩밭에서 웬 금이 나온다구 이 지랄들이야그래."

하고 목에 핏대를 올린다. 밭을 버리면 간수 잘못한 자기 탓이다. 날마다 와서 그 북새를 피고 금하여도, 담날 보면 또 여전히 파는 것이다.

"오늘로 이 구뎅이를 도로 묻어 놔야지, 아니면 낼로 당장 징역 갈 줄 알게."

너무 감정에 격하여 말도 잘 안 나오고 떠듬떠듬거린다. 주먹은 곧 날아들 듯이 허구리께서 불불 떤다.

"오늘만 좀 해보고 고만두겠어유."

영식이는 낯이 붉어지며 가까스로 한마디하였다. 그리고 무턱대고 빌었다. 마름은 들은 척도 안 하고 가 버린다. 그 뒷모양을 영식이는 멀거니 배웅하였다. 그러나 콩밭 낮짝을 들여다보니 무던히 애통 터진다. 멀쩡한 밭에 구멍이 사면 풍풍 뚫렸다.

예제 없이 버력은 무더기무더기 쌓였다. 마치 사태 만난 공동묘지와도 같이 귀살적고 되우 을씨년스럽다. 그다지 잘되었던 콩포기는 거반 버력더미에 다 깔려 버리고 군데군데 어쩌다 남은 놈들만이 고개를 나풀거린다. 그 꼴을 보는 것도 자식 죽는 걸 보는 게 낫지 차마 못할 경상이었다. 농토는 모조리 떨어질 것이다. 그러나 대관절 올 밭도지 벼 두 섬 반은 뭘로 해내야 좋을지. 게다 밭을 망쳤으니 자칫하면 징역을 갈는지도 모른다. 영식이가 구뎅이 안으로 들어왔을 때 동무는 땅에 주저앉아 쉬고 있었다. 태연 무심히 담배만 뻑뻑 피는 것이다.

"언제나 줄을 잡는 거야."

"인제 차차 나오겠지."

"인제 나온다."

하고 코웃음치고 엇먹더니 조금 지나매,

"이새끼."

흙덩이를 집어들고 골통을 내려친다.

수재는 어쿠 하고 그대로 폭 엎드린다. 그러나 벌떡 일어선다. 눈에 띄는 대로 곡괭이를 잡자 대뜸 달려들었다. 그러나 강약이 부동. 왁살스러운 팔뚝에 튕겨져 벽에 가서 쿵 하고 떨어졌다. 그 순간에 제가 빼앗긴 곡괭이가 정백이를 겨누고 날아드는 걸 보았다. 고개를 홱 돌린다. 곡괭이는 흙벽을 퍽 찍고 다시 나간다.

수재 이름만 들어도 영식이는 이가 갈렸다. 분명히 홀딱 속은 것이다.

영식이는 본디 금전에 이력이 없었다. 그리고 흥미도 없었다. 다만 밭고랑에 웅크리고 앉아서 땀을 흘려 가며 꾸벅꾸벅 일만 하였다. 올엔 콩도 뜻밖에 잘 열리고 맘이 좀 놓였다. 하루는 홀로 김을 매고 있노라니까,

"여보게, 덥지 않은가. 좀 쉬었다 하게."

고개를 들어 보니 수재다. 농사는 안 짓고 금점으로만 돌아다니더니 무슨 바람에 또 왔는지 싱글벙글한다. 좋은 수나 걸렸다 하고,

"돈 좀 많이 벌었나. 나 좀 꿔 주게."

"벌구말구, 맘껏 먹고 맘껏 쓰고 했네."

술에 거나한 얼굴로 신껏 주적거린다. 그리고 밭머리에 쭈그리고 앉아 한참 객설을 부리더니,

"자네, 돈벌이 좀 안 할려나. 이 밭에 금이 묻혔네, 금이."

"뭐?"

하니까, 바로 이 산 너머 큰골에 광산이 있다. 광부를 삼백여 명이나 부리는 노다지판인데 매일 소출되는 금이 칠십 냥을 넘는다. 돈으로 치면 칠천 원. 그 줄맥이 큰 산허리를 뚫고 이 콩밭으로 뻗어 나왔다는 것이다. 둘이서 파면 불과 열흘 안에 줄을 잡을 게고, 적어도 하루 서너 돈씩은 따리라. 우선 삼십만 원만 해도 얼마나. 소를 산대도 만 필이 아니냐고. 그러나 영식이는 귀담아듣지 않았다. 금점이란 칼 물고 뜀뛰기다. 잘되면이거니와 못 되면 신세만 조진다. 이렇게 전일부터 들은 소리가 있어서였다. 그 담날도 와서 꾀송거리다 갔다.

셋째 번에는 집으로 찾아왔는데 막걸리 한 병을 손에 떡 들고 영을 피운다. 몸이 달아서 또 온 것이다. 봉당에 걸터앉아서 저녁상을 물끄러미 바라보더니 조당수는 몸을 훑는다는 둥 일꾼은 든든히 먹어야 한다는 둥 남들은 논을 사느니 밭을 사느니 떠드는데 요렇게 지내다 그만둘 테냐는 둥 일쩍게 지껄인다.

"아주머니, 이것 좀 먹게 해주시게유."

그리고 비로소 영식이 아내에게 술병을 내놓는다. 그들은 밥상을 끼고 앉아서 즐겁게 술을 마셨다. 몇 잔이 들어가고 보니 영식이의 생각도 적이 돌아섰다. 딴은 일 년 고생하고 끽 콩 몇 섬 얻어먹느니보다는 금을 캐는 것이 슬기로운 짓이

다. 하루에 잘만 캔다면 한 해 줄곧 공들인 그 수확보다 훨씬 이익이다. 올봄 보낼 제 비료값, 품삯, 빚해 빚진 칠 원 까닭에 나날이 졸리는 이판이다. 이렇게 지지하게 살고 말 바에는 차라리 가로지나 세로지나 사내자식이 한번 해볼 것이다.

"내일부터 우리 파 보세. 돈만 있으면이야 그까짓 콩은……."

수재가 안달스레 재우쳐 보채일 제 선뜻 응낙하였다.

"그래 보세. 빌어먹을 거 안 될 고만이지."

그러나 꽁무니에서 죽을 마시고 있던 아내가 허구리를 쿡쿡 찔렀게 망정이지 그렇지 않았다면 좀 주저할 뻔도 하였다.

아내는 아내대로의 심이 빨랐다. 시체는 금점이 판을 잡았다. 섣부르게 농사만 짓고 있다간 결국 비렁뱅이밖에는 더 못된다. 얼마 안 있으면 산이고 논이고 밭이고 할 것 없이 다 금쟁이 손에 구멍이 뚫리고, 뒤집히고 뒤죽박죽이 될 것이다. 그때는 뭘 파먹고 사나. 자, 보아라. 머슴들은 짜위나 한 듯이 일하다 말고 후딱하면 금점으로들 내빼지 않는가. 일꾼이 없어서 올엔 농사를 질 수 없느니 마느니 하고 동리에서는 떠들썩하다. 그리고 번동 포농이 쫓아 호미를 내어던지고 강변으로 개울로 사금을 캐러 달아난다. 그러나 며칠 뒤에는 다비신에다 옥당목을 떨치고 히짜를 뽑는 것이 아닌가. 아내는 콩밭에서 금이 날 줄은 아주 꿈 밖이었다. 놀라고도 또 기뻤다. 올해는 노상 침만 삼키던 그놈 코다리(명태)를 짜장 먹어 보겠구나. 생각만 하여도 속이 메질 듯이 짜릿하였다. 뒷집 양근댁이 금점 덕택에 남편이 사다 준 흰 고무신을 신고 나릿나릿

걷는 것이 무척 부러웠다. 저도 얼른 금이나 펑펑 쏟아지면 흰 고무신도 신고 얼굴에 분도 바르고 하리라.

"그렇게 해보지 뭐. 저 양반 하잔 대로만 하면 어련히 잘 될 라구."

얼뚤하여 앉았는 남편을 이렇게 추겼던 것이다.

동이 트기 무섭게 콩밭으로 모였다. 수재는 진언이나 하는 듯 이리 대고 중얼거리고 저리 대고 중얼거리고 하였다. 그리고 덤벙거리며 이리 왔다가 저리 왔다가 하였다. 제딴은 땅 속에 누운 줄맥을 어림하여 보는 맥이었다.

한참을 밭을 헤매다가 산쪽으로 붙은 한 구석에 딱 서며 손가락을 펴들고 설명한다. 큰 줄이란 본시 산운 산을 끼고 도는 법이다. 이 줄이 노다지임에는 필시 이켠으로 비스듬히 누웠으리라. 그러니 여기서부터 파 들어가자는 것이다.

영식이는 그 말이 무슨 소린지 새기지는 못했지마는, 금점에는 난다는 수재이니 그 말대로 하기만 하면 영락없이 금퇴야 나겠지 하고 그것만 꼭 믿었다. 군말 없이 지시해 받은 곳에다 삽을 푹 꽂고 파헤치기 시작하였다.

금도 금이면 애써 키워 온 콩도 콩이었다. 거진 다 자란 허울 멀쑥한 놈들이 삽 끝에 으스러지고 흙에 묻히고 하는 것이다. 그걸 보는 것은 썩 속이 아팠다. 애틋한 생각이 물밀 때 가끔 삽을 놓고 허리를 구부려서 콩잎의 흙을 털어 주기도 하였다.

"아, 이 사람아. 맥쩍게 그건 봐 뭘 해. 금을 캐자니깐."

"아니야, 허리가 좀 아파서!"

핀잔을 얻어먹고는 좀 열쩍었다. 하기는 금만 잘 터져나오면 이까짓 콩밭쯤이야. 이 밭을 풀어 논도 만들 수 있을 것이다. 눈을 감아 버리고 삽의 흙을 아무렇게나 콩잎 위로 휙휙 내어던진다.

"구구루 땅이나 파먹지 이게 무슨 지랄들이야!"

동리 노인은 뻔질 찾아와서 귀거친 소리를 하곤 하였다.

밭에 구멍을 셋이나 뚫었다. 그리고 대구 뚫는 길이었다. 금인가 난장을 맞을 건가 그것 때문에 농군은 버렸다. 이게 필연코 세상이 망하려는 징조이리라. 그 소중한 밭에다 구멍을 뚫고 이 지랄이니 그놈이 온전할 겐가.

노인은 제풀 화에 지팡이를 들어 삿대질을 아니할 수 없었다.

"벼락맞느니, 벼락맞어."

"염려 말아유. 누가 알래지유."

영식이는 그럴 적마다 데퉁스레 쏘았다. 골김에 흙을 되는 대로 내꼰지고는 침을 탁 뱉고 구덩이로 들어간다. 그러나 마음 한 구석에는 언제나 끄응 하였다. 줄을 찾는다고 콩밭을 통히 뒤집어놓았다. 그리고 줄이 언제나 나올지 아직 까맣다. 논도 못 매고 물도 못 보고 벼가 어이 되었는지 그것조차 모른다. 밤에는 잠이 안 와 멀뚱하니 애를 태웠다.

수재는 낙담하는 기색도 없이 늘 하냥이었다. 땅에 웅숭그리고 시적시적 노량으로 땅만 판다.

"줄이 꼭 나오겠나?"

하고 목이 말라서 물으면,

"이번에 안 나오거든 내 목을 비게."

서슴지 않고 장담을 하고는 꿋꿋하였다. 이걸 보면 영식이도 마음이 좀 놓이는 듯싶었다. 전들 금이 없으면 무슨 멋으로 이 고생을 하랴. 반드시 금은 나올 것이다. 그제서는 이왕 손해는 하릴없거니와 고만두리라는 절망이 스스로 사라지고 다시금 주먹이 쥐어지는 것이었다.

캄캄하게 밤은 어두웠다. 어디선가 뭇개가 요란히 짖어대인다.

남편은 진흙투성이를 하고 산에서 내려왔다. 풀이 죽어서 몸을 잘 가누지도 못하고 아랫목에 축 늘어진다.

이 꼴을 보니 아내는 맥이 다시 풀린다. 오늘도 또 글렀구나. 금이 터지면은 집을 한 채 사간다고 자랑을 하고 왔더니 이내 헛일이었다. 인제 좌지가 나서 낯을 들고 나갈 염의조차 없어졌다.

남편에게 저녁을 갖다주고 딱하게 바라본다.

"인젠 꿔 온 양식도 다 먹었는데……."

"새벽에 산제를 좀 지낼 텐데 한 번만 더 꿔 와."

남의 말에는 대답 없고 유하게 흘게 늦은 소리뿐 그리고 드러누운 채 눈을 지그시 감아 버린다.

"죽거리두 없는데 산제는 무슨……."

"듣기 싫어. 요망맞은 년 같으니."

이 호통에 아내는 고만 멈찔하였다. 요즘 와서는 무턱대고 공연스레 골만 내는 남편이 영 딱하였다. 환장을 하는지 밤잠도 아니 자고 소리만 빽빽 지르며 덤벼들려고 한다. 심지어 어린 것이 좀 울어도 이자식 갖다내꾼지라고 북새를 피는 것이다.

저녁을 아니 먹으므로 그냥 치워 버렸다. 남편의 영을 거역키 어려워 양근댁한테로 또다시 안 갈 수 없다. 그간 양식은 줄곧 꾸어다 먹고 갚지도 못하였는데, 또 무슨 면목으로 입을 벌릴지 난처한 노릇이었다.

그는 생각다 끝에 있는 염치를 보째 쏟아 던지고 다시 한번 찾아가는 것이지마는 딱 맞닥뜨리어 입을 열고,

"낼 산제를 지낸다는데 쌀이 있어야지유."

하자니 영 낯이 화끈하고 모닥불이 날아든다.

그러나 그들은 어지간히 착한 사람이었다.

"암 그렇지요. 산신이 벗나면 죽도 글릅니다."

하고 말을 받으며 그 남편은 빙그레 웃는다. 워낙이 금점에 장구 닳아난 몸인 만치 이런 일에는 적잖이 속이 트였다. 손수 쌀 닷 되를 떠다 주며,

"산제란 안 지냄 몰라두 이왕 지낼려면 아주 정성껏 해야 됩니다. 산신이란 노하길 잘하니까유."

하고 그 비방까지 깨쳐 보낸다.

쌀을 받아 들고 나오며 영식이 처는 고마움보다 먼저 미안에 질리어 얼굴이 다시 빨갰다. 그리고 그들 부부 살아가는 살림이 참으로 참으로 몹시 부러웠다. 양근댁 남편은 날마다 금점으로 감돌며 버력더미를 뒤지고 토록을 주워 온다. 그걸 온종일 장판돌에다 갈면 수가 좋으면 이 삼 원, 옥아도 칠 팔 십 전 꼴은 매일 심이 되는 것이었다. 그러면 쌀을 산다, 피륙

을 끊는다, 떡을 한다, 장리를 놓는다—— 그런데 우리는 왜 늘 요꼴인지 생각만 하여도 가슴이 메이는 듯 맥맥한 한숨이 연발을 하는 것이었다.

아내는 집에 돌아와 떡쌀을 담갔다. 낼은 뭘로 죽을 쑤어 먹을는지. 윗목에 웅크리고 앉아서 맞은쪽에 자빠져 있는 남편을 곁눈으로 살짝 할퀴어 본다. 남들은 돌아다니며 잘도 금을 주워 오련만 저 망나니, 제 밭 하나를 다 버려도 금 한 톨 못 주워 오나. 에에, 변변치도 못한 사나이. 저도 모르게 얕은 한숨이 거푸 두 번을 터진다.

밤이 이슥하여 그들 양주는 떡을 하러 나왔다. 남편은 절구에 쿵쿵 빻았다. 그러나 체가 없다. 동리로 돌아다니며 빌려오느라고 아내는 다리에 불풍이 났다.

"왜 이리 앉았수. 불 좀 지피지."

떡을 찧다가 얼이 빠져서 멍하니 앉았는 남편이 밉살스럽다. 남은 이래저래 애를 죄는데 저건 무슨 생각을 하고 저리 있는건지. 낫으로 삭정이를 탁탁 조져서 던져 주며 아내는 은근히 후딱이었다. 닭이 두 홰를 치고 나서야 떡은 되었다. 아내는 시루를 이고 남편은 겨드랑이에 자리때기를 꼈다. 그리고 캄캄한 산길을 올라간다.

비탈길을 얼마 올라가서야 콩밭은 놓였다. 전면이 우뚝한 검은 산에 둘리어 막힌 곳이었다. 가생이로 느티, 대추나무들은 머리를 풀었다. 밭머리 조금 못미처 남편은 걸음을 멈추고 뒤의 아내를 돌아본다.

"인내, 그리고 여기 가만히 섰어."

시루를 받아 한 팔로 껴안고 그는 혼자서 콩밭으로 올라섰다. 앞에 쌓인 것이 모두 흙더미, 그 흙더미를 마악 돌아서려 할 제 아마 돌을 찼나 보다. 몸이 쓰러지려고 우찔근하니 아내가 기겁을 하여 뛰어오르며 그를 부축하였다.

"부정타라구 왜 올라와, 요망맞은 년."

남편은 몸을 고루 잡자 소리를 뻑 지르며 아내 얼뺨을 붙인다. 가뜩이나 죽으라 죽으라 하는데 불길하게도 계집년이. 그는 마뜩지 않게 두덜거리며 밭으로 들어간다. 밭 한가운데다 자리를 펴고 그 위에 시루를 놓았다. 그리고 시루 앞에다 공손하고 정성스레 재배를 커다랗게 한다.

"우리를 살펴줍시사. 산신께서 거들어 주지 않으면 저희는 죽을밖에 꼼짝할 수 없습니다유."

그는 손을 모으고 이렇게 축원하였다.

아내는 이 꼴을 바라보며 독이 뾰록같이 올랐다. 금점을 합네 하고 금 한 톨 못 캐는 것이 버릇만 점점 글러간다. 그전에는 없더니 요새로 건듯하면 탕탕 때리는 못된 버릇이 생긴 것이다. 금을 캐랬지 뺨을 치랬나. 제발 덕분에 고놈의 금 좀 나오지 말았으면. 그는 뺨 맞은 앙심으로 맘껏 방자하였다.

하긴 아내의 말 그대로 되었다. 열흘이 썩 넘어도 산신은 깜깜 무소식이었다. 남편은 밤낮으로 눈을 까뒤집고 구덩이에 묻혀 있었다. 어쩌다 집엘 내려오는 때이면 얼굴이 헐떡하고 어깨가 축 늘어지고 거반 병객이었다. 그리고서 잠자코 커다란 몸집을 방고래에다 쿵, 하고 내던지고 하는 것이다.

"제어미 붙을, 죽어나 버렸으면."

혹은 이렇게 탄식하기도 하였다.

아내는 바가지에 점심을 이고서 집을 나섰다. 젖먹이는 등을 두드리며 좋다고 끽끽거린다.

이젠 흰 고무신이고 코다리고 생각조차 물렀다. 그리고 금하는 소리만 들어도 입에 신물이 날 만큼 되었다. 그건 고사하고 꿰다 먹은 양식에 졸리지나 말았으면 그만도 좋으리마는.

가을은 논으로 밭으로 누렇게 내리었다. 농군들은 기꺼운 낯을 하고 서로 만나면 홍겨운 농담, 그러나 남편은 앰한 밭만 망치고 논조차 건살 못 하였으니 이 가을에는 뭘 거둬들이고 뭘 즐겨 할는지. 그는 동리 사람의 이목이 부끄러워 산길로 돌았다.

솔숲을 나서서 멀리 밖에를 바라보니 둘이 다 나와 있다. 오늘도 또 싸운 모양. 하나는 이쪽 흙더미에 앉았고 하나는 저쪽에 앉았고, 서로들 외면하여 담배만 뻑뻑 피운다.

"점심들 잡숫게유."

남편 앞에 바가지를 내려놓으며 가만히 맥을 보았다.

남편은 적삼이 찢어지고 얼굴에 생채기를 내었다. 그리고 두 팔을 걷고 먼 산을 향하여 묵묵히 앉았다.

수재는 흙에 박혔다 나왔는지 얼굴은커녕 귓속드리 흙투성이다. 코밑에는 피딱지가 말라 붙었고, 아직도 조금씩 피가 흘러내린다. 영식이 처를 보더니 열쩍은 모양. 고개를 돌리어 모로 떨어치며 입맛만 쩍쩍 다신다.

금을 캐라니까 밤낮 피만 내다 마려는가. 빚에 졸리어 남은 속을 볶는데 무슨 호강에 이 지랄들인구. 아내는 못마땅하여 눈가에 살을 모았다.

"산제 지낸다구 꿰온 것은 언제나 갚는다지유?"

뚱하고 있는 남편을 향하여 말끝을 꼬부린다. 그러나 남편은 눈썹 하나 까딱하지 않는다. 이번에는 어조를 좀 돋우며,

"갚지도 못할 걸 왜 꿰 오라 했지유?"

하고 얼추 호령이었다.

이 말은 남편의 채 가라앉지도 못한 분통을 다시 건드린다. 그는 벌떡 일어서며 황밤주먹을 쥐어 창낭할 만치 아내의 골통을 후렸다.

"계집년이 방정맞게."

다른 것은 모르나 주먹에는 아쩔이었다. 멋없이 덤비다간 골통이 부서진다. 암상을 참고 바르르 하다가 이윽고 아내는 등에 업은 언내를 끌어들였다. 남편에게로 그대로 밀어던지니 아이는 까르륵하고 숨모는 소리를 친다. 그리고 아내는 돌아서서 혼잣말로,

"콩밭에서 금을 딴다는 숙맥도 있담."

하고 빗대 놓고 비아냥거린다.

"이년아, 뭐!"

남편은 대뜸 달겨들며 그 볼치에다 다시 올찬 황밤을 주었다. 저그나면 계집이니 위로도 하여 주련만, 요건 분만 폭폭 질러 놓으려나. 에이, 빌어먹을 거, 이판사판이다.

"너허구 안 산다. 오늘루 가거라."

아내를 와락 떠다밀어 밭둑에 제쳐놓고 그 허구리를 발길로 퍽 질렀다.

아내는 입을 헉 하고 벌린다.

"네가 허라구 옆구리를 쿡쿡 찌를 제는 은제냐, 요 집안 망할 년."

그리고 다시 퍽 질렀다. 연하여 또 퍽.

이 꼴들을 보니 수재는 조바심이 일었다. 저러다가 그 분풀이가 다시 제게로 슬그머니 옮아 올 것을 지레 채었다. 인제 걸리면 죽는다. 그는 비슬비슬하다 어느 틈엔가 구덩이 속으로 시나브로 없어져 버린다. 볕은 다사로운 가을 향취를 풍긴다. 주인을 잃고 콩은 무거운 열매를 둥글둥글 흙에 굴린다. 맞은쪽 산밑에서 벼들을 베며 기뻐하는 농군의 노래.

"터졌네, 터져."

수재는 눈이 휘둥그렇게 굿문을 뛰어나오며 소리를 친다. 손에는 흙 한 줌이 잔뜩 쥐였다.

"뭐?"
하다가,

"금줄 잡았어, 금줄."

"응!"
하고 외마디를 뒤남기자 영식이는 수재 앞으로 살같이 달려들었다. 허겁지겁 그 흙을 받아들고 샅샅이 헤쳐 보니 딴은 재래에 보지 못하던 불그죽죽한 황토였다. 그는 눈에 눈물이 핑 돌며,

"이게 원줄인가?"

"그럼, 이것이 곱색줄이라네. 한 포에 댓 돈씩은 넉넉 잡히네."

영식이는 기쁨보다 먼저 기가 탁 막혔다. 웃어야 옳을지 울어야 옳을지, 다만 입을 반쯤 벌린 채 수재의 얼굴만 멍하니 바라본다.

"이리 와봐. 이게 금이래."

이윽고 남편은 아내를 부른다. 그리고 내 뭐랬어, 그러게 해보라고 그랬지, 하고 설면설면 덤벼 오는 아내가 한결 어여뻤다. 그는 엄지손가락으로 아내의 눈물을 지워 주고 그리고 나서 껑충거리며 구덩이로 들어간다.

"그 흙 속에 금이 있지요?"

영식이 처가 너무 기뻐서 코다리에 고래등 같은 집까지 연상할 제 수재는 시원스러이,

"네, 한 포대에 오십 원씩 나와유."

하고 대답하고 오늘밤에는 꼭 정녕코 꼭 달아나리라 생각하였다.

거짓말이란 오래 못 간다. 봉이 나서 뼈다귀도 못 추리기 전에 훨훨 벗어나는 게 상책이겠다.

소나기

음산한 검은 구름이 하늘에 뭉게뭉게 모여드는 것이 금시라도 비 한 줄기 할 듯하면서도 여전히 짓궂은 햇발은 겹겹 산 속에 묻힌 외진 마을을 통째로 자실 듯이 달구고 있었다. 이따금 생각하는 듯 살매들린 바람은 논밭간의 나무들을 뒤흔들며 미쳐 날뛰었다.

산 밖으로 농군들을 멀리 품앗이로 내보낸 안말의 공기는 쓸쓸하였다. 다만 맷맷한 미루나무 숲에서 거칠어 가는 농촌을 읊는 듯 매미의 애끓는 노래…….

매움! 매매움!

춘호는 자기 집—올봄에 오 원을 주고 사서 들은 묵삭은 오막살이 집—방문턱에 걸터앉아서 바른주먹으로 턱을 고이고는 봉당에서 저녁으로 때울 감자를 씻고 있는 아내를 묵묵히 노려보고 있었다. 그는 사날 밤이나 눈을 안 붙이고 성화

를 하는 바람에 농사에 고리삭은 그의 얼굴은 더욱 해쓱하였
다.

아내에게 다시 한번 졸라 보았다. 그러나 위협하는 어조로,

"이봐, 그래 어떻게 돈 이 원만 안 해줄 테여?"

아내는 역시 대답이 없었다. 갓 잡아온 새댁 모양으로 씻는
감자나 씻을 뿐 잠자코 있었다. 되나 안 되나 좌우간 이렇다
말이 없으니 춘호는 울화가 터져 죽을 지경이었다. 그는 타곳
에서 떠돌아 온 몸이라 자기를 믿고 장리를 주는 사람도 없고
또는 그 알량한 집을 팔려 해도 단 이 삼 원의 작자도 내닫지
않으므로 앞뒤가 꼭 막혔다. 마는 그래도 아내는 나이 젊고
얼굴 똑똑하겠다, 돈 이 원쯤이야 어떻게라도 될 수 있겠기에
묻는 것인데 들은 체도 안 하니 괘씸한 듯싶었다.

그는 배를 튀기며 다시 한번,

"돈 좀 안 해줄 테여?"

하고 소리를 빽 질렀다.

그러나 대꾸는 역시 없었다.

춘호는 노기 충천하여 불현듯 문지방을 떠다밀며 벌떡 일
어섰다. 눈을 홉뜨고 벽에 기대인 지게 막대기를 손에 잡자
아내의 옆으로 바람같이 달려들었다.

"이년아, 기집 좋다는 게 뭐여. 남편의 근심도 덜어 주어야
지, 끼고 자자는 기집이여?"

지게 막대는 아내의 연한 허리를 모질게 후렸다. 까부라지
는 비명은 모지락스레 찌그러진 울타리를 벗어 나간다. 잽쳐
지게 막대는 앉은 채 꼬꾸라진 아내의 발뒤축을 얼러 볼기를

내리갈겼다.

"이년아, 내가 언제부터 너에게 조르는 게여?"

범같이 호통을 치며 남편이 지게 막대를 공중으로 다시 들어올리며 모질음을 쓸 때 아내는,

"에구머니!"

하고 외마디를 질렀다. 연하여 몸을 뒤치자 거반 엎어진 듯이 싸리문 밖으로 내달렸다. 얼굴에 눈물이 흐른 채 황그리는 걸음으로 문 앞의 언덕을 내리어 개울을 건너고 맞은쪽에 뚫린 콩밭 길로 들어섰다.

"너, 네가 날 피하면 어딜 갈 테여?"

발길을 막는 듯한 의미 있는 호령에 달아나던 아내는 다리가 멈칫하였다. 그는 고래를 돌리어 문 안에 아직도 지게 막대를 들고 섰는 남편을 바라보았다. 어른에게 죄진 어린애같이 입만 종깃종깃하다가 남편이 뛰어나올까 겁이 나서 겨우 입을 열었다.

"쇠돌 엄마 집에 좀 다녀올게유."

쭈뼛쭈뼛 변명을 하고는 가던 길을 다시 횡하게 내걸었다. 아내라고 요새 이 돈 이 원이 금시로 필요함을 모르는 바도 아니었다. 마는 그의 자격으로나 노동으로나 돈 이 원이란 감히 땅띔도 못 해볼 형편이었다. 벌이래야 하잘것없는 것…… 아침에 일어나기가 무섭게 남에게 뒤질까 영산이 올라 산으로 빼는 것이다. 조그만 종댕이를 허리에 달고 거한 산중에 드문드문 박혀 있는 도라지, 더덕을 찾아가는 일이었다. 깊은 산 속으로 우중충한 돌 틈바귀로 잔약한 몸으로 맨발에 짚신

짝을 끌며 강파른 산등을 타고 젖먹던 힘까지 녹아 내리는 듯 진땀이 머리로부터 발끝까지 흘러내린다.

아랫도리를 단 외겹으로 두른 낡은 치맛자락은 다리로, 허리로 척척 엉기어 걸음을 방해하였다. 땀에 붙은 종아리는 거친 숲에 긁혀 매여 그 쓰라림이 말이 아니다. 게다가 무거운 흙내는 숨이 탁탁 막히도록 가슴을 찌른다. 그러나 삶에 발버둥치는 순진한 그의 머리는 아무 불평도 일지 않았다.

가물에 콩나기로 어쩌다 도라지순이라도 어지러운 숲속에 하나 둘 뾰족이 뻗어 오른 것을 보면 그는 그래도 기쁨에 넘치는 미소를 띠었다. 때로는 바위도 기어올랐다. 정히 못 기어오를 그런 험한 곳이면 칡덩굴에 매어 달리기도 하는 것이었다. 땟국에 절은 무렵 적삼은 벗어서 허리춤에다 꾹 찌르고는 호랑이 숲이라 이름난 강원도 산골에 매어 달려 기를 쓰고 허비적거린다. 골바람은 지날 적이라 알몸을 두른 치맛자락을 공중으로 날린다. 그제마다 검붉은 볼기짝을 사양 없이 내보이는 칡덩굴이 그를 본다면, 배를 움켜쥐어도 다 못 볼 것이다. 마는 다행히 그윽한 산골이라 그 꼴을 비웃는 놈은 뻐꾸기뿐이었다.

이리하여 해동 갑으로 해갈을 하고 나면 캐어 모은 도라지, 더덕은 얼러 사발 가웃, 혹은 두어 사발 남짓하게 되는 것이다. 그러면 동리로 내려와 주막거리에 가서 그걸 내주고 보리쌀과 사발 바꿈을 하였다. 그러나 요즘엔 그나마도 철이 겨워 소출이 없다. 그 대신 남의 보리 방아를 온종일 찧어 주고 보리밥 그릇이나 얻어다 가는 집으로 돌아와 농토를 못 얻어 뻔

뻔히 노는 남편과 같이 나누는 것이 그날 하루하루의 생활이었다. 그리고 보니 돈 이 원은커녕 당장 목을 딴대도 피도 나올지가 의문이었다.

만약 돈 이 원을 돌린다면 아는 집에서 보리라도 꾸어 파는 수밖에는 다른 도리가 없다. 그리고 온 동리의 아낙네들이 치맛바람에 팔자 고쳤다고 쑥덕거리며 은근히 시새우는 쇠돌 엄마가 아니고는 노는 벌이를 가진 사람이 없다. 그런데 도둑이 제발 저리다고 그는 자기 꼴 주제에 눌려서 호사로운 쇠돌 엄마에게는 죽어도 가고 싶지 않았다. 쇠돌 엄마도 처음에야 자기와 같이 천한 농부의 계집이련만 어쩌다 하늘이 도와 동리의 부자 양반 이 주사와 은근히 배가 맞아 금방석에 뒹구는 팔자가 되었다. 그리고 쇠돌 아버지도 이게 웬 땡이냐는 듯이 아내를 내어 논 채 눈을 살짝 감아 버리고 이 주사에게서 나는 옷이나 입고, 주는 쌀이나 먹고 연년이 신통치 못한 자기 농사에는 한 손을 빼고는 히짜를 뽑는 것이 아닌가!

사실 말인즉, 춘호 처가 쇠돌 엄마에게 죽어도 아니 가려는 그 속 까닭은 정작 여기 있었다.

바로 지난 늦은 봄, 달이 뚫어지게 밝은 어느 밤이었다. 춘호가 보름 계추를 보러 산모퉁이로 나간 것이 이슥하여도 돌아오지 않으므로 집에서 기다리던 아내가 인제 자고 어려나 생각하고는 막 드러누워 잠이 들려니까 웬 난데없는 황소 같은 놈이 뛰어들었다. 허둥지둥 춘호 처를 마구 깔다가 놀라서 으악 소리를 치는 바람에 그냥 달아난 일이 있었다. 어수룩한 시골 일이라 별반 풍설도 아니 나고 쓱싹되었으나 며칠이 지

난 뒤에야 그것이 동리 부자 이 주사의 소행임을 비로소 눈치 채었다.

그런 까닭으로 해서 춘호 처는 쇠돌 엄마와 직접 관계는 없단 대도 그를 대하면 공연스레 얼굴이 뜨뜻하여지고 몹시 어색하였다. 죄나 진 듯이……

그리고 더욱 쇠돌 엄마가,

"새댁, 나는 속옷이 세 개구, 버선이 네 벌이구 행."

하며, 아주 좋다고 핸들 대는 꼴을 보면 혹시 자기에게 한 점을 두고서 비아냥거리는 거나 아닌가 하는 옥생각으로 무안해서 고개도 못 들었다.

한편으로는 자기도 좀만 잘했다면 지금쯤은 쇠돌 엄마처럼 호강을 할 수 있었을 그런 갸륵한 기회를 깝살려 버린 자기 행동에 대한 후회와 애탄으로 말미암아 마음을 괴롭히는 그 쓰라림도 적지 않았다. 그러나 아무러한 욕을 보더라도 나날이 심해 가는 남편의 무지한 배보다는 그래도 좀 헐할 게다. 오늘은 한맘 먹고 쇠돌 엄마를 찾아가는 것이었다.

춘호 처는 이번 걸음이 헛발이나 안 칠까 일념으로 심화를 하며 수양버들이 쭉 늘여 박힌 논두렁길로 들어섰다.

그는 시골 아낙네로는 용모가 배우 반반하였다. 좀 야윈 듯한 몸매는 호리호리한 것이 소위 동리의 문자대로 외입깨나 하염직한 얼굴이었으되 푸레한 의복이며 퀴퀴한 냄새는 거지를 볼 지른다. 그는 왼손 바른손으로 겨끔내기로 치맛귀경이 되고 만다. 먼 데서 개짖는 소리가 앞뒷산을 한적하게 울린다. 빗방울은 하나 둘 떨어지기 시작하더니 차차 굵어지며 무더기로 퍼부어 내린다.

춘호 처는 길가에 늘어진 밤나무 밑으로 뛰어 들어가 비를 그으며 쇠돌 엄마집을 멀리 바라보았다. 북쪽 산기슭 높직한 울타리로 뺑 둘려 두르고 앉았는 오목하고 맵시 있는 집이 그 집이었다. 그런데 싸리문이 꼭 닫힌 것을 보면 아마 쇠돌 엄마가 농군청에 저녁 제누리를 나르러 가서 아직 돌아오지 않은 모양이었다.

그는 쇠돌 엄마 오기를 지켜보며 우두커니 서서 기다리고 있었다.

나뭇잎에서 빗방울은 뚝뚝 떨어지며 그의 뺨을 흘러 젖가슴으로 스며든다. 바람은 지날 적마다 냉기와 함께 굵은 빗발을 몸에 들이친다. 비에 쪼르륵 젖은 치마가 몸에 찰싹 감기어 허리로, 궁둥이로, 다리로, 살의 윤곽이 그대로 비쳐 올랐다.

무던히 기다렸으나 쇠돌 엄마는 오지 않았다. 하도 진력이 나서 하품을 하여가며 정신없이 서 있노라니 왼편 언덕에서 사람 오는 발자취 소리가 들린다. 그는 고개를 돌려보았다. 그러나 날쌔게 나무 틈으로 몸을 숨겼다. 동이 배를 가진 이 주사가 지우산을 받쳐 쓰고는 쇠돌네 집으로 향하여 응뎅이를 껑쭉거리며 내려가는 길이었다. 비록 키는 작달막하나 숱 좋은 수염이든지 온 동리는 털어야 단 하나뿐인 탕건이든지, 썩 풍채 좋은 오십 전후의 양반이다.

그는 싸리문 앞으로 가더니 자기 집처럼 거침없이 문을 떠다밀고는 속으로 버젓이 들어가 버린다.

이것을 보니 춘호 처는 다시금 속이 편치 않았다. 자기는 개돼지같이 무시로, 매만 맞고 돌아 치는 천덕꾼이다. 안팎으로 겹귀염을 받으며 간들대는 쇠돌 엄마와 사람된 치수가 두드러지게 다름을 그는 알 수 있었다. 쇠돌 엄마의 호강을 너무나 부럽게 우러러보는 반동으로 자기도 잘했다면 하는 턱없는 희망과 후회가 전보다 몇 갑절 쓰린 맛으로 그의 가슴을 찌푸뜨렸다.

쇠돌네 집을 하염없이 건너다보다가 저도 모르게 긴 한숨이 굴러 내린다. 언덕에서 쓸려 내리는 사탯물이 발등까지 개흙으로 덮으며 소리쳐 흐른다. 빗물에 폭 젖은 몸뚱어리는 점점 떨리기 시작한다.

그는 가벼웁게 몸서리를 쳤다. 그리고 당황한 시선으로 사방을 경계하여 보았다. 아무도 보이지는 않았다. 다시 시선을 돌리어 그 집을 쏘아보며 속으로 궁리하여 보았다. 안에는 확실히 이 주사뿐일 게다. 그때까지 걸렸던 싸리문이라든지 또는 울타리에 널은 빨래를 여태 안 걷어들이는 것을 보면 어떤 맹세를 두고라도 분명히 이 주사 외에 다른 사람은 하나도 없을 것이다.

그는 마음놓고 비를 맞아 가며 그 집으로 달려들었다. 봉당으로 선뜻 뛰어오르며,

"쇠돌 엄마 기슈?"

하고, 인기를 내보았다.

물론 당자의 대답은 없었다. 그 대신 그 음성이 나자 안방에서 이 주사가 번개같이 머리를 내밀었다. 자기 딴은 꿈 밖

이란 듯, 눈을 두리번두리번하더니 옷 위로 불거진 춘호 처의 젖가슴, 아랫배, 넓적다리로 발등까지 슬쩍 음흉히 훑어보고는 거나한 낯으로 빙그레한다. 그리고 자기도 봉당으로 주춤주춤 나오며,

"쇠돌 엄마 말인가? 왜 지금 막 나갔지. 곧 온 댔으니 안방에 좀 들어가 기다렸으면……."

하고 매우 일이 딱한 듯이 어름어름한다.

"이 비에 어딜 갔에유?"

"지금 요 밖에 좀 나갔지, 그러나 곧 올걸……."

"있는 줄 알고 왔는디……."

춘호 처는 이렇게 혼잣말로 낙심하며 섭섭한 낯으로 머뭇머뭇하다가 그냥 돌아갈 듯이 봉당 아래로 내려섰다.

이 주사를 쳐다보며 물차는 제비같이 산드러지게,

"그럼 요담에 오겠애유, 안녕히 계시유."

하고 작별 인사를 올린다.

"지금 곧 온 댔는데, 좀 기다리지……."

"담에 또 오지유."

"아닐세, 좀 기다리게. 여보게, 여보게, 이."

춘호 처가 간다는 바람에 이 주사는 체면도 모르고 기가 올랐다. 허둥거리며 재간껏 만류하였으나 암만해도 안 될 듯싶다. 춘호 처가 여기엘 찾아 온 것도 큰 기적이려니와 뇌성 벽력에, 구석진 곳이겠다, 이렇게 솔깃한 기회는 두 번 다시 못 볼 것이다. 그는 눈이 뒤집히어 입에 물었던 장죽을 쭉 뽑아 방안으로 치뜨리고는 계집의 허리를 뒤로 다짜고짜 끌어안아

서 봉당 위로 끌어 올렸다.

계집은 몹시 놀라며,

"왜 이러시유, 이거 놓세유."

하고 몸을 뿌리치려는 앙탈을 한다.

"아니 잠깐만."

이 주사는 그래도 놓지 않으며 허겁스러운 눈짓으로 계집을 달래 인다.

흘러내리는 고의춤을 왼손으로 연신 치우키며 바른 팔로는 계집을 잔뜩 움켜잡고는 엄두를 못 내어 쩔쩔매다가 간신히 방안으로 꿍꿍 몰아 넣었다. 안으로 문고리는 재빠르게 채이었다.

밖에서는 모진 빗방울이 배추 잎에 부딪치는 소리, 바람에 나무 떠는 소리가 요란하다. 가끔 양철통을 내려 굴리는 듯 거푸진 천둥소리가 방고래를 울리며 날은 점점 침침하여 갔다.

얼마쯤 지난 뒤였다. 이만하면 길이 들었으려니 안심하고 이 주사는 날숨을 후우, 하고 돌린다. 실없이 고마운 비 때문에 발악도 못 치고 앙살도 못 피우고 무릎 앞에 고분고분 늘어져 있는 계집을 대견히 바라보며 빙긋이 얼러 보았다. 계집은 온몸에 진땀이 쭉 흐르는 것이 꽤 더운 모양이다. 벽에 걸린 쇠돌 어미의 적삼을 꺼내어 계집의 몸을 말쑥하게 훌닦기 시작한다. 발끝서부터 얼굴까지…….

"너, 열 아홉이지?"

하고 이 주사는 취한 얼굴로 얼간히 물어 보았다.

"니에."

하고, 메떨어진 대답.

계집은 이 주사의 손에 눌리어 일어나도 못 하고 죽은 듯이 가만히 누워 있다.

이 주사는 계집의 몸을 다 씻고 나서 한숨을 내뿜으며 담배 한 대를 턱 피워 물었다.

"그래. 요새도 서방에게 주리경을 치느냐?"

하고 묻다가 아무 대답도 없으매,

"원 그래서야 어떻게 산단 말이냐, 하루 이틀도 아니고 사람의 일이란 알 수 있는 거냐? 그러다 혹시 맞아 죽으면 정장하나 해볼 곳 없는 거야. 허니, 네 명이 아까우면 덮어놓고 민적을 가르는 게 낫겠지?"

하고 계집의 신변을 위하여 염려를 마지않다가 번뜻 한 가지 궁금한 것이 있었다.

"너 참, 아이 낳았다 죽었다더구나?"

"니예."

"어디 난 듯이나 싶으냐?"

계집은 얼굴이 홍당무가 되어지면 아무 말도 못 하고 고개를 외면하였다.

이 주사도 그까짓 것 더 묻지 않았다. 그런데 웬 녀석의 냄새인지 무생채 썩는 듯한 시크무레한 악취가 불시로 코청을 찌르니 눈살을 찌푸리지 않을 수 없다. 처음에야 그런 줄은 도통 몰랐더니 알고 보니까 좋이 역하였다. 그는 빨고 있는 담배통으로 계집의 배꼽께를 똑똑히 가리키며,

"애, 이 살의 배꼽 좀 봐라. 그래 물이 흔한데 이것 좀 못 씻는단 말이야?"

하고, 모처럼의 기분을 상한 것이 앵하단 듯이 꺼림한 기색으로 혀를 찼다. 하지만 계집은 참다 참다 이내 무안에 못 이기어 일어나 치마를 입으려 하니 그는 역정을 벌컥 내었다. 옷을 빼앗아 구석으로 동댕이를 치고는 다시 그 자리에 끌어 앉혔다.

그리고 자기 딸이나 책하듯이 아주 대범하게 꾸짖었다.

"왜 그리 계집이 달망대니? 좀 듬직하지 못하구……."

춘호 처가 그 집을 나선 것은 들어간 지 약 한 시간 만이었다.

비가 여전히 쭉쭉 내린다. 그는 진땀을 있는 대로 흠뻑 쏟고 나왔다. 그러나 의외로, 아니 천행으로 오늘 일은 성공이었다.

그는 몸을 솟치며 생긋하였다. 그런 모욕과 수치는 난생 처음 당하는 봉변으로, 지랄 중에도 몹쓸 지랄이었으나 성공은 성공이었다. 복을 받으려면 반드시 고생이 따르는 법이니 이까짓 거야 골백번 당한대도 남편에게 매나 안 맞고 의좋게 살 수만 있다면 그는 사양치 않을 것이다. 이 주사를 하늘같이, 은인같이 여겼다.

남편에게 부쳐먹을 농토를 줄 테니 자기의 첩이 되라는 그 말도 죄송하였으나 더욱이 돈 이 원을 줄 게니 내일 이맘때 쇠돌네 집으로 넌지시 만나자는 그 말은 무엇보다도 고맙고 벅찬 짐이나 풀은 듯 마음이 홀가분하였다. 다만 애키는 것은 자기의 행실이 만약 남편에게 발각되는 나절에는 대매에 맞아 죽을 것이다. 그는 일변 기뻐하며 일변 애를 태우며 자기 집을 향하여 세차게 쏟아지는 빗속을 가분가분 내려달렸다.

춘호는 아직도 분이 못 풀리어 뾰루퉁하니 홀로 앉았다.

그는 자기의 고향인 인제를 등진 지 벌써 삼 년이 되었다. 해를 이어 흉작에 농작물은 말 못 되고 따라 빚쟁이들의 위협과 악다구니는 날로 심하였다.

마침내 하릴없이 집 세간살이를 그대로 내버리고 알몸으로 밤도주하였던 것이다. 살기 좋은 곳을 찾는다고 나이 어린 아내의 손목을 끌고 이 산 저 산으로 넘어 표랑하였다. 그러나 우정 찾아 들은 곳이 고작 이 마을이나, 산 속은 역시 일반이다. 어느 산골엘 가 호미를 잡아 보아도 정은 조그만치도 안 붙었고, 거기에는 오직 쌀쌀한 불안과 굶주림이 품을 벌려 그를 맞을 뿐이었다. 터무니없다 하여 농토를 안 준다, 일 구멍이 없으매 품을 못 판다, 밥이 없다. 결국에 그는 피폐하여 가는 농민 사리를 감도는 엉뚱한 투기심에 몸이 달떴다.

요사이 며칠 동안을 두고 요 너머 뒷산 속에는 밤마다 큰 노름판이 벌어지는 기미를 알았다. 그는 자기도 한몫 보려고 끼룩거렸으나 좀체로 밑천을 만들 수가 없었다. 이 원! 수나 좋아서 이 이 원이 조화만 잘 한다면 금시 발복이 못 된다고 누가 단언할 수 있으랴! 삼 사십 원 따서 동리의 빚이나 대충 가리고 옷 한 벌 지어 입고는 진저리 나는 이 산골을 떠나려는 것이 그의 배포였다. 서울로 올라가 아내는 안잠을 재우고 자기는 노동을 하고, 둘이서 다구지게 벌으면 안락한 생활을 할 수가 있을 텐데, 이런 산 구석에서 굶어 죽을 맛이야 없었다. 그래서 젊은 아내에게 돈 좀 해오라니까 요리 매긴 조리 매긴 피하고 곁들어 주지 않으니 그 소행이 여간 괘씸한 것이 아니다.

아내가 물에 빠진 생쥐꼴을 하고 집으로 달려들자 미처 입도 벌리기 전에 남편은 이를 악물고 주먹 빰을 냅다 붙인다.

"너 이년, 매만 살살 피하고 어디 가 자빠졌다 왔니?"

볼치 한 대를 얻어맞고 아내는 오기가 걸리어 벙벙하였다. 그래도 직성이 못 풀리어 남편이 다시 매를 손에 잡으려 하니 아내는 질 겁을 하여 살려 달라고 두 손으로 빌며 개신 개신 입을 열었다.

"낼 되유…… 낼, 돈, 되유."

하며 돈이 변통됨을 삼가 아뢰는 그의 음성은 절반이 울음이었다. 남편이 반신반의하며 눈을 찡긋하다가,

"낼?"

하고 목청을 돋았다.

"네, 낼 된다유."

"꼭 되여?"

"네, 낼 된다유."

남편은 시골 물정에 능통하니 만치 난데없이 돈 이 원이 어디서 저렇게 되는 것까지는 추궁해 물으려 하지 않았다. 그는 적이 안심한 얼굴로 방문턱에 걸터앉으며 담뱃대에 불을 그었다. 그제야 비로소 아내도 마음을 놓고 감자를 삶으러 부엌으로 들어가려 하니 남편이 곁으로 걸어오며 측은한 듯이 말

리었다.

"병나, 방에 들어가 어여 옷이나 말리여, 감자는 내 삶을 게."

먹물같이 짙은 밤이 내리었다. 비는 더욱 소리를 치며 앙상한 그들의 방벽을 앞뒤로 울린다. 천장에서 비는 새지 않으나 집 지은 지가 오래되어 고래가 물러앉다시피 된 방이라 도배를 못 한 방바닥에는 물이 스며들어 귀축축하다. 거기다 거적 두 잎만 덩그렇게 깔아 놓은 것이 그들의 침소였다. 석유 불은 없어 캄캄한 바로 지옥이다. 벼룩 이는 사방에서 마냥 스물거린다.

그러나 등걸잠에 익달한 그들은 천연덕스럽게 나란히 누워 줄기차게 퍼붓는 밤 빗소리를 귀담아 듣고 있었다. 가난으로 인하여 부부간의 애틋한 정을 모르고 나날이 매질로 불평과 원한 중에서 복대기는 그들도 이 밤에는 불시고 화목하였다. 단지 남편의 품에 들은 돈 이 원을 꿈꾸어 보고도,

"언제 서울 갈라유?"

남편의 왼팔을 베고 누웠던 아내가 남편을 향하여 응석 비슷이 물어 보았다. 그는 남편에게 서울의 화려한 거리며, 후한 인심에 대하여 여러 번 들은 바 있어 일상 안타까운 마음으로 몽상은 하여 보았으나 실지 구경은 못 하였다. 얼른 이 고생을 벗어나 살기 좋은 서울로 가고 싶은 생각이 간절하였다.

"곧 가게 되겠지, 빚만 좀 갚아도 가뜬하련만."

"빚은 낭종 줴더라도 얼핀 갑세다유."

"염려 없어. 이 달 안으로 꼭 가게 될 거니까."

남편은 썩 쾌히 승낙하였다. 딴은 그는 동리에서 일컬어 주는 질꾼으로 투전장의 가보쯤은 시루에서 콩나물 뽑듯하는 능수였다. 내일 밤 이 원을 가지고 벼락같이 노름판에 달려가서 있는 돈이란 깡그리 모집어 올 생각을 하니 그는 은근히 기뻤다. 그리고 교묘한 자기의 손재간을 홀로 뽐내었다.

"이번이 서울 첨이지?"

하매 그는 서울 바람 봄 한 번 쐬었다고 큰 체를 하며 팔로 아내의 머리를 흔들어 물어 보았다. 성미가 워낙 겁겁한지라 지금부터 서울 갈 준비를 착착 하고 싶었다. 그가 제일 걱정되는 것은 둠 구석에서 내 자라먹은 아내를 데리고 가면 서울 사람에게 놀림도 받을 게고 거리끼는 일이 많을 듯싶었다. 그래서 서울 가면 꼭 지켜야 할 필수 조건을 아내에게 일일이 설명치 않을 수 없었다.

첫째, 사투리에 대한 주의부터 시작되었다. 농민이 서울 사람에게 '꼬라리'라는 별명으로 감잡히는 그 이유는 무엇보다도 사투리에 있을지니 사투리는 쓰지 말며 '합세'를 '하십니까'로 '하게유'를 '하오'로 고치되 말끝을 들지 말지라, 또 거리에서 어릿어릿하는 것은 내가 시골뜨기요 하는 얼뜬 짓이니 갈 길은 재게 하고 볼 눈은 또릿또릿이 볼지라…… 하는 것들이었다. 아내는 그 끔찍한 설교를 귀담아 들으며 모깃소리로 네, 네를 하였다.

남편은 두어 시간 가량을 샐 틈 없이 꼼꼼하게 주의를 다져 놓고는 서울의 풍습이며 생활 방침 등을 자기의 의견대로, 그럴싸하게 이야기하여 오다가 말끝이 어느덧 화장술에 이르게 되었다. 시골 여자가 서울에 가서 안잠을 잘 자 주면 몇 후에는 집까지 얻어 갖는 수가 있는데, 거기에는 얼굴이 예뻐야 한다는 소문을 일찍 들은 바 있어 하는 소리였다.

"그래서 날마다 기름도 바르고, 분도 바르고, 버선도 신고 해소 쥔 마음에 썩 들어야……."

한참 신바람이 올라 주워섬기다가 옆에서 쌔근쌔근 소리가 들리므로 고개를 돌려보니 아내는 이미 곯아져 잠이 깊었다.

"이런 망할 거, 남 말하는데 자빠져 잔담."

남편은 혼자 중얼거리며 바른 팔을 들어 이마 위로 흐트러진 아내의 머리칼을 뒤로 쓰담아 넘긴다. 세상에 귀한 것은 자기 아내! 명색이 남편이며 이날까지 옷 한 벌 변변히 못 해 입히고 고생만 짓시킨 그 죄가 너무나 큰 듯 가슴이 뻐근하였다. 그는 왁살스러운 팔로 아내의 허리를 꼭 껴안아 자기의 앞으로 바특이 끌어당겼다.

밤새도록 줄기차게 내리던 빗소리가 아침에 이르러서야 겨우 그치고 점심때에는 생기로운 볕까지 들었다. 쿨렁쿨렁 눈물 나는 소리는 요란히 들린다. 시내에서 고기 잡는 아이들의 고함이며, 농부들의 희희낙락한 미나리도 기운차게 들린다. 비는 춘호의 근심도 씻어 간 듯 오늘은 그에게도 즐거운 빛이 보였다.

"저녁 제누리 때 되었을걸, 얼른 빗고 가 봐……."

그는 갈증이 나서 아내를 대고 재촉하였다.

"아직 멀었어유."

"뭘!"

아내는 남편의 말대로 벌써부터 머리를 빗고 앉았으나 원래 달포나 아니 가리어 엉클은 머리가 시간이 꽤 걸린다. 그는 호랑이 같은 남편과 오랜만에 정다운 정을 바꾸어 보니 근래에 볼 수 없는 화색이 얼굴에 떠돌았다.

어느 때에는 매적하게 생글생글 웃어도 보았다.

아내가 꼼지락하는 것이 보기에 퍽으나 갑갑하였다. 남편은 아내 손에서 얼래 빗을 쑥 뽑아 들고는 시원스레 쭉쭉 내려 빗긴다. 다 빗긴 뒤, 옆에 놓인 밥사발의 물을 손바닥에 연신 칠해 가며 머리에다 번지르하게 발라 놓았다. 그래 놓고 위서부터 머리칼을 재워 가며 맵시 있게 쪽을 딱 질러 주더니 오늘 아침에 한사코 공을 들여 삼아 놓았던 짚신을 아내의 발에 신기고 주먹으로 자근자근 골을 내주었다.

"인제 가 봐!"

하다가,

"바루 곧 와, 응?"

하고 남편은 그 이 원을 고이 받고자 손색없도록, 실패 없도록 아내를 모양내 보냈다.

따라지

쪽대문을 열어 놓으니 사직 공원이 환히 내려다보인다. 인제는 봄도 늦었나 보다. 저 건너 돌담 안에는 사쿠라꽃이 벌겋게 벌어졌다. 가지가지 나무에는 싱싱한 싹이 돋고, 새침히 옷깃을 핥고 드는 요놈이 꽃샘이겠지. 까치들은 새끼 칠 집을 장만하느라고 가지를 입에 물고 날아들고…….

이런 제기랄, 우리 집은 언제나 수리를 하는 겐가. 해마다 고친다, 벼르기는 연실 벼르면서. 그렇다고 사직골 꼭대기에 올라붙은 끼웃한 초가집이라서 싫은 것도 아니다. 납작한 처마 밑에 비록 묵은 이엉이 무더기 무더기 흘러내리건 말건, 대문짝 한 짝이 삐뚜로 백이건 말건 장독 뒤의 판장이 아주 벌컥 나자빠져도 좋다. 참말이지 그놈의 부엌 옆의 뒷간만 좀 고쳤으면 원이 없겠다. 밑둥의 벽이 확 나가서 어떤 게 부엌이고 뒷간인지를 분간을 모르니. 게다 여름이 되면 부엌 바닥으로 구더기가 슬슬 기어들질 않나. 이걸 보면 고대 먹었던 밥풀이 그만 곤두서고 만다. 에이 추해, 추해, 망할 녀석의 영감쟁이 그것 좀 고쳐달라고 그렇게 성화를 해도……

쪽대문이 도로 닫혀지며 소리를 요란히 내인다. 아침 설거지에 젖은 손을 치마로 닦으며 주인 마누라는 오만상이 찌푸려진다.

그러나 실상은 사글세를 못 받아서 약이 오른 것이다. 영감더러 받아달라면 마누라에게 밀고 마누라가 받자니 고분히 내질 않는다.

여지껏 미뤄왔지만 느들 오늘은 안 될라, 마음을 아주 다부지게 먹고 건넌방 문을 홱 열어제친다.

"여보! 어떻게 됐소?"

"아, 이거 참 미안합니다. 오늘두……."

텁수룩한 컬러머리를 이렇게 긁으며 역시 우물쭈물이다.

"오늘두라니 그럼 어떡할 작정이오?"

하고 눈을 한번 무섭게 떠보였다. 마는 이 위인은 암만 얼러도 노할 주변도 못 된다.

나이가 새파랗게 젊은 녀석이 왜 이리 할 일이 없는지 밤낮 방구석에 팔짱을 지르고 멍하니 앉아서는 얼이 빠졌다. 그렇지 않으면 이불을 뒤쓰고는 줄창같이 낮잠이 아닌가. 햇빛을 못 봐서 얼굴이 누렇게 찌들었다. 경무과 제복 공장의 직공으로 다니는 즈 누이의 월급으로 둘이 먹고 지낸다. 누이가 과부길래 망정이지 서방이라도 해가면 이건 어떡할려고 이러는지 모른다. 제 신세 딱한 줄 모르고 만날,

"돈은 우리 누님이 쓰는데요……. 누님 나오거든 말씀하십시오."

"당신 누님은 밤낮 사날만 참아달라는 게 한 아니오. 사날 사날허니 그래 언제가 돼야 사날이란 말이오?"

"미안스럽습니다. 그러나 이번엔 사날 후에 꼭 드리겠습니다. 이왕 참아주시던 길이니."

"글쎄 언제가 사날이란 말이오."

하고 주름잡힌 이맛살에 화가 다시 치밀지 않을 수가 없다. 이놈의 사날이란 석 달인지 삼 년인지 영문을 모른다. 그러나 저쪽도 쾌쾌히 들어덤벼야 말하기가 좋을 텐데, 울가망으로 한풀 꺾이어 들옴에는 더 지껄일 맛도 없는 것이다.

"돈두 다 싫소, 오늘은 방을 내줘."

그는 말 한마디 또렷이 남기고 방문을 탁 닫아 버렸다. 그러고 서너 발 투덜거리며 물러서자 다시 가서 문을 열어잡고,

"오늘 우리 조카가 이리 온다니까 어차피 방은 있어야 하겠소."

장독 옆으로 빠진 수채를 건너서면 바로 아랫방이다. 본시는 광이었으나 셋방 놓으려고 싱둥겅둥 방을 들인 것이다. 흙칠한 것도 위채보다는 아직 성하고 신문지로 처덕이었을망정 제법 벽도 번듯하다.

비바람이 들이치어 누렇게 들뜬 미닫이었다. 살며시 열고 노려보니 망할 노랑퉁이가 여전히 이불을 쓰고, 끙끙 누웠다. 노란 낯짝이 광대뼈 툭 불거진 게 어제만도 더 못한 것 같다. 돈도 좋거니와 팔자에 없는 송장을 칠까봐 애간장이 다 졸아

든다. 하기야 처음 올 때에 저 병색을 모른 것도 아니고,

"영감님! 무슨 병환이슈?"

하고 겁을 먹으니까,

"감기를 좀 들렸더니 이러우."

이런 굴치 같은 영감쟁이가 또 있으랴. 그리고 그날부터 뒷간에다 피똥을 내깔기며 이 앓는 소리로 쩔쩔매는 것이다. 보기에 추하기도 할 뿐더러 그 신음 소리를 들을 적마다 사지가 으스러지는 것 같다.

그러나 더 얄미운 것은 이걸 데리고 온 그 딸이었다. 버스걸 다니니까 아마 가진 말이 심한 모양이다. 부족증이라고 한마디만 했으면 속이나 시원할 걸 여태도 감기가 쇄서 그렇다고 빠득빠득 우긴다. 방을 안 줄까 봐 속인 그 행실을 생각하면 곧 눈에 불이 올라서,

"영감님, 오늘은 방셀 주셔야지요?"

"시방 내 몸이 아파 죽겠소."

영감님은 괜한 소리를 한단 듯이 썩 귀찮게 벽쪽으로 돌아 눕는다. 그리고 어구머니 끙, 움츠라드는 소리를 친다.

"아니 영 방세는 안 내실 테야요?"

하고 소리를 빽 지르지 않을래야 않을 수 없다.

"내 시방 죽는 몸이오. 가만 있수."

"글쎄 죽는 건 죽는 거고 방세는 방세가 아니오. 영감님 죽기로서 어째 내 방세를 못 받는단 말이오?"

"내가 죽는데 어째 방세는 또 낸단 말이오."

영감님은 고개를 돌리어 눈을 부릅뜨고 마나님 못지않게

호령이었다. 죽을 때가 가까워오니까 악이 받칠 대로 송두리 받친 모양이다.

"정 그렇다면 내 딸 오거든 받아가구려."

"이건 누구에게 찌다운가 원, 별일두 다 많어이."

하고 홀로 입속으로 중얼거리며 물러가는 것도 상책일지 모른다. 괜스레 병든 것과 겯고 틀고 이러단 결국 이쪽이 한 굽 죄인다. 그보다 딸이나 오거든 톡톡히 따져서 내쫓는 것이 일이 쉬우리라.

그 옆으로 좀 사이를 두고 나란히 붙은 미닫이가 또 하나 있다. 열고자 문설주에 손을 대다가 잠깐 멈칫하였다. 툇마루 위에 무람없이 올려 놓은 이 구두는 분명히 아키코의 구두일 게다. 문 열어볼 용기를 잃고 그는 부엌 쪽으로 돌아가며 쓴 입맛을 다시었다.

카펜가 뭔가 다니는 계집애들은 죄다 그렇게 망골들인지 모른다. 영애하고 아키코는 아무리 잘 봐도 씨알이 사람될 것 같지 않다. 아래위턱도 몰라보는 애들이 난봉질에 향수만 찾고 그래도 영애란 계집애는 비록 심술은 내고 내댈망정 뭘 물으면 대답이나 한다. 요 아키코는 방세를 내래도 입을 꼭 다 물고는 안차게도 대꾸 한마디 없다. 여러 번 듣기 싫게 조르면 그제서는 이쪽이 낼 성을 제가 내가지고,

"누가 있구두 안 내요? 좀 편히 계셔요. 어련히 낼라구, 그런 극성 첨 보겠네."

이렇게 쥐어박는 소리를 하는 것이 아닌가. 좀 편하게 계시라는 이 말에는 하 어이가 없어서도 고만 찔끔 못 한다.

"망할 년! 언제 병이 들었나?"

쓸 방을 못 쓰고 사글세를 논 것은 돈이 아쉬웠던 까닭이었다. 두 영감 마누라가 산다고 호젓해서 동무로 모은 것도 아니다. 그런데 팔자가 사나운지 모두 우거지상, 노랑퉁이, 말괄량이, 이런 몹쓸 것들뿐이다. 이 망할 것들이 방세를 내는 셈도 아니요, 그렇다고 아주 안 내는 것도 아니다. 한 달치는 비록 석 달에 별러 내는 한이 있더라도 역 내는 건 내는 거였다. 즈들끼리 짜기나 한 듯이 팔십 전 칠십 전 그저 일 원, 요렇게 짤금짤금거리고 만다.

오늘은 크게 얼를 줄 알았더니 하고 보니까 역시 어저께나 다름이 없다. 방의 세간을 마루로 내놔가며 세를 들인 보람이 무엇인지. 그는 마루 끝에 걸터앉아서 화풀이로 담배 한 대를 피워 문다.

그러나 아무리 생각하여도 내 방 빌리고 내가 말 못 하는 것은 병신스러운 짓임에 틀림이 없다. 담뱃대를 마루에 내던지고 약을좀 올려가지고 다시 아래채로 내려간다. 기세 좋게 방문이 홱 열리었다.

"아키코! 이봐! 자?"

아키코는 네 활개를 벌리고 아키코답게 무사태평히 코를 골아올린다. 젖통이를 풀어헤친 채 부끄럼 없고, 두 다리는 이불 싼 위로 번쩍 들어올렸다. 담배 연기가 가득 찬 방안에는 분내가 홱 끼치고…….

"이봐! 아키코! 자!"

이번에는 대문 밖에서도 잘 들릴 만큼 목청을 돋았다. 그러

나 생시에도 대답 없는 아키코가 꿈속에서 대답할 리 없음을 알았다. 그저 겨우 입속으로,

"망할 계집애두, 가랑머릴 쩍 벌리고 저게 원, 째째."

미닫이가 딱 닫겨지는 서슬에 문틀 위의 안약병이 떨어진다.

그제서야 아키코는 조심히 눈을 떠보고 일어나 앉았다. 망할 년, 저보고 누가 보랬나, 하고 한 옆에 놓인 손거울을 집어든다. 어젯밤 잠을 설친 바람에 얼굴이 부석부석하였다. 궐련에 불이 붙는다.

그는 천장을 향하여 연기를 내뿜으며 가만히 바라본다. 뾰죽한 입에서 연기는 고리가 되어 한 둘레 두 둘레 새어 나온다. 고놈을 하나씩 손가락으로 꼭 찔러서 터치고, 터치고.

아까부터 영애를 기다렸으나 오정이 가까워도 오질 않는다. 단성사엘 갔는지 창경원엘 갔는지, 그래도 저 혼자는 안 갈걸, 이런 때이면 방 좁은 것이 새삼스레 불편하였다. 햇빛이 안 들고 늘 습한 건 말고, 조금만 넓었으면 좋겠다. 영애나 아키코나 둘 중의 누가 밤의 손님 있으면 하나는 나가 잘 수밖에 없다. 둘이 자주 어깨가 맞부딪치는데, 그런데 셋이 자기에는 너무 창피하였다. 나가서 자면 숙박료는 오십 전씩 받기로 하였으니까 못 잘 것도 아니다. 마는 그 담날 밝은 낮에 여기까지 허덕허덕 찾아오는 것은 어째 좀 어색한 일이었다.

어제도 카페서 나오다가 골목에서 영애를 꾹 찌르고,

"얘! 너 오늘 어디서 자구 오너라."

하고 귓속말을 하니까,

"또? 얘 너는 좋구나!"

"좋긴 뭐가 좋아? 애두!"

아키코는 좀 수줍은 생각이 들어 쭈뼛쭈뼛 그 손에 돈 팔십 전을 쥐어주었다. 여느 때 같으면 오십 전이지만 그만치 미안 하였다. 마는 영애는 지루퉁한 낯으로 돈을 받아넣으며 또 하는 소리가,

"얘! 인젠 종로 근처로 우리 큰 방을 얻어 오자."

"그래 가만 있어……. 잘 가거라, 그리고 내일 일찍 와!"

남 인사하는 데는 대답 없고,

"나만 밤낮 나와 자는구나!"

이것은 필시 아키코에게 엇먹는 조롱이겠지. 망할 애두 저만 뚱뚱하고 못생기게 낳랬나, 그렇게 삐지게. 하지만 영애가 설마 아키코에게 삐지거나 엇먹지는 않았으리라.

아키코는 베개로 허리를 펴며 손목 시계를 다시 본다. 오정 하고 십 오 분, 또는 삼 분. 영애가 올 때가 되었는데, 망할 고 누가 채갔나. 기지개를 한 번 늘이고 드러누우며 미닫이께로 고개를 가져간다. 문 아랫도리에 손가락 하나 드나들 만한 구멍이 뚫리었다. 주인 마누라가 그제야 좀 화가 식었는지 안방으로 휘젓고 들어가는 치마꼬리가 보인다. 그리고 마루 뒤주 위에는 언제 꺾어다 꽂았는지 정종병에 엉성히 뻗은 꽃가지. 붉게 핀 것은 복숭아꽃일 게고, 노랗게 척척 늘어진 저건 개나리다. 건넌방 문은 여전히 꼭 닫혔고 뒷간에 가는 기색도 없다. 저 속에는 지금 제가 별명 진 톨스토이가 책상 앞에 웅크리고 앉아서 눈을 감고 앉았으리라. 올라가서 이야기나 좀

하고 싶어도 구렁이 같은 주인 마누라가 지키고 앉아서 감히 나오지를 못한다.

이것은 아키코와 안채의 기맥을 정탐하는 썩 필요한 구멍이었다. 뿐만 아니라 저녁나절에는 재미스러운 연극을 보는 한 요지경도 된다. 어느 때에는 영애와 같이 나란히 누워서 베개를 베고 하나 한 구멍씩 맡아 가지고 구경을 한다. 왜냐면 다섯 점 반쯤 되면 완전히 히스테리인 톨스토이의 누님이 공장에서 나오는 까닭이다.

그 누님은 성질이 어찌 괄괄한지 대문지간서부터 들어오는 기색이 난다. 입을 다물고 눈살을 접은 그 얼굴을 보면 일상 마땅치 않은, 그리고 세상의 낙을 모르는 사람이다. 어깨는 축 늘어지고 풀없이 보이면서 게다 걸음만 빠르다. 들어오면 우선 건넌방 툇마루에다 빈 벤토를 젱그렁, 하고 내다붙인다. 이것은 아우에게 시위도 되거니와 이래야 또 직성도 풀린다.

그리고 그는 눈을 휘둥그렇게 뜨고 사면의 불평을 찾기 시작한다. 마는 아우는 마당도 쓸어 놓고 부뚜막의 그릇도 치고, 물독의 뚜껑도 잘 덮어 놓았다. 신발장이라도 잘못 놓여야 트집을 걸 텐데 아주 말쑥하니까 물바가지를 땅으로 동댕이친다. 이렇게 불평을 찾다가 불평이 없어도 또한 불평이었다.

"마당 쓸려면 잘 쓸던지, 그릇에다 흙칠을 온통 해놨으니 이게 뭐냐?"

끝이 꼬부라진 그 책망, 아우는 속에서 끽소리 없다.

"밥을 얻어먹으려면 밥값을 해야지, 늘 부처님같이 방구석에 꽉 앉았기만 하면 고만이냐?"

이것은 하루 몇 번씩 귀 아프게 듣는 인사이었다. 눈을 홉뜨고 서서 문 닫힌 건넌방을 향하여 퍼붓는 포악이었다. 그런 때이면 야윈 목에는 굵은 핏대가 불끈 솟고, 구부정한 허리로 게거품까지 흐른다. 그러나 이건 보통 때의 말이다. 어쩌다 공장에서 뒤를 늦게 본다고 감독에게 쥐어박히거나, 혹은 재봉침에 엄지손톱을 박아서 반쯤 죽어오는 적도 있다. 그러면 가뜩이나 급한 그 행동이 더 불이야 불이야 한다. 손에 잡히는 대로 그릇을 내던져 깨치며,

"왜 내가 이 고생을 해가며 널 먹이니 응 이놈아?"

헐없이 미친 사람이 된다. 아우는 마당에 내려와서 누님의 어깨를 두 손으로 붙잡고,

"누님 다 내가 잘못했수 그만두."

하고 달래지 않을 수 없다.

"네가 이놈아! 내 살을 뜯어먹는 거야."

"그래 알았수, 내가 다 잘못했으니 그만둡시다."

"듣기 싫어, 물러나."

하고 벌떡 떠다 밀면 땅에 펄썩 주저앉는 아우다. 열쩍은 듯 죄송한 듯 얼굴이 벌개서 털고 일어나는 그 아우를 보면 우습고도 일변 가여웠다.

그러나 더 우스운 것은 마루에서 저녁을 먹을 때의 광경이다. 누님은 밥을 퍼 가지고 올라와서는 아무 말 없이 아우 앞으로 한 그릇 쭉 밀어 놓는다. 그리고 자기는 자기대로 외면하여 푹푹 퍼먹고 일어선다. 물론 반찬도 각각 먹는다. 아우

는 군말 없이 두 다리를 세우고, 눈을 내리깔고는 그 밥을 떠 먹는다. 방에 앉아서 주인 마누라는 업신여기는 눈으로 은근 히 흘겨 준다.

영애는 톨스토이가 너무 병신스러운 데 골을 낸다. 암만 얻 어먹더라도 씩씩하게 대들질 못하고 저런, 저런. 그러나 아키 코는 바보가 아니라 사람이 너무 착해서 그렇다고 우긴다.

하긴 그렇다고 누님이 자기 밥을 얻어먹는 아우가 미워서 그런것도 아니다. 나뭇잎이 등금등금 날리던 작년 가을이었 다. 매일같이 하 들볶이니까 온다간다 말없이 하루는 아우가 없어졌다. 이틀이 되어도 없고 사흘이 되어도 없고 일주일이 썩 지나도 영 들어오지를 않는다.

누님은 아우를 찾으러 다니기에 눈이 뒤집혔다. 그렇게 착 실히 다니던 공장에도 며칠씩 빠지고 혹은 밥도 굶었다. 나중 에는 아우가 한을 품고 죽었나 보다고 집에 들어오면 마루에 주저앉아서 통곡이었다. 심지어 아키코의 손목을 다붙잡고,

"여보! 내 아우 좀 찾아주, 미치겠수."

"그렇지만 제가 어딜 간 줄 알아야지요."

"아니 그런 데 놀러가거든 좀 붙들어 줘, 부모 없이 불쌍히 자란 그놈이."

말 끝도 다 못 마치고 이렇게 울던 누님이 아니었던가. 아 흐레 만에야 아우를 남대문 밖 동무집에서 찾아왔다. 누님은 기뻐서 또 울었다. 그리고 그 다음날부터 다시 들볶기 시작하 였다.

이 속은 참으로 알 수 없고, 여북해야 아키코는 대문 소리

만 좀 다르면,

"얘 영애야! 변덕쟁이 온다. 어서 이리 와."

하고 잇속 없이 신이 오른다.

아키코는 남모르게 톨스토이를 맘에 두었다. 꿈을 꾸어도 늘 울가망으로 톨스토이가 나타나곤 한다. 꼭 발렌티노같이 두 팔을 떡 벌리고 하는 소리가 오! 저는 당신을 사랑합니다. 이 가슴에 안겨 주소서! 그러나 생시에는 이놈의 톨스토이가 아키코의 애타는 속도 모르고 본 둥 만 둥이 아닌가. 손님에게 꼭 답장할 필요가 있어서,

"선생님, 저 연애 편지 하나만 써 주셔요."

아키코가 톨스토이를 찾아가면,

"저 그런 거 못 씁니다."

"소설 쓰시는 이가 그래 연애 편지를 못 써요?"

하고 어안이 벙벙해서 한참 쳐다본다. 책상 앞에서 늘 쓰고 있는 것이 소설이란 말은 여러 번이나 들었다. 그래 존경해서 선생님이라고 톨스토이로 받치는데 그래 연애 편지 하나 못 쓴다니 이게 말이 되느냐. 하도 기가 막혀서,

"선생님! 연애해 보셨어요?"

하면 무안당한 계집애처럼 그만 얼굴이 벌개졌다.

"전 그런 거 모릅니다."

아키코는 톨스토이가 저한테 흥미를 안 갖는 걸 알고 좀 샐쭉하였다. 카페서 구는 여급이라고 넘보는 맥인지 조선말로 부르면 숭해서 아키코로 행세는 하지만 영영 아키콘 줄 아나 보다. 어쩌면 톨스토이가 숭칙스럽게 아랫방 버스걸과 눈이

맞았는지도 모른다. 왜냐면 버스걸이 나갈 때 고때쯤 해서 톨스토이가 세수를 하러 나오고 하는 것을 보았다. 그리고 옥생각인진 몰라도 버스걸도 요즘엔 부쩍 모양을 내기에 몸이 닳았다. 며칠 전에는 버스걸이 거울과 가위를 손에 들고서 아키코의 방을 찾아왔다.

"언니, 나 이 머리 좀 잘라 줘."

"건 왜 자를려구 그래? 그냥 두지."

"날마다 머리 빗기가 구찮아서 그래."

하고 좀 거북한 표정을 하더니,

"난 언니 머리가 좋아 뭉툭한 게!"

웃음으로 겨우 버무린다.

하 조르므로 아키코는 그 좋은 머리를 아니 자를 수 없다. 가위에 힘을 주어 그 중턱을 툭 끊었다.

버스걸은 손으로 만져 보더니 재겹게 기쁜 모양이다. 확 돌아앉아서 납죽한 주둥이로 해해 웃으며,

"언니 머리같이 좀 디려 잘라 주어요."

"더 자르문 못 써. 이만하면 좋지 않어?"

대구 졸랐으나 아키코는 머리를 버려 놀까 봐 더 응칠 않았다. 여기에 성이 바르르 나서 버스걸은 제 방으로 가서는 제 손으로 더 몽총히 잘라 버렸다. 그 뜯어논 머리에다 분을 하얗게 바르고는 아주 좋다고 나다니는 계집애다. 양말 뒤축에 빵구가 좀 나도 제 방 들어갈 제 뒤로 기어든다.

아침에 나갈 제 보면 버스걸은 커다란 책보를 옆에 끼고 아주 버젓하다. 처음에 아키코가 고등과에 다니는 학생인가, 한

것도 무리는 아니었다. 왜냐면 그 책보가 고등과에 다니는 책보같이 그렇게 탐스럽고 허울이 좋았다. 그러나 차차 알고 보니 보지도 않는 헌 잡지를 그렇게 포개고, 사이에 벤토를 꼭 물려서 싼 책보였다. 벤토 하나만 싸면 공장의 계집애나 버스걸로 알까 봐서 그 무거운 잡지책을 힘드는 줄도 모르고 들고 왔다갔다 하는 것이 아니냐. 그래놓고는 저녁에 돌아올 때면 웬 도둑놈 같은 무서운 중학생 놈이 쫓아오고 한다고 늘 성화다.

"그눔 다리를 꺾어 놓지."

이렇게 딸의 비위를 맞추어 병든 아버지는 이불 속에서 큰 소리다. 그리고 아침마다 딸 맘에 썩 들도록 그 책보를 싸는 것도 역 그의 일이었다. 정성스럽게 귀를 내어 문 밖으로 두 손으로 내받치며,

"애! 일찌가니 들어오너라, 감기들라."

이런 걸 보면 영애는 마뜩지 않았다. 딸에게 구리칙칙하게 구는 아버지는 보기가 개만도 못하다 했다. 그래 아키코와 쓸데 적게 주고받고 다툰 일까지 있다.

"그럼, 딸의 거 얻어먹구 그렇지도 않어?"

"그러니 더 든적스럽지 뭐냐?"

"든적스럽긴 얻어먹는 게 든적스러, 몸에 병은 있구 그럼 어떡허니? 애두! 너무 빠장빠장 우기는구나!"

아키코는 샐쭉히 토라지다 고개를 다시 돌리어 웅크려 뜨는 소리로,

"너 느 아버지가 팔아먹었다지, 그래 네 맘에 좋냐?"

"애두! 절더러 누가 그런 소리 하라나?"

하고 영애는 더 덤비지 못하고 그제서는 눈으로 치마를 걷어올린다. 이렇게까지 영애는 그 병쟁이가 몹시 싫었다. 누렇게 말라붙은 그 얼굴을 보고 김마까라는 별명을 지을 만치 그렇게 밉살스럽다. 왜냐면 어느 날 김마까가 초저녁부터 딸과 싸운 모양이었다. 새로 두 점쯤 해서 영애가 들어오니까 둘이 소곤소곤하고 싸우는 맥이다. 가뜩이나 엄살을 부리는 데다 더 흉칙을 떨며,

"어이쿠! 어이쿠! 하나님 맙시사!"

그렇지 않으면,

"하나님! 날 잡아가지 왜 이리 남겨두슈!"

아래위칸을 흙벽으로 막았으면 좋을 걸 얇은 빈지를 드리고 종이로 발랐다. 위칸에서 부시럭 소리만 나도 아래칸까지 그대로 흘러든다. 그 벽에다 머리를 쾅쾅 부딪치며,

"어이구! 이놈의 팔자두!"

제깐에는 딸 앞에서 죽는다고 결기를 이는 꼴이다. 그러면 딸은 표독스러운 음성으로,

"누가 아버지더러 돌아가시랬어요? 괜히 남의 비위를 긁어놓구 그러시네!"

"늙은이 보구 담배 끊으라는 게 죽으라는 게지 뭐냐!"

"그게 죽으라는 거야요? 남 들으면 정말로 알겠네."

딸이 좀더 볼멘소리로 쏘아박으니 또다시,

"어이구! 이놈의 팔자두!"

벽에 머리를 부딪치며 어린애같이 깩깩 울고 앉았다. 질긴

귀로도 못 들을 징그러운 그 울음 소리가…….

　가물에 빗방울같이 모처럼 끌고 왔던 영애 손님이 이마를 접는다. 그리고 아무 말 없이 취한 걸음으로 비틀비틀 쪽마루로 내걷는다. 되는 대로 구두짝이 끌린다.

　"왜 가셔요?"

　"요담 또 오지."

　"여보세요! 이 밤중에 어딜 간다구 그러셔요?"

하고 대문간서 그 양복을 잡아채인다. 마는 허황한 손이 올라와 툭툭 털어 버리고,

　"요담 또 오지."

　그리고 천변을 끼고 비틀거리는 술취한 걸음이다. 영애는 눈에 독이 잔뜩 올라서 한 전등이 두셋씩 보인다.

　빈 방안에 홀로 누워 입속으로 김마까를 악담하며 눈물이 핑 돈다.

　벌써 한 점 사십 오 분. 영애는 디툭디툭 들어오며 살집 좋은 얼굴이 싱글벙글이다. 손에는 통통한 과자 봉지. 미닫이를 여니 윗목 구석에 쓸어 박은 헌 양말짝, 때 쩔은 속옷, 보기에 어수선 산란하다.

　"벌써 오니? 좀더 있지."

　"애두! 목욕허구 온단다."

　"목욕은 혼자 가니?"

하고 좀 삐지려 한다.

　"그래 너 줄려구 과자 사왔어요오."

요강에서 손을 뽑으며 긴히 달겨든다. 아키코는 오줌을 눌 적마다 요강에 받아서는 이 손을 담그고 한참 있고 저 손을 담그고. 그러나 석 달이나 넘어 그랬건만 손결이 별로 고와진 것 같지 않다.

그 손을 손수건에 닦고서,

"모두 나마까시만 사왔구나."

우선 하나를 덥석 물어 뗀다.

"그 손으로 그냥 먹니? 애! 난 싫단다!"

"뭐 드러워? 저두 오줌은 누면서 그래."

"그래두 먹는 것하구 같으냐?"

하지만 영애는 아키코보다 마음이 훨씬 눅었다. 더 화내지 않고 그런 양으로 앉아서 같이 집어먹는다. 그의 마음에는 아키코의 생활이 몹시 부러웠다. 여러 손님의 사랑에 고이며 예쁜 얼굴을 자랑하는 아키코. 영애 자신도 꼭 껴안아 주고 싶은, 아담스러운 그런 얼굴이다.

"그인 은제 갔니?"

"새벽녘에 내뺐단다. 아주 숫배기야."

"넌 참 좋겠다. 나두 연애 좀 해봤으면!"

"하려무나, 누가 허지 말라니?"

"아니 너 같은 연애 싫어, 정신으로 하는 연애 말이지."

하고 어딘가 좀 뒤둥그러진 소리.

"오! 보구만 속태우는 연애 말이지?"

하긴 했으나 아키코는 어쩐지 영애에게 너무 심하게 한 듯싶었다. 가뜩이나 제 몸 못난 것을 은근히 슬퍼하는 애를…….

"얘! 별소리 말아요. 연애두 몇 번 해보면 다 시들해지는 걸 모르니? 난 일상 맘 편히 혼자 지내는 네가 부럽더라."

하고 슬그머니 한번 문질러 주면,

"뭐가 부러워? 애두! 괜히 저러지."

영애는 이렇게 부인은 하면서도 벙싯 하고 짜장 우월감을 느껴보려 한다. 영애도 한때에는 주체궂은 살을 말리고자 아편도 먹어봤다. 남의 말대로 듬뿍 먹었다가 꼬박 이틀 동안을 일어나지도 못하고 고생하던 생각을 하면 시방도 등허리가 선뜻하다. 그러나 영애에게도 어쩌다 엽서가 오는 것은 참 신통한 일이라 아니할 수 없다.

"또 뭐 뒤져 갔니?"

하고 영애는 의심이 나서 제 경대 서랍을 뒤져 본다. 과연 며칠 전 어떤 전문 학교 학생에게서 받은, 끔찍히 귀한 연애편지가 또 없어졌다. 사내들은 어쩌다 남의 계집애 세간을 뒤져 가기 좋아하는지, 그 심사는 참으로 알 수 없다.

"또 집어 갔구나? 이럼 난 모른단다!"

영애는 그만 울상이 된다.

"뭐?"

"편지 말이야!"

"무슨 편지를?"

"왜 요전에 받은 그 연애 편지 말이야."

"저런! 그 망할 자식이 그건 뭣 하러 집어가, 난 통히 보덜 못 했는데, 수줍은 척하더니 아주 숭악한 자식이로군!"

아키코는 가는 눈썹을 더욱이 잰다. 그리고 무색한 듯이 영

애의 눈치만 한참 바라보더니,

"내 톨스토이보고 하나 써 달라마. 그럼 이담 연애 편지 쓸 때 그거 보고 쓰면 고만 아냐."

하고 곱게 달랜다. 그러나 과연 톨스토이가 하나 써 줄는지 그것도 의문이다. 영애가 벌써 전부터 여기를 떠나자고 졸라도 좀 좀, 하고 망설이고 있는 아키코. 그런 성의를 모르고 톨스토이는 아키코를 보아도 늘 한 양으로 대단치 않게 지나간다. 그렇다고 한때는 버스걸에게 맘을 두었나, 하고 의심도 해봤으나 실상은 그런 것도 아닐 것이다. 낮에 사직동 공원으로 올라가면 아키코는 가끔 톨스토이를 만난다. 굵은 소나무 줄기에 등을 비껴대고 먼 하늘만 정신없이 바라보고 있는 톨스토이다. 아키코가 그 앞을 지나가도 못 본 척하고 거들떠보지도 않는다. 약이 올라서 속으로 망할 자식 하고 욕도 하여 본다. 그러나 나중에 알고 보면 못 본 척한 것이 아니라 사실은 뜨고 못 보는 것이다. 그렇게 등신같이 한눈을 파고 섰는 톨스토이이다. 이걸 보면 아키코는 여자 고보를 중도에 퇴학하던 저의 과거를 연상하고 가엾은 생각이 든다. 누님에게 얻어먹고 저러구 있는 것이 오죽 고생이랴.

그리고 학교 때 수신 선생이 이야기하던 착하고 바보 같다던 그 톨스토이가 과연 저런 건가, 하고 객쩍은 조바심도 든다.

아키코는 기침을 캑, 하고 그 앞으로 다가선다. 눈을 깜박깜박하며,

"선생님! 뭘 그렇게 생각하셔요?"

하고 불쌍한 낯을 하면,

"아니오."

하고 어색한 듯이 어물어물하고 만다.

"그렇게 섰지 마시고 좀 운동을 해보셔요."

하도 딱하여 아키코는 이렇게 권고도 하여본다.

"오늘은 방을 좀 치워야 하겠소. 여기 내 조카도 지금 오고 했으니까."

주인 마누라가 약이 바싹 올라서 매섭게 쏘아본다. 방에서만 꾸물꾸물 방패막이를 하고 있는 톨스토이가 여간 밉지 않다.

"아 여보! 방의 세간을 좀 치워 줘요. 그래야 오는 사람이 들어가질 않소?"

"사날만 더 참아 줍쇼. 이번엔 꼭 내겠습니다."

"아니 뭐 사글세를 안 낸대서 그런 게 아니오. 내가 오늘부터 잘 데가 없고 이 방을 꼭 써야 하겠기에, 그래서 방을 내달라는 것이지."

양복 바지를 거반 응뎅이에 걸친, 뻐드렁니가 이렇게 허리를 쓱 편다. 주인 마누라가 툭하면 불러온다던 조카라는 놈이 필연 이걸게다. 혼자 독학으로 부청에까지 출세를 한 굉장한 사람이라고 늘 침이 말랐다. 그러나 귀처진 눈은 말고, 헤벌어진 입과 양복 입은 체격하고 별로 굉장한 것 같지 않다. 게다 얼자가 분수 없이 뻐팅기려고,

"참아 주시던 길이니 며칠만 더 참아 주십시오."

이렇게 애걸하면,

"아 여보 당신도 그래 사람이오?"

하고 제법 삿대질까지 할 줄 안다.

"저런 자식두! 못두 생겼다. 저게 아마 경성부 고스카인 거지?"

"글쎄, 그래도 제법 넥타일 다 잡숫구."

하고 손가락이 들어가 문의 구멍을 좀더 후벼 판다. 마는 아키코는 구렁이(주인 마누라)의 속을 빤히 다 안다. 이젠 방세도 싫고 셋방 사람을 다 내쫓으려 한다. 김마까나 아키코는 겁이 나서 차마 못 건드리고 제일 만만한 톨스토이부터 우선 몰아내려는 연극이었다.

"저 구렁이 좀 봐라, 옆에 서서 눈짓을 쳐가며 자꾸 시키지."

"글쎄 자식도 얼간이가 아냐? 즈 아주멈 시키는 대로 놀구 셨게."

"어쭈, 얼자가 뻐팅긴다. 지가 우와기를 벗어 놓면 어쩔 테야 그래? 자식두!"

"톨스토이가 잠자코 앉아 있으니까 약이 올라서 저래, 맛부리는게 밉살머리궂지? 자식 그저 한 대 앵겨 줬으면."

"내가 한 대 먹이면 저거 고택골 간다. 그러니깐 아키코한테 감히 못 오지 않어."

주먹을 이렇게 들어뵈다가 고만 영애의 턱을 치질렀다. 영애는 고개를 저리 돌리어 또 빼쭉하고,

"얘 이럼 난 싫단다!"

"누가 뭐 부러 그랬니 또 빼쭉하게?"

하고 아키코는 좀 빼쭉하다가 슬슬 눙치며,

"그래 잘못했다. 고만두자, 쓱쓱!"

영애의 턱을 손등으로 문질러주고,

"쟤! 저것 봐라, 놈은 팔을 걷고 구렁이는 마루를 구르고 야단이다."

"애 재미있다. 구렁이가 약이 바짝 올랐지?"

"저자식 보게, 제 맘대로 남의 방엘 들어가지 않아?"

아키코가 영애에게 눈을 크게 뜨니까,

"뭐 일을 칠 것 같지? 병신이 지랄한다더니 정말인가베!"

"저자식 남의 세간을 제 맘대로 내놓질 않아? 경을 칠 자식!"

"그건 나무래 뭘 해, 그저 톨스토이가 바보야! 그래도 부처같이 잠자코 앉았지 않아. 세상엔 별 바보두 보다 많어이!"

아키코는 그건 들은 체도 안 하고 대뜸 일어선다. 미닫이가 열리자 우람스러운 걸음. 한숨에 툇마루에 올라서며 볼멘소리다.

"아니 여보슈! 남의 세간을 그래 맘대로 내놓는 법이 있소?"

"당신이 웬 참견이오?"

얼자는 톨스토이 책상을 들고 나오다 방 문턱에 우뚝 멈춘다. 눈을 휘둥그렇게 뜨고 주저주저하는 양이 대담한 아키코에 적이 놀란 모양이다.

"오늘부터 내가 여기서 자야 할 테니까. 그래서 방을 치는

데……."

얼자는 주변성 없는 말로 이렇게 굴다가,

"당신 맘대로 방을 치는 거요?"

"그럼 내 방 내 맘대로 치지 누구에게 물어본단 말이유?"
하고 제법 을딱이긴 했으나 뒷갈망은 구렁이에게 눈짓을 슬
슬한다.

"그렇지 내 방 내가 치는데 누가 뭐래나?"

"당신 맘대룬 안 되우, 그 책상 도루 저리 갖다 놓우, 사글
세를 내란다든지 하는 게 옳지, 등을 밀어 내쫓는 경우가 어
디 있단 말이오?"

"아니, 아키코는 제 거나 낼 생각이지 웬 걱정이야? 저리
비켜서!"

구렁이는 문을 막고 섰는 아키코의 팔을 잡아당긴다. 여편
네는 찍 소리없이 눌려왔지만 오늘은 얼자를 잔뜩 믿는 모양
이다. 이걸 보니 옆에 섰던 영애가 또 아니꼬워서,

"제 거라니? 누구보구 저야. 이 늙은이가 눈깔이 뻤나!"
하고 그 팔을 뒤로 확 잡아챈다. 늙은 구렁이와 영애는 몸 중
량이 비례가 안 된다. 제풀에 비틀비틀 돌더니 벽에 가 쿵 하
고 쓰러진다. 그러나 눈을 감고 턱이 떨리는 아이고 소리는
엄살이다.

얼자가 문턱에 책상을 떨구더니 용감히 확 넘어 나온다. 아
키코는 저자식이 달마찌의 흉내를 내는구나, 할 동안도 없이
영애의 뺨이 짤꺽…….

"이년이 늙은이를 쳐?"

"아 이자식 보래! 누구 뺨을 때려?"

아키코는 악을 지르자 그 혁대를 뒤로 잡아서 나꿔친다. 마루 위에 놓였던 다듬잇돌에 걸리어 얼자는 엉덩방아를 쿵, 하고. 잡은 참 날아드는 숯바구니는 독오른 영애의 분풀이다. 그러자 또 아랫방문이 확 열리고, 지팡이가 김마까를 끌고 나온다.

"이자식이 웬 자식인데 남의 계집애 뺨을 때려? 원 이런 망하다 판이 날 자식이, 눈에 아무것도 뵈질 않나……세상이 망한다 망한다 한대두만 이런 자식은."

김마까는 뜰에서부터 사방이 들으라고 와짝 떠들며 올라온다. 구렁이한테 늘 쬐여 지내던 원한의 복수로. 아키코와 서로 멱살잡이로 섰는 얼자의 복장을 지팡으로 내지른다.

"이런 염병을 하다 땀통이 끊어질 자식이 있나!"

그와 동시에 김마까는 검불같이 뒤로 벌렁 나자빠졌다. 내댔던 지팡이가 도로 물러오며 바짝 마른 허구리를 쳤던 것이다. 개신개신 몸을 일으집으며 김마까는 구시월 서리 맞은 독사가 된다.

"이자식아! 너는 니 애비도 없니?"

대뜸 지팡이는 날아들어 얼자의 귀때기를 내려갈긴다. 딱하고 뼈 닿는 무딘 소리. 얼자는 고개를 푹 꺾고 귀에 두 손을 들여대자 죽은 듯이 꼼짝 못 한다.

아키코도 얼자에게 뺨을 한 대 얻어맞고 울고 있었다. 이좋은 기회를 타서 얼자의 등뒤로 빨간 얼굴이 달려든다. 이건 권투식으로 집어실까 하다 그대로 그 어깻죽지를 뒤로 물고 늘어진다. 아, 아, 이렇게 외마디 소리로 아가리를 딱딱 벌린다. 그리고 뒤통수로 암팡스레 날아든 것은 영애의 주먹이다.

톨스토이는 모두가 미안쩍고, 따라 제풀에 지질러서 어쩔 줄을 모른다. 옆에서 눈을 흘기는 영애도 모르고,

"놓세요, 고만 놓세요, 어떡합니까?"

하며 아키코의 등을 두 손으로 흔든다. 구렁이도 벌벌 떨어가며,

"이년이 사람을 뜯어먹을 텐가, 안 놓니 이거 안 놔?"

아키코를 대구 잡아당기며 얼른다. 그러나 잡아당기면 당길수록 얼자는 소리를 더 지른다. 이러다간 일만 더 크게 벌어질 걸 알고 구렁이는 간이 고만 달룽한다. 이 사품에 안방 미닫이는 설쭉이 부러지고 뒤주 위에 얹었던 대접이 둘이나 떨어져 깨졌다. 잔뜩 믿었던 조카는 저렇게 죽게 되고. 이러단 방은커녕 사람을 잡겠다, 생각하고 그는 온몸이 덜덜 떨리었다. 게다가 모지게 내리치는 김마까의 지팡이…….

구렁이는 부리나케 대문 밖으로 나왔다. 골목길을 내려오며 뒤에 날리는 치맛자락에 바람이 났다.

"사글세를 내렸으면 좋지, 내쫓을려구 하니까 그렇게 분란이 일구 하는 게 아니야?"

"아닙니다. 누가 내쫓을려구 그래요. 세를 내라구 하니깐 그렇게 아키코란 년이 올라와서 온통 사람을 뜯어먹고 그러는군요!"

"말 마라. 내쫓으려구 한 걸 아는데 그래, 요전에도 또 한 번 그런 일이 있었지?"

순사는 노파의 뒤를 따라오며 나른한 하품을 주먹으로 끈다. 툭하면 와서 진대를 붙은 노파의 행세가 여간 귀찮지 않았다. 조그맣고 말라붙은 노파의 센 머리 쪽을 바라보며,

"올해 몇 살이야?"

"그년 열 아홉이죠. 그런데 그렇게……."

"아니 노파 말이야?"

"내 제 나요? 왜 쉰 일곱이라구 전번에 여쬈지요. 그런데 이 고생을 하는군요."

하고 궁상스레 우는 소리다.

노파는 김마까보다도 톨스토이보다도 아키코가 가장 미웠다. 방세를 받을래도 중뿔나게 가로 맡아서 지랄하기가 일쑤요, 또 밤낮 듣기 싫게 창가질이요, 게다가 세숫물을 버려도 일부러 심청궂게 안마루 끝으로 홱 끼얹는 아키코. 이년을 경을 흠씬 쳐놓고 말리라고 속이 간질대서 그는 총총걸음을 치다가 돌뿌리에 채여 고만 나가둥그러진다. 그 바람에 쓰레기통 한 귀에 내뻗은 못에 가서 치맛자락이 찌익 하고 찢어진다.

"망할 자식 같으니, 씨레기통의 못두 못 박았나!"

하고 흙을 털고 일어나며 역정이 난다. 그 꼴을 보고 순사는 손으로 웃음을 가린다.

"그봐! 이젠 다시 오지 마라, 이번엔 할 수 없지만 또다시 오면 그땐 노파를 잡아갈 테야?"

"네에 다시 갈 리 있겠습니까, 그저 이번에 그 아키코란 년만 흠씬 버릇을 가르쳐 주십시오. 늙은이보구 욕을 않나요,

사람 치질 않나요! 그리고 아직 핏대도 다 안 마른 년이 서방이 몇인지 수가 없어요!"

순사는 코대답을 해가며 귓등으로 듣는다. 너무 많이 들어서 인제는 흥미를 놓친 까닭이었다. 갈팡질팡 문지방을 넘다 또 고꾸라지려는 노파를 뒤로 부축하여 눈살을 찌푸린다. 알고 보니 짐작대로 노파 허통에 또 속은 모양이었다. 살인이 났다고 짓떠들더니 임장하여 보니까 조용한 집안에 웬 낯설은 양복쟁이 하나만 마루 끝에서 천연스레 담배를 필 뿐이다. 그리고 장독대 사이에서 왔다갔다 하며 뭘 주워먹는 생쥐가 있을 뿐 신발짝 하나 놓이지 않았다. 하 어처구니가 없어서,

"어서 죽었어?"

"어이구 분해! 이것들이 또 저를 고랑땡을 먹이는군요! 입때까지 저 마루에서 치고 깨물고 했답니다."

노파는 이렇게 주먹으로 복장을 찧으며 원통한 사정을 하소한다. 왜냐면 이것들이 이 기맥을 벌써 눈치채고 제각기 헤져서 아주 얌전히 박혀 있다. 아키코는 문을 닫고 제 방에서 콧노래를 부르고 지팡이를 들고 날뛰던 김마까는 언제 그랬더냐는 듯이 제 방에서 끙끙 여전히 신음 소리. 이렇게 되면 이번에도 또 자기만 나무라게 될 것을 알고,

"어이구 분해! 어이구 분해!"

주먹으로 복장을 연방 두들기다 조카를 보고,

"얘 넌 어떻게 돼서 이렇게 혼자 앉았니?"

"뭘 어떻게 돼요, 되긴?"

하고 지릅뜨는 그 대답은 썩 퉁명스럽고 걱세다. 이런 화중으

로 끌고 온 아주멈이 몹시 밉고 원망스러운 눈치가 아닌가.
이걸 보면 경은 무던히 치고 난 놈이다.

"어이구 분해! 너꺼정 이러니!"

"뭘 분해? 이 망할 것아!"

순사는 빽 소리를 지르고 도로 돌아서려 한다.

"나리! 저 좀 보세요. 문 부서진 것하구 대접 깨진 걸 보셔
두 알지 않아요?"

"어떤 조카가 죽었어, 그래?"

"이것이 그렇게 죽도록 경을 치고도 바보가 돼서 이래요!"

"바보면 죽어두 사나?"

하고 순사는 고개를 디밀어 마루께를 살펴보니 딴은 그릇은
깨지고 문은 부서졌다. 능글맞은 노파가 일부러 그런 줄은 아
나, 그리고 책임상 그냥 가기도 어렵다. 퍽도 극성스러운 늙
은이라 생각하고,

"누가 그랬어 그래?"

"저 아키코가 혼자 그랬어요!"

"아키코! 고반까지 같이 가."

"네! 그러세요."

하도 여러 번 겪은 일이라, 이제는 익숙하다. 저고리를 갈아
입으며 웃는 얼굴로 내려온다. 그러나 순사를 따라 대문을 나
설 적에는 고개를 모로 돌리어 구렁이에게 몹시 눈총을 준다.
순사는 아키코를 데리고 느른한 걸음으로 골목을 꼽든다. 쪽
다리를 건너니 화창한 사직원 마당, 봄이라고 땅의 잔디는 파
릇파릇 돋았다. 저 위에선 투덕거리는 빨래 소리. 한옆에선

풋볼을 차느라고 날뛰고 떠들고 법석이다. 부웅, 하고 음충맞게 내대는 자동차의 사이렌. 남치마에 연분홍 저고리가 버젓이 활을 들고 나온다. 그리고 키 훌쩍 큰 놈팡이는 돈지갑을 내든다.

"너 왜 또 말썽이냐?"

하고 순사가 고개를 돌리어 아키코를 씽긋이 흘겨본다. 그는 노파가 왜 그렇게 아키코를 못 먹어서 기를 쓰는지 영문을 모른다. 노파의 눈에도 아키코가 좀 귀여울 텐데, 그렇게 미울 때에는 아마 아키코가 뭘 좀 먹이질 않아 그랬는지 모른다. 그렇지 않으면 다른 사람 다 젖혀놓고 아키코만 씹을 리가 없다. 생각하다가,

"뭘 말썽이유, 내가?"

"네가 뭐 쥔 마누라를 깨물고 사람을 죽이구 그런다며? 그리고 요전에도 카페에서 네가 손님을 쳤다는 소문도 들리지 않니?"

하고 눈살을 접고 웃어 버린다. 얼굴 똑똑한 것이 아주 할 수 없는 계집애라고 돌릴 수밖에 없다.

"난 그런 거 몰루!"

아키코는 땅에 침을 탁 뱉고 아주 천연스레 대답한다. 그리고 사직원의 문간쯤 와서는,

"이담 또 만납시다."

제멋대로 작별을 남기고 저는 저대로 산 쪽으로 올라온다.

활텃길로 올라오다 아키코는 궁금하여 뒤를 한번 돌아본다. 너무 기가 막혀서 벙벙히 바라보고 있다가 다시 주먹으로

나른한 하품을 끄는 순사. 한편에선 날뛰고 자빠지고 쾌활히 공을 찬다. 아키코는 다시 올라가며 저도 남자가 됐더라면 풋볼을 차볼 걸 하고 후회가 막급하다. 그리고 산을 한바퀴 돌아 내려가서는 이번엔 장독대 위에 요강을 버리리라 결심을 한다. 구렁이는 장독대 위에 오줌을 버리면 그것처럼 질색이 없다.

"망할 년! 이담에 봐라! 내 장독 위에 오줌까지 깔릴 테니!"

이렇게 아키코는 몇 번 결심을 한다.

땡볕

　우람스레 생긴 덕순이는 바른팔로 왼편 소맷자락을 끌어다 콧등의 땀방울을 훑고는 통안 네거리에 와 다리를 딱 멈추었다. 더위에 익어 얼굴이 벌거니 사방을 둘러본다. 중복허리의 뜨거운 땡볕이라 길가는 사람은 저편 처마밑으로만 배앵뱅 돌고 있다. 지면은 번들번들히 닳아 자동차가 지날 적마다 숨이 탁 막힐 만치 무더운 먼지를 풍겨 놓는 것이다.

　덕순이는 아무리 참아 보아도 자기가 길을 물어 좋을 만치 그렇게 여유 있는 얼굴이 보이지 않음을 알자, 소맷자락으로 또 한 번 땀을 훑어본다. 그리고 거북한 표정으로 벙벙히 섰다. 때마침 옆으로 지나가는 어린 깍쟁이에게 공손히 손짓을 한다.

　"애! 대학 병원은 어디루 가니?"

　"이리루 곧장 가세요."

덕순이는 어린 깍쟁이가 턱으로 가리킨 대로 그 길을 북으로 접어들며 다시 내걷기 시작한다. 내딛는 한 발짝마다 무거운 지게는 어깨에 배기고 등줄기에서 쏟아져 내리는 진땀에 궁둥이는 쓰라릴 만치 물렀다. 속타는 불김을 입으로 불어가며 허덕지덕 올라오다 엄지손가락으로 코를 힝 풀어 그 옆 전봇대 허리에 쓱 문댈 때에는 그는 어지간히 답답하였다. 당장 지게를 벗어 던지고 푸른 그늘에 가 나자빠지고 싶은 생각이 굴뚝 같으련만 그걸 못 하니 짜증이 안 날 수 없다. 골피를 찌푸리어 데퉁스레,

"빌어먹을 거! 왜 이리 무거!"

하고 내뱉으려 하였으나, 그러나 지게 위에서 무색하여질 아내를 생각하고 꾹 참아 버린다. 제 속으로만 끙끙거리다 겨우,

"에이 더웁다!"

하고 자탄이 나올 적에는 더는 갈 수가 없었다.

덕순이는 길가 버들 밑에다 지게를 벗어 놓고는 두 손으로 적삼 등을 흔들어 땀을 들인다. 바람기 한 점 없는 거리는 그대로 타붙었고 그 위의 모래만 이글이글 달아간다. 하늘을 쳐다보았으나 좀체로 비 맛은 못 볼 듯싶어 바상바상한 입맛을 다시고 섰을 때 별안간 댕댕 소리와 함께 발등에 물을 뿌리고 물차가 지나가니 그는 비로소 살은 듯이 정신기가 반짝 난다. 적삼 호주머니에 손을 넣어 곰방대를 꺼내 물고 담배 한 알 없었던 것을 다시 깨닫고 역정스레 도로 집어넣는다.

"꽁무니가 배기지 않어?"

덕순이는 이렇게 아내를 돌아본다.

"괜찮아요!"

하고 거진 죽어 가는 상으로 글썽글썽 눈물이 고인 아내가 딱하였다. 두 달 동안이나 햇빛 못 본 얼굴은 누렇게 시들었고 병약한 몸으로 지게 위에 앉아 까댁이는 양이 금시라도 꺼질 듯싶은 그 아내였다. 덕순이는 아내를 이윽히 노려본다.

"아, 울긴 왜 우는 거야?"

하고 눈을 부라렸으나,

"병원에 가면 짼대겠지요."

"째긴 아무거나 덮어놓고 째나? 연구한다니까."

하고 되도록 아내를 안심시킨다. 그러나 덕순이 생각에 째든 말든 그건 차차 해놓고 우선 먹어야 산다고,

"왜, 기영이 할아버지의 말씀 못 들었어?"

"병원서 월급을 주구 고쳐 준다는 게 정말인가요?"

"그럼 노인이 설마 거짓말을 헐라구. 그래 시방두 대학 병원의 이등 박산가 뭔가 열 네 살된 조선 아이가 어른보다 더 부대한 걸 보구 하두 이상한 병이라구 붙잡아 들여서 한 달에 십 원씩 월급을 주고, 그뿐인가 먹이구 입히구 이래가며 지금 연구하고 있대지 않어?"

"그럼, 나도 허구한 날 병원에만 있게 되겠구려?"

"인제 가봐야 알지, 어떻게 될는지."

이렇게 시원스레 받기는 받았으나 덕순이는 자신 역시 기영 할아버지의 말을 꼭 믿어서 좋을지가 의문이었다. 시골서 올라온 지 얼마 안 되는 그로서는 서울이라 혹 알 수 없을 듯

싶어 무료 진찰권을 내온 데 더 되지 않았다. 그렇다 하더라도 병이 괴상하면 할수록 혹은 고치기가 어려우면 어려울수록 월급이 많다는 것인데 영문 모를 아내의 이 병은 얼마짜리나 되겠는가고 속으로 무척 궁금하였다. 아이가 십 원이라니 이거 한 십 오 원쯤 주겠는가, 그렇다면 병 고치니 좋고, 먹으니 좋고, 두루두루 팔자를 고치리라고 속 안으로 육조 배판을 늘이고 섰을 때,

"여보십쇼! 이 채미 하나 잡숴 보십쇼."

하고 저만치 참외를 벌여놓고 앉았는 아이가 시선을 끌어간다. 길쭘길쭘하고 싱싱한 놈들이 과연 뜨거운 복중에 하나 벗겨 들고 으썩 깨물어 봄직한 참외였다. 덕순이는 참외를 이놈 저놈 멀거니 물색하여 보다 쌈지에 든 잔돈 사 전을 얼른 생각은 하였으나 다음 순간에 그건 안 될 말이라고 꺽진 마음으로 시선을 걷어 온다. 사 전에 일 전만 더 보태면 희연 한 봉이 되리라고 어제부터 잔뜩 꼽여쥐고 오던 그 사 전, 이걸 참외 값으로 녹여서는 사람이 아니다.

"지게를 꼭 붙들어!"

덕순이는 지게를 지고 다시 일어나며 그 십 오 원을 생각했던 것이니 그로서는 너무도 벅찬 희망의 보행이었다.

덕순이는 간호부가 지도하여 주는 대로 산부인과 문 밖에서 제 차례가 돌아오기를 기다리고 있었다.

아내는 남편이 업어다 놓은 대로 걸상에 가 번듯이 늘어져 괴로운 숨을 견디지 못한다. 요량없이 부어오른 아랫배를 한

손으로 치마째 걷어안고는 매 호흡마다 간댕거리는 야윈 고
개로 가쁜 숨을 돌리고 있는 것이다. 게다가 수술실에서 들것
으로 담아 내는 환자의 피고름이 섞인 쓰레기통을 보는 것은
그로 하여금 해쓱한 얼굴로 이를 떨도록 하기에는 너무도 충
분한 풍경이었다.

"너무 그렇게 겁내지 말아, 그래두 다 죽을 사람이 병원엘
와야 살아나가는 거야……."

덕순이는 아내를 위안하기 위하여 이런 소리도 하는 것이
나 기실 아내 못지않게 저도 조바심이 적지 않았다. 아내의
이 병이 무슨 병일까, 짜장 기이한 병이라서 월급을 타먹고
있게 될 것인가, 또는 아내의 병을 씻은 듯이 고쳐줄 수 있겠
는가, 겸삼수삼 모두가 궁거웠다.

이 생각 저 생각으로 덕순이는 아내의 상체를 떠받쳐 주고
있다가 우연히도 맞은편 타구 옆에 떨어져 있는 궐련 꽁댕이
에 한눈이 팔린다. 그는 사방을 잠깐 살펴보고 힁하게 가서
집어다가는 곰방대에 피워물며 제 차례를 기다렸으나 좀체로
불러 주질 않는 것이다. 이렇게 하여 그들은 허무히도 두 시
간을 보냈다.

한 점을 십 사 분 가량 지났을 때 간호부가 다시 나와 덕순
이 아내의 성명을 외는 것이다.

"네, 여깄습니다!"

덕순이는 허둥지둥 아내를 들쳐업고 진찰실로 들어갔다.

간호부 둘이 달려들어 우선 옷을 벗기고 주무를 제 아내는
놀란 토끼와 같이 조그맣게 되어 떨고 있었다. 코를 찌르는

무더운 약내에 소름이 끼치기도 하려니와 한쪽에 번쩍번쩍 늘여 놓은 기계가 더욱이 마음을 조이게 하는 것이다. 아내가 너무 병신스레 떨므로 옆에 섰는 덕순이까지 겸연쩍지 않을 수 없었다. 아내의 한 팔을 꼭 붙들어 주고 집에서 꾸짖듯이 눈을 부릅떠,

"뭐가 무섭다구 이래?"

하고는 유리판에 기계 부딪는 젤그럭 소리에 등줄기가 다 섬뜩할 제,

"은제부터 배가 이래요?"

간호부가 뚱뚱한 의사의 말을 통변한다.

"자세히는 몰라두⋯⋯."

덕순이는 이렇게 머리를 긁고는 아마 이토록 부르기는 지난 겨울부턴가 봐요, 처음에는 이게 애가 아닌가 했던 것이 그렇지도 않구요, 애라면 열 달에 날 텐데,

"열석 달씩이나 가는 게 어딨습니까?"

하고는 아차, 애니 뭐니 하는 건 괜히 지껄였군 하였다. 그래 의사가 무어라고 또 입을 열 수 있기 전에 얼른 뒤미처,

"아무두 이 병이 무슨 병인지 모른다구 그래요, 난생 처음 본다구요."

하고 몇 마디 더 얹었다.

덕순이는 자기네들의 팔자를 고칠 수 있고 없고가 이 순간에 달렸음을 또 한 번 깨닫고 열심히 의사의 입만 쳐다보고 있는 것이다. 마는 금테 안경 쓴 의사는 그리 쉽사리 입을 열려 하지 않았다. 몇 번을 거듭 주물러 보고 두드려 보고 들어

보고 이러기를 얼마 한 다음 시답지않게 저쪽으로 가 대야에 손을 씻어 가며 간호부를 통하여 하는 말이,

"이 뱃속에 어린애가 있는데요, 나올려다 소문이 적어서 그대로 죽었어요. 이걸 그냥 둔다면 앞으로 일주일을 못 갈 것이니 수술을 해야겠으나 또 그 결과가 반드시 좋다고 단언할 수도 없는 것이며, 배를 가르고 아이를 꺼내다 만일 사불여의하여 불행을 본다더라도 전혀 관계없다는 승낙만 있다면 내일이라도 곧 수술을 하겠어요."

하고 어린 간호부는 조금도 거리낌없는 어조로 줄줄 쏟아놓다가,

"어떻게 하실 테야요?"

"글쎄요……."

덕순이는 이렇게 얼떨떨한 낯으로 다시 한번 뒤통수를 긁지 않을 수 없었다.

간호부의 말이 무슨 소린지 다는 모른다 하더라도 속 대중으로 저쯤은 알아챘던 것이니 아내의 생명이 위험하다는 그 말이 두렵기도 하려니와 겨우 아이를 뱄다는 것쯤, 연구거리는 못 되는 병인 양 싶어 우선 낙심하고 마는 것이다. 허나 이왕 버린 노릇이매,

"그럼 먹을 것이 없는데요……."

"그건 여기에서 입원시키고 먹일 것이니까 염려 마셔요……."

"그런데 저……."

하고 덕순이는 열쩍은 낯을 무얼로 가릴지 몰라 쭈뼛쭈뼛,

"월급 같은 건 안 주나요?"

"무슨 월급이요?"

"왜 여기서 병을 고치면 월급을 주는 수도 있다지요."

"제 병 고쳐 주는데 무슨 월급을 준단 말이오?"

하고 맨망스리도 톡 쏘는 바람에 덕순이는 고만 얼굴이 벌개지고 말았다. 팔자를 고치려던 그 계획이 완전히 어그러졌음을 알자, 그의 주린 창자는 척 꺾이며 두꺼운 손으로 이마의 진땀이나 훑어보는밖에 별 도리가 없는 것이다. 허나 아내의 생명은 어차피 건져야 하겠기로 공손히 허리를 굽신하여,

"그럼 낼 데리고 올게 어떻게 해주십시오."

하고 되도록 빌붙어 보았던 것이, 그때까지 끔찍끔찍한 소리에 얼이 빠져서 멀뚱히 누웠던 아내가 별안간 기겁을 하여 일어나 살뚱맞은 목성으로,

"나는 죽으면 죽었지 배는 안 째요."

하고 얼굴이 노랗게 되는 데는 더 할 말이 없었다. 죽이더라도 제 원대로나 죽게 하는 것이 혹은 남편된 사람의 도릴지도 모른다. 아내의 꼴에 하도 어이가 없어,

"죽는 거보다야 수술을 하는 게 좀 낫겠지요."

비소를 금치 못하고 섰는 간호부와 의사가 눈에 보이지 않도록 덕순이는 시선을 외면하여 뚱싯뚱싯 아내를 업고 일어나려니 이게 웬일일까, 아까 오던 때와는 갑절이나 무거웠다.

덕순이는 얼마 전에 희망이 가득히 차 올라가던 길을 힘풀린 걸음으로 터덜터덜 내려오고 있었다. 보지는 않아도 지게

위에서 소리를 죽여 훌쩍훌쩍 울고 있는 아내가 눈앞에 환한 것이다. 학식이 많은 의사는 일자무식인 덕순이 내외보다 더 많이 알 것이니 생명이 한 이레를 못 가리라면 그 말을 어째 볼 도리가 없다. 인제 남은 것은 우중충한 그 냉골에 갖다 다시 눕혀 놓고 죽을 때나 기다리고 있을 따름이다.

덕순이는 눈 위로 덮는 땀방울을 주먹으로 훔쳐 가며 장차 캄캄하여 올 그 전도를 생각해 본다. 서울을 장대고 왔던 것이 벌이도 잘 안 되고 게다가 인제 아내까지 잃는 것이다. 지에미 붙을! 이놈의 팔자가, 하고 딱한 탄식이 목을 넘어오다가 한나절이 되자 더위는 더한층 무서워진다.

덕순이는 통째 진무를 듯싶은 등허리를 견디지 못하여 먼젓번에 쉬어가던 나무 그늘에 지게를 벗어 놓는다. 땀을 들여 가며 아내를 가만히 내려다보니 그 동안 고생만 시키고 변변히 먹이지도 못하였던 것이 갑자기 후회가 나는 것이다. 이럴 줄 알았더라면 동네집 닭이라도 훔쳐다 먹였을걸 싶어,

"울지 말아, 그것들이 뭘 아나? 제까짓게!"

하고 소리를 빽 지르고는,

"채미 하나 먹어볼 테야?"

"채민 싫어요!"

아내는 더위에 속이 탔음인지 한길 건너 저쪽 그늘에서 팔고 있는 얼음 냉수를 손으로 가리킨다. 남편이 한 푼 더 보태어 담배를 사려던 그 돈으로 얼음 냉수를 한 그릇 사다가 입에 먹여까지 주니 아내도 황송하여 한숨에 들이킨다. 한 그릇을 다 먹고 나서 하나 더 사다 주랴 물었을 때 이번에는 왜떡

이 먹고 싶다 하였다. 덕순이는 이것이 마지막이라는 생각으로 나머지 돈으로 왜떡 세 개를 사다 주고는 그대로 눈물도 씻을 줄 모르고 그걸 오직오직 깨물고 있는 아내를 이윽히 바라보고 있었다. 그러나 아내가 무슨 생각을 하였는지 왜떡을 입에 문 채 홀쩍홀쩍 울며,

"저 사촌형님께 쌀 두 되 꿔다 먹은 거 부대 잊지 말구 갚우."

하고 부탁할 제 이것이 필연 아내의 유언이라 깨닫고는,

"그래, 그건 염려 말아!"

"그리구 임자 옷은 영근이 어머니더러 사정 애길 하구 좀 빨아 달래우."

하고 이야기를 곧잘 하다가 다시 입을 일그리고 홀쩍홀쩍 우는 것이다.

덕순이는 그 유언이 너무 처량하여 눈에 눈물이 핑 돌아가지고는 지게를 도로 지고 일어선다. 얼른 갖다 눕히고 죽이라도 한 그릇 더 얻어다 먹이는 것이 남편의 도릴 게다.

때는 중복허리의 쇠뿔도 녹이려는 뜨거운 땡볕이었다.

덕순이는 빗발같이 내리붓는 등골의 땀을 두 손으로 번갈아 훔쳐 가며 끙끙 내려올 제 아내는 지게 위에서 그칠 줄 모르는 그 수많은 유언을 차근차근 남기자, 울자, 하는 것이다.

아내

　우리 마누라는 누가 보던지 뭐 이쁘다고는 안 할 것이다.
바로 계집에 환장된 놈이 있다면 모르거니와. 나도 일상 같이
지내긴 하나 아무리 잘 고쳐보아도 요만치도 이쁘지 않다. 하
지만 계집이 낯짝이 이뻐 맛이냐. 제기랄, 황소 같은 아들만
줄대 잘 빠쳐놓으면 그만이지. 사실 우리 같은 놈은 늙어서
자식까지 없다면 꼭 굶어 죽을 밖에 별 도리가 없다. 가진 땅
없어, 몸 못써 일 못하여, 이걸 누가 열쳤다고 그냥 먹여 줄
테냐. 하니까 내 날이 이왕 젊어서 되는 대로 자꾸 자식이나
쌓두자 하는 것이지.

　그리고 에미가 낯짝 글렀다고 그 자식까지 더러운 법은 없
으렷다. 아, 바로 우리 똘똘이를 보아도 알겠지만 즈 에미년
은 쥐었다 논 개떡 같아도 좀 똑똑하고 깨끗이 생겼느냐. 비
록 먹고도 대구 또 달라고 불아귀처럼 덤비기는 할망정. 참

이놈이야말로 나에게는 아버지보담도 할아버지보담도 아주 말할 수 없이 끔찍한 보물이다.

년이 나에게 되지 않는 큰 체를 하게 된 것도 결국 이 자식을 낳았기 때문이다. 전에야 그 상판대길 가지고 어딜 끽소리나 제법 했으랴. 흔히 말하길 계집의 얼굴이란 눈의 안경이라한다. 마는 제아무리 물커진 눈깔이라도 이 얼굴만은 어째 볼도리 없을 게다.

이마가 훌떡 까지고 양미간이 벌면 소견이 탁 트였다지 않냐. 그럼 좋기는 하다마는 아기자기한 맛이 없고 이조로 둥글넓적히 내려온 하관에 멋없이 쑥 내민 것이 입이다. 두툼은하나 건순입술, 말 좀 하려면 그리 정하지 못한 윗니가 부질없이 뻔찔 드러난다. 설혹 그렇다치고 한복판에 달린 코나 좀똑똑히 생겼다면 얼마나 좋겠나. 첫대 눈에 띄는 것이 그 코인데 이렇게 말하면 년의 흉을 보는 것 같지만 썩 잘 보자 해도 먼 산 바라보는 도야지의 코가 자꾸만 생각이 난다.

꼴이 이러니까 밤이면 내 눈치만 슬슬 살피는 것이 아니냐. 오늘은 구박이나 안 할까 하고 은근히 애를 태우는 맥이렷다. 이게 가여워서 피곤한 몸을 무릅쓰고 대개 내가 먼저 말을 걸게 된다. 온종일 뭘 했느냐는 둥, 혹은 오늘밤에는 웬일인지 코가 훨씬 좋아 보인다는 둥 하고. 그러면 년이 금세 헤에 벌어지다 힝하게 내 곁에 와 앉아서는 어깨를 비겨대고 슬근슬근 부빈다. 그리고 코가 좋아 보인다니 정말 그러냐고 몸이 달아서 묻고 또 묻고 한다. 저로도 믿지 못할 그 사실을 한때의 위안이나만 또 한 번 들어보자는 심정이렷다. 그 속을 알고 짜장 콧날이 서나보다고 하면 년의 대답이 뒷간엘 갈 적마다 잡아당기고 했더니 혹 나왔을지 모른다나, 그리고 아주 좋아한다.

그러나 어느 때에는 한나절 밭고랑에서 시달린 몸이 고막축 늘어지는구나. 물론 말 한 마디 붙일 새 없이 방바닥에 그대로 누워 버리지. 허면 년이 제 얼굴 때문에 그런 줄 알고 한 구석에 가 시무룩해서 앉았다. 얼굴을 모로 돌리어 턱을 뻐쭘 쳐들고 있는 걸 보면 필연 제깐엔 옆얼굴이나 한 번 봐 달라는 속이겠지. 경칠 년, 옆얼굴이라도 뭐 깨묵생이나 좀 난줄 알구….

이러던 년이 똘똘이를 내놓고는 갑자기 세도가 댕댕해졌다. 내가 들어가도 네 놈 언제 봤냔 듯이 좀체 들떠보는 법없지. 눈을 스르르 내려깔고는 잠자코 아이에게 젖만 먹이겠다. 내가 좀 아이의 머리라도 쓰담으며,

"이자식, 밤낮 잠만 자나?"

"가만둬, 왜 깨놓고 싶은감."

하고 사정없이 내 손등을 주먹으로 갈긴다. 나는 처음에 어떻게 되는 셈인지 몰라서 멀거니 천장만 한참 쳐다보았다. 내 자식 내가 만지는데 주먹으로 때리는 건 무슨 경우야. 하지만 잘 따져 보니까 조금도 내가 억울할 것은 없다. 년이 나에게 큰 체를 해야 할 권리가 있는 것을 차차 알았다. 그래서 그때 부터 내가 이년, 하면 저는 이놈, 하고 대들기로 무언중 계약 되었지.

동리에서는 남의 속은 모르고 우리를 각다귀들이라고 별명

을 지었다. 혹하면 서로 대들려고 노리고만 있으니까 말이지. 하긴 요즘에 하루라도 조용한 날이 있을까 봐서 만나기만 하면 이놈, 저년, 하고 먼저 대들기로 위주다. 다른 사람들은 밤에 만나면,

"마누라 밥 먹었수?"

"아니요, 당신 오면 같이 먹으려구."

하고 일어나 반색을 하겠지만 우리는 안 그러기다. 누가 그렇게 괭이소리로 달라붙느냐. 방에 들어서는 길로 우선 넓적한 년의 궁뎅이이를 발길로 퍽 들여지른다.

"이년아! 일어나서 밥 차려!"

"이눔이 왜 이래? 대릴 꺾어놀라."

하고 년이 고개를 겨우 돌리면,

"나무 판 돈 뭐 했어, 또 술 처먹었지?"

이렇게 제법 탕탕 호령하였다. 사실이지 우리는 이래야 정이 보째 쏟아지고 또한 계집을 데리고 사는 멋이 있다. 손자새끼 낯을 해 가지고 마누라 어쩌구 하고 어리광으로 덤비는 건 보기만 해도 눈 허리가 시질 않겠나. 계집 좋다는 건 욕하고 치고 차고 다 이러는 멋에 그렇게 치고 보면 혹 궁한 살림에 쪼들이어 악에 받친 놈의 말일지는 모른다. 마는 누구나 다 일반이겠지. 가다가 속이 맥맥하고 부화가 끓어오를 적이 있지 않냐. 농사는 지어도 남는 것은 없고 빚에는 몰리고, 게다가 집에 들어서면 자식놈 킹킹거려, 년은 옷이 없으니 떨고 있어, 이러한 때 그냥 뱃길 수야 있느냐. 트죽태죽 꼬집어 가지고 년의 비녀쪽을 턱 잡고는 한바탕 홀두들겨대는구나. 한

참 그 지랄을 하고 나면 등줄기에 땀이 뿍 흐르고 한숨까지
후, 돈다면 웬만치 속이 가라앉을 때였다. 담에는 년을 도로
밀쳐 버리고 담배 한 대만 피워 물면 된다.

이 멋에 계집이 고마운 물건이라 하는 것이고, 내가 또 녀
을 못 잊어 하는 까닭이 거기 있지 않냐. 그렇지 않다면야 저
를 계집이라고 등을 뚜덕여주고 그 못난 코를 좋아 보인다고
가끔 추어줄 맛이 뭐야. 하지만 년이 훌쩍거리고 앉아서 우는
걸 보면 이건 좀 재미적다. 제가 주먹심으로든 입심으로든 나
에게 덤빌려면 어림도 없다. 쌈의 시초는 누가 먼저 걸었던가
언제든지 경을 팥다발같이 치고 나앉는 것은 년이 차지렷다.

"이리와 자빠져 자."

"곤두어, 너나 자빠져 자렴."

하고 년이 독이 올라서 돌아다도 안 보고 비쌘다. 마는 한 서
너 번 내려오라고 권하면 나중에는 저절로 내 옆으로 스르르
기어들게 된다. 그리고 눈물 흐르는 장반을 벙긋이 흘겨보이
는 것이 아니냐. 하니까 년으로 보면 두들겨맞고 비쌔는 멋에
나하고 사는지도 모르지.

그러나 우리가 원수같이 늘 싸운다고 정이 없느냐 하면 그
건 잘못이다. 말이 났으니 말이지 정분치고 우리 것만치 찰떡
처럼 끈끈한 놈은 다시 없으리라. 미우면 미울수록 싸우면 싸
울수록 잠시를 떨어지기가 아깝도록 정이 착착 붙는다. 부부
의 정이란 이런 건지 모르나 하여튼 영문 모를 찰거머리 정이
다. 나뿐 아니라 연도 매를 한참 뚜들겨맞고 나서 같이 자리
에 누우면,

"내 얼굴이 그래두 그렇게 숭업진 않지?"

하고 정말 잘난 듯이 바짝바짝 대든다. 그러면 나는 이때 뭐라고 대답해야 옳겠느냐. 하 기가 막혀서 천장을 쳐다보고 피익? 내어 버린다.

"이년아! 그게 얼굴이야?"

"얼굴 아니면 가주다닐까."

"내니깐 이년아! 데리구 살지 누가 근다리니 그 낯짝을?"

"뭐 네 얼굴은 얼굴인 줄 아니? 불밤송이 같은 거, 참 내니깐 데리구 살지!"

이러면 또 일어나서 땀을 한 번 흘리고 다시 드러눌 수밖에 없다. 내 얼굴이 불밤송이 같다니, 이래도 우리 어머니가 나를 낳고서 낭중 땅마지기나 만져 볼 놈이라고 좋아하던 이 얼굴인데 하지만 다시 일어나고 손짓 발짓을 하고 하는 게 성이 가셔서 대개는 그대로 눙쳐 둔다.

"그래, 내 너 이뻐할게 자식이나 대구 내놔라."

"먹이지도 못할 걸 자꾸 나 뭐 하게. 굶겨 죽일려구?"

"아 이년아, 꿔다 먹이진 못하니?"

하고 소리는 뻑 지르나 딴은 뒤가 켕긴다. 더끔더끔 모아두었다가 먹이지나 못하면 그걸 어떻게 하랴. 좌다 버리지도 못하고 죽이지도 못하고 떼송장이 난다면, 이런 걸 보면 년이 나보담 훨씬 소견이 튄 것을 알 수 있겠다. 물론 십 리 만큼 벌어진 양미간을 보아도 나와는 턱이 다르지만….

우리가 요즘 먹는 것은 내가 나무장사를 해서 벌어들인다. 여름 같으면 품이나 판다 하지만 눈이 척척 쌓였으니 얼음을 깨먹느냐. 하기야 산골에서 어느 놈 치고 별수 있겠냐마는 하루는 산에 가서 나무를 해들이고 그 담 날엔 읍에 갖다가 판다. 나니간 참 쌍지게질도 할 근력이 되겠지만. 잔뜩 나무 두 지게를 혼자서 번차례로 이놈 져다놓고 쉬고 저놈 져다놓고 쉬고, 이렇게 해서 장찬 삼십 리 길을 한나절에 들어가구나. 그렇지 않으면 언제 한 지게 한 지게씩 팔아서 목구멍을 추길 수 있겠느냐. 잘 받으면 두 지게에 팔십 전, 운이 나쁘면 육십 전, 육십오 전, 그걸로 좁쌀, 콩, 미역, 무엇 사들고 찾아오겠다. 죽을 쑤었으면 좀 느루가겠지만 우리는 더럽게 그런 것은 안 한다. 먹다 못 먹어서 뱃가죽을 움켜쥐고 나설지언정 으레 밥이지. 똘똘이는 네 살짜리 어린애니간 한 보시기, 나는 즈 아버지니까 한 사발에다 또 반 사발을 더 먹고, 그런데 년은 유독히 두 사발을 처먹지 않나. 그리고도 나보다 먼저 홀딱 집어세고는 내 사발의 밥을 한 구탱이 더 떠먹는 버릇이 있다. 계집이 좋다 했더니 이게 밥버러지가 아닌가 하고 한때는 가슴이 선뜻할 만치 겁이 났다. 없는 놈이 양이나 좀 적어야지 이렇게 대구 처먹으면, 너 웬밥을 이렇게 처먹니, 하고 눈을 크게 뜨니까 년의 대답이 애 난 배가 그렇지 그럼 저도 앨 나보지 하고 샐쭉 토라진다. 아따 그래, 대구 처먹어라. 나중 밥값은 그 배때기에 다 게 있고 게 있는 거니까. 어떤 때에는 내가 좀 덜 먹고라도 그대로 내주고 말겠다. 경을 칠 년, 하지만 참 너무 처먹는다.

 그러나 년이 떡국이 농간을 해서 나보담 한결 의뭉스럽다. 이깐 농사를 지어 뭘 하느냐, 우리 들병이로 나가자고. 딴은 내 주변으로 생각도 못 했던 일이지만 참 훌륭한 생각이다. 밑지는 농사보다는 이밥에 고기에 옷, 마음대로 입고 좀 호강이냐. 마는 년 얼굴을 이윽히 뜯어보다간 그만 풀이 죽는구나. 들병이에게 술 먹으러 오는 건 계집의 얼굴 보자 하는 걸 어떤 벨 없는 놈이 저 낯짝엔 몸살 날 것 같지 않다. 알고 보니 참 분하다. 년이 좀만 똑똑히 나왔으면 수가 나는걸. 멀뚱히 쳐다보고 쓴 입맛만 다시니까 년이 그 눈치를 채었는지,

"들병이가 얼굴만 이뻐서 되는 게 아니라던데 얼굴은 박색이라도 수단이 있어야지!"

"그래 너는 그거 할 수단 있겠니?"

"그럼 하면 하지 못할 게 뭐야."

년이 이렇게 아주 번죽좋게 장담을 하는 것이 아니야. 들병이로 나가서 식성대로 밥 좀 한바탕 먹어 보자는 속이겠지. 몇 번 다져 물어도 제가 꼭 될 수 있다니까 아따 그러면 한번 해보자구나. 밑천이 뭐 드는 것도 아니고 소리나 몇 마디 반반히 가르쳐서 데리고 나서면 고만이니까.

내가 밤에 집에 들어오면 년을 옆에 앉히고 소리를 가르치겠다. 우선 내가 무릎장단을 치며 아리랑타령을 한 번 부르는구나. 아리랑 아리랑 아라리요. 춘천아 봄의 산아 잘 있거라, 신연강 배타면 하직이라. 산골의 계집이면 강원도 아리랑쯤은 곧잘 하련만 년은 그것도 못 배웠다. 그러니 쉬운 아리랑부터 시작할밖에. 그러면 년은 도사리고 앉아서 두 손으로 응뎅이를 치며 흉내를 낸다. 목구멍에서 질그릇 물러앉은 소리가 나니까 나중에 목이 트이면 노래는 잘 할거다마는 가락이

딱딱 들어맞아야 할 텐데 이게 세상에 돼먹어야지. 나는 노래를 가르치는데 이 망할 년은 소설책을 읽고 앉았으니 어떡하냐. 이걸 데리고 앉으면 흔히 닭이 울고 때로는 날도 밝는다. 년이 하도 못하니까 본보기로 나만 하고 또 하고 또 하고, 그러니 저를 들병이를 가르친다는 게 결국 내가 배우는 폭이 되지 않나. 망할 년, 저도 손으로 가리고 하품을 줄대 하며 졸리워 죽겠지. 하지만 내가 먼저 자자하기 전에는 제가 차마 졸립다진 못할라. 애초 들병이로 나가자 말을 낸 것이 누군데 그래. 이렇게 생각하면 울화가 울컥 올라서 주먹이 가끔 들어간다.

"이년아 정신을 좀 채려, 나만 밤낮 하래니?"

"이놈아! 팔때길 꺾어놀라."

"이거 잘 배면 너 잘 되지 이년아, 날 주는 거야, 큰 체게."

이번엔 손가락으로 이마빼기를 쿡 찍어서 뒤로 넘긴다. 여느 때 같으면 년이 독살이 나서 저리로 내뺄 게다. 제가 한 죄가 있으니까 다시 일어나서 소리 가르쳐 주기만 기다리는 게 아니냐. 하니 딱한 일이다. 될지 안 될지도 의문이거니와 서로 하품은 뻗질 터지고 이왕 내친 걸음이니 그렇다고 안 할 수도 없고, 예라 빌어먹을 거, 너나 내가 얼른 팔자를 고쳐야지 늘 이러고 말 테냐. 이렇게 ⁒를 한번 쓰는구나. 그리고 밤의 산천이 울리도록 소리를 빽빽 질러 가며 년하고 또다시 흥타령을 부르겠다.

그래도 하나 기특한 것은 년이 성의는 있단 말이지. 하기는 그나마도 없다면야 들병이커녕 깻묵도 그르지만. 날이라도 틈만 있으면 저 혼자서 노래를 연습하는구나. 빨래를 할 적이면 빨래방추로 가락을 맞추어가며 이팔청춘을 부른다. 혹은 방 한구석에 죽치고 앉아서 어깨짓으로 버선을 꿰매며 노랫가락도 부른다. 노래 한 장단에 바늘 한 꿰엄씩이니 버선 한 짝 길려면 열 나절을 걸리지. 하지만 아따 버선으로 먹고 사느냐. 노래만 잘 배워라. 년도 나만치나 이밥에 고기가 먹고 싶어서 몸살도 나는지 어떤 때에는 바깥 밭둑을 지나가려면 뒷산에서 콧노래가 흥이 겨울 적도 있겠다. 그러나 인제 노랫가락에 흥타령을 겨우 배웠으니 그 담 건 어느 하가에 배우느냐, 망할 년두 참.

게다가 년이 시큰둥해서 날더러 신식 창가를 가르쳐 달라고, 들병이는 구식 소리도 잘 해야 하겠지만 첫째 시체창가를 알아야 부려먹는다 한다. 말은 그럴 법하나 내가 어디 시체창가를 알 수 있냐. 땅이나 파먹던 놈이 나는 그런 거 모른다, 하고 좀 무색했더니 며칠 후에는 년이 시체창가 하나를 배워가지고, 화로를 끼고 앉아서 그전을 두드리며 네보란 듯이 자랑스럽게 하는 것이 아닌가. 피었네, 피었네, 연꽃이 피었네. 피었다구 하였더니 볼 동안에 옴쳤네. 대체 이걸 어디서 배웠을까? 애 이년 참 나보담 수단이 좋구나, 하고 나는 퍽 감탄하였다. 그랬더니 나중 알고 보니까 년이 어느 틈에 야학에 가서 배우질 않았겠나. 야학이란 요 산 뒤에 있는 조그만 움인데 농군 아이에게 한겨울 동안 국문을 가르친다. 창가를 할 때쯤해서 년이 추운 줄도 모르고 거길 찾아간다. 아이를 업고 문 밖에 서서 귀를 기울이고 엿듣다가 저도 가만가만히 흉내를 내보고 내보고 하는 것이다. 그래가지고 집에 와서는 히짜를 뽑고 야단이지. 신식창가는 며칠만 좀더 배우면 아주 능통하겠다.

그러나 아무리 생각해 봐도 년의 낯짝만은 걱정이다. 소리는 차차 어지간히 되들어가는데 이놈의 얼굴이 암만 봐도 봐도 영 글렀구나. 경칠 년, 좀만 얌전히 나왔으면 이판에 돈 한 몫 크게 잡는걸. 간혹 가다 제물에 화가 뻗치면 아무 소리 않고 년의 배때기를 한 두 어 번 안 쥐박을 수 없다. 웬 영문인지 몰라서 연도 눈깔을 크게 굴리고 벙벙히 쳐다보지. 땀을 낼 년, 그 낯짝을 하고 나한테로 시집을 온담, 뻔뻔하게. 하나 연도 말은 안 하지만 제 얼굴 때문에 가끔 성화이지 쪽 떨어진 손거울을 들고 앉아서 이리 뜯어보고 저리 뜯어보고 하지만 눈깔이야 일반이겠지. 저라고 나뿔 리가 있겠나. 하니까 오장 썩는 한숨이 연방 터지고 한풀 죽는구나. 그러나 요행해 내가 방에 있으면 돌아다보고,

"이봐! 내 얼굴이 요즘 좀 나가지 않어?"

"그래 좀 난 것 같다."

"아니 정말 해봐."

하고 이년이 팔때기를 꼬집고 바싹바싹 들어덤빈다. 년이 능글차서 나쯤은 좋도록 답해 주려니 하고 아주 탁 믿고 묻는 게렷다. 정말 본 대로 말할 사람이면 제가 겁이 나서 감히 묻지도 못한다. 짐짓 이뻐졌다, 하고 나도 능청을 좀 부리면 년이 좋아서 요새 분때를 자주 밀었으니까 좀 나졌겠지 하고 들병이는 뭐 그렇게까지 이쁘지 않아도 된다고 또 구구히 설명

을 늘어놓는다. 경을 칠 년, 계집은 얼굴 밉다는 말이 칼로 찌르는 것보다도 더 무서운 모양이다. 별 욕을 다 하고 개집듯 막 뚜드려도 조금 뒤에는 헤, 하고 앞으로 겨드는 이 년이다. 마는 어쩌나. 제 얼굴의 흉이나 좀 본다면 사흘이고 나흘이고 년이 나를 슬슬 피하며 은근히 곯리려고 든다. 망할 년, 밉다는 게 그렇게 진저리가 나면 아주 면사포를 쓰고 다니지 그래. 년이 능청스러워서 조금 더 이뻤더라면 나는 얼렁얼렁해 버리고 돈 있는 놈 군서방 해갔으렷다. 계집이 얼굴이 이쁘면 제 값 다 하니까. 그렇게 생각하면 년의 낯짝 더러운 것이 나에게는 불행중 다행이라 안 할 수 없으리라.

계집은 아마 남편을 속여 먹는 맛에 깨가 쏟아지나 보다. 년이 들병이 노릇을 할 수단이 있다고 감히 장담한 것도 저의 이 행실을 믿고 그랬는지도 모른다. 새벽 일찍이 뒤를 보려니까 어디서 창가를 부른다. 거적 틈으로 내다보니 년이 밥을 끓이면서 연습을 하지 않나. 눈보라는 생생 소리를 치는데 보강지에 쪼그리고 앉아서 부지깽이로 솥뚜껑을 톡톡 두드리겠다. 그리고 거기 맞추어 신식 창가를 청승맞게 부르는구나. 그러다 밥이 우르르 끓으니까 뙤를 빗겨 놓고 다시 시작한다. 젊어서도 할미꽃 늙어서도 할미꽃, 아하하하 우습다, 꼬부라진 할미꽃, 망할 년, 창가는 경치게도 좋아하지. 방아타령 좀 부지런히 공부해 두라니까 그건 안 하구. 아따 아무거라도 많이 하니 좋다. 마는 이번엔 저고리 섶이 들먹들먹하더니 아 웬 곰방대가 나오지 않냐. 사방을 흘끔흘끔 다시 살피다 아무도 없으니까 보강지에다 들여디고 한 모금 뿌욱 빠는구나. 그리고 냅다 재채기를 줄대 뽑고 코를 풀고 이 지랄이다. 그저께도 들켜서 경을 쳤더니 년이 또 내 담배를 훔쳐가지고 나온 것이다. 돈 안 드는 소리나 배웠겠지. 망할 년, 아까운 담배를, 곧 뛰어나가려다 뒤도 급하거니와 요즘 똘똘이가 감기로 앓는다. 년이 밤낮 둘러업고 야학으로 돌아다니더니 그예 그 꼴을 만들었다. 오라질 년, 남의 아들을 중한 줄을 모르고 들병이 하다가 이것 행실버리겠다. 망할 년이 하는 소리가 들병이가 될려면 소리도 소리려니와 담배도 먹을 줄 알고 술도 마실 줄 알고 사람도 주무를 줄 알고 이래야 쓴다나. 이게 다 요전에 동리에 들어왔던 들병이에게 들은 풍월이렷다. 그래서 저도 연습 겸 골고루 다 한 번씩 해보고 싶어서 아주 안달이 났다. 방아타령 하나 변변히 못하는 년이 소리는 저절로 될 듯싶은지!

이런 기맥을 알고 년을 농락해 먹은 놈이 요 아래 사는 뭉태 놈이다. 놈도 더러운 놈이다. 우리 마누라의 이 낮짝에 몸이 달았다면 그만하면 달 알쪼지. 어서 계집이 없어서 그걸 손을 대구, 망할 자식두. 놈이 와서 섣달 대목이니 술 얻어먹으러 가자고 년을 꾀였구나. 조금 있으면 내가 올 테니까 안 된다. 해지기 전에 잠깐만, 하고 손을 내끌었다. 들병이로 나갈려면 우선 술 파는 경험도 해봐야 하니까, 하는 바람에 년이 솔깃애서 덜렁덜렁 따라나섰겠지. 집안을 망칠 년. 남편이 나무를 팔러갔다 늦으면 밥먹을 준비를 하고 기다려야 옳지 않으냐. 남은 밤길을 삼십 리나 허덕지덕 걸어오는데. 눈이 푹푹 쌓여서 발모가지는 떨어져나가는 듯이 저리고. 마을에 들어와서는 짜장 곧 쓰러질 듯이 허기가 졌다. 얼른 가서 밥 한 그릇 때려뉘고 년을 데리고 앉아서 또 소리를 가르쳐야지. 이런 생각을 하고 술집 옆을 지나다가 뜻밖에 깜짝 놀란 것은 그 바깥방에서 년의 너털웃음이 들린다. 얼른 다가서서 문틈으로 들여다보니까 아이 망할 년이 뭉태하고 술을 먹는구나.

입때까지는 하도 우스워서 꼴들만 보고 있었지만 더는 못 참는다. 지게를 벗어던지고 방문을 홱 열어젖히자 우선 놈부터 방바닥에 메어꽂았다. 물론 술상은 발길로 찼으니까 벽에가 부서졌지. 담에는 년의 비녀쪽을 지르르 끌고 밖으로 나왔다. 술 취한 년을 정신이 번쩍 들도록 흠뻑 경을 쳐줘야 할 터이니까 눈에다 틀어박았다. 그리고 깔고 올라앉아서 망할 년, 등줄기를 두 주먹으로 대구 우렸다. 때리면 때릴수록 점점 눈 속으로 들어갈 뿐 발악을 치기에는 너무 취했다. 때리는 것도 녀이 대들어야 멋이 있지 이러면 아주 싱겁다. 년은 그대로 내버리고 방으로 들어가서 놈을 찾으니까 이 빌어먹을 자식이 생쥐새끼처럼 어디로 벌써 내뺐지 않았나. 참말이지 이런 자식 때문에 우리 동리는 망한다. 남의 계집을 보았으면 마땅히 남편 앞에 나와서 대가리가 깨져야 옳지 그래 달아난담. 못생긴 자식도 다 많지. 할 수 없이 척 늘어진 이년을 등에다 업고 비척비척 집으로 올라오자니까 죽겠구나. 날은 몹시 차지 배는 쑤시도록 고프지, 좀 노할래야 더 노할 근력이 없다. 게다 우리집 앞 언덕을 올라가다 엎어져서 무르팍을 크게 깠지. 그리고 집엘 들어가니까 빈 방에는 똘똘이가 혼자 에미를 부르고 울고 된통 법석이다. 망할 잡년두, 남의 자식을 그래 이렇게 길러주면 어떡할 작정이람. 년이 꼴 봐하니 행실은 예전에 글렀다. 이년하고 들병이로 나갔다가는 넉넉히 나는 한옆에 재워놓고 딴 서방 차고 달아날 년이다. 너는 들병이로 돈벌 생각도 말고 그저 집 안에 가만히 앉았는 것이 옳겠다. 구구루 주는 밥이나 얻어먹고 몸 성히 있다가 연해 자식이나 쏟아라. 뭐 많이도 말고 굴대 같은 아들로만 한 열 다섯이면 족하지. 가만 있자, 한 놈이 일 년에 벼 열 섬씩만 번다면 열다섯 섬이니까 일백 오십 섬, 한 섬에 더도 말고 십 원 한 장씩만 받는다면 죄다 일천 오백 원이지. 일천 오백 원, 일천 오백 원, 사실 일천 오백 원이면 어이구 이건 참 너무 많구나. 그런 줄 몰랐더니 이년이 뱃속에 일천 오백 원을 지니고 있으니까 아무렇게 따져도 나보담은 낫지 않은가.

만무방

산골에 가을은 무르녹았다.

아름드리 노송은 빽빽히 늘어박혔다.

새새이 낀 도토리, 벗, 돌배, 갈잎들은 울긋불긋. 잔디를 적시며 맑은 샘이 쫄쫄거린다. 산토끼 두 놈은 한가로이 마주앉아 그 물을 할짝거리고, 이따금 정신이 나는 듯 가랑잎은 부수수하고 떨린다. 산산한 산들바람. 귀여운 들국화는 그 품에 새뜩새뜩 넘논다. 흙내와 함께 향긋한 땅김이 코를 찌른다. 요놈은 싸리버섯, 요놈은 잎 썩은 내, 또 요놈은 송이……아니, 아니, 가시넝쿨 속에 숨은 박하풀 냄새로군.

응칠이는 뒷짐을 딱 지고 어정어정 노닌다. 유유히 다리를 옮겨 놓으며 이 나무 저 나무 사이로 호아든다. 코는 공중에서 벌렸다 오므렸다 연실 이러며 훅, 훅. 구붓한 한 송목 밑에 이르자 그는 발을 멈춘다. 이번에는 지면에 코를 얕이 갖다대

이고 한 바퀴 비잉, 나물끼고 돌았다.

―― 아하, 요놈이로군!

썩은 솔잎에 덮이어 흙이 봉곳이 돋아올랐다.

그는 손가락을 꾸짖으며 정성스레 살살 헤쳐 본다. 과연 귀여운 송이. 망할 녀석, 조금만 더 나오지 그걸 뚝 따들곤 뒷짐을 지고 다시 어실렁어실렁. 가끔 선하품은 터진다. 그럴 적마다 두 팔을 떡 벌리곤 먼 하늘을 바라보고 늘어지게도 기지개를 늘인다.

때는 한창 바쁠 추수 때이다.

농군치고 송이파적 나올 놈은 생겨나도 않았으리라. 하나 그는 꼭 해야만 할 일이 없었다. 싶으면 하고 말면 말고 그저 그뿐. 그러함에는 먹을 것이 더러 있느냐면 있기는커녕 부쳐 먹을 농토조차 없는, 계집도 없고 집도 없고 자식도 없고. 방은 있대야 남의 곁방이요 잠은 새우잠이요. 하지만 오늘 아침만 해도 한 친구가 찾아와 벼를 털 텐데 일 좀 와 해달라는 걸 마다하였다.

몇 푼 바람에 그까짓 걸 누가 하느냐. 보다는 송이가 좋았다. 왜냐하면 이 땅 삼천리 강산에 늘여놓인 곡식이 말짱 뉘것이람. 먼저 먹는 놈이 임자 아냐. 먹다 걸릴 만치 그토록 양식을 쌓아두고 일이 다 무슨 난장맞을 일이람. 걸리지 않도록 먹을 궁리나 할 게지. 하기는 그도 한 세 번이나 걸려서 구메밥으로 사관을 틀었다. 마는 결국 제 밥상 위에 올라앉은 제 몫도 자칫하면 먹다 걸리긴 매일반……

올라갈수록 덤불은 우거졌다. 머루며 다래, 칡, 거기다 이름 모를 잡초. 이것들이 위아래로 이리저리 서리어 좀체 길을 내지 않는다. 그는 잔딧길로만 돌았다. 넓적다리가 번죽이는 찢어진 고의자락을 아끼며 조심조심 사려딘는다. 손에는 칡으로 엮어들은 일곱 개 송이. 늙은 소나무마다 가선 두리번거린다. 사냥개 모양으로 코로 쿡, 쿡, 내를 한다. 이것도 송이 같고 저것도 송이 같고. 어떤 게 알짜 송이인지 분간을 모른다. 토끼똥이 소보록한 데 갈잎이 한 잎 뚝 떨어졌다. 그 잎을 살며시 들어보니 송이 대구리가 불쑥 올라왔다. 매우 큰 송이인 듯. 그는 반색하여 그 앞에 무릎을 털썩 꿇었다. 그리고 그 위에 두 손을 내들며 열 손가락을 다 펴들었다. 가만가만히 살살 흙을 헤쳐본다. 주먹만한 송이가 나타난다. 애 이놈 크구나. 손바닥 위에 따올려 놓고는 한참 들여다보며 싱글벙글한다. 우중충한 구석으로 바위는 벽같이 깎아질렀다. 그 중턱을 얽어 나간 칡잎에서는 물이 쪼록쪼록 흘러내린다. 인삼이 썩어내리는 약수라 한다. 그는 돌 위에 걸터앉으며 또 한 번 하품을 하였다. 간밤 쓸데없는 노름에 밤을 팬 것이 몹시 나른하였다. 따사로운 햇살이 숲을 새어든다. 다람쥐가 솔방울을 떨어치며, 어여쁜 할미새는 앞에서 알씬거리고. 동리에서는 타작을 하느라고 와글거린다. 흥겨워 외치는 목성, 그걸 억누르고 공중에 응, 응, 진동하는 벼 터는 기계 소리. 맞은쪽 산 속에서 어린 목동들의 노래는 처량히 울려온다. 산 속에 묻힌 마을의 전경을 멀리 바라보다가 그는 눈을 찌긋하며 다시 한번 하품을 뽑는다. 이 웬놈의 하품일까. 생각해 보니 어제 저녁부터 여지껏 창주가 곱림든 것이다. 불현듯 송이꾸림에서 그 중 크고 먹음직한 놈을 하나 뽑아 들었다.

응칠이는 그 송이를 물에 써억써억 부벼서는 떡 벌어진 대구리부터 걸삼스레 덥석 물어 떼었다. 그리고 넓죽한 입이 움질움질 씹는다. 혀가 녹을 듯이 만질만질하고 향기로운 그 맛. 이렇게 훌륭한 놈을 입맛만 다시고 못 먹다니. 문득 옛 추억이 혀끝에 뱅뱅 돈다. 이놈을 맛보는 것도 참 근자의 일이다. 감불생심이지 어디 냄새나 똑똑히 맡아 보리. 산속으로 쏘다니다 백판 못 따기도 하려니와 더러 딴다는 놈은 행여 상할까봐 손도 못 대게 하고 집에 내려다 묻고 묻고 하는 것이다. 그러나 요행히 한 꾸러미 차면 금시로 장에 가져다 판다. 이틀 사흘씩 공들인 거로되 잘 되면 사십 전, 못 받으면 이십오 전. 저녁거리를 기다리는 아내를 생각하며 좁쌀 서너 되를 손에 사들고 어두운 고개를 터덜터덜 올라오는 건 좋으나 이 신세를 뭐에 쓰나 하고 보면 을프냥궂기가 짝이 없겠고 —— 이까진 걸 못 먹어 그래 홧김에 또 한 놈을 뽑아 들고 이번엔 물에 흙도 씻을 새 없이 그대로 텁석거린다. 그러나 다른 놈들도 별수없으렷다. 이 산골이 송이의 본고향이로되 아마 일년에 한 개조차 먹는 놈이 드물리라.

—— 흠, 썩어진 두상들!

그는 폭넓은 얼굴을 이그리며 남이나 들으란 듯이 이렇게 비웃는다. 썩었다 함은 데생겼다 모멸하는 그의 언투였다. 먹다 나머지 송이꽁댕이를 바로 자랑스러이 입에다 치뜨리곤 트림을 섞어 가며 우물거린다.

송이 두 개가 들어가니 이제는 먹을 재미가 없다. 뭔가 좀 든든한 걸 먹었으면 좋겠는데. 떡, 국수, 말고기, 개고기, 돼지고기, 그렇지 않으면 쇠고기나. 아따 궁한 판이니 아무거나 있으면 속중으로 여러 가질 먹으며 시름없이 앉았다. 그는 눈꼴이 슬그머니 돌아간다. 웬놈의 닭인지 암탉 한 마리가 조아래 무덤 앞에서 뺑뺑 맴돈다. 골골거리며 감도는 걸 보매 아마 알자리를 보는 맥이라. 그는 돌에서 궁둥이를 들었다. 낮은 하늘로 외면하여 못 본 척하고 닭을 향하여 저켠으로 널찍이 돌아내린다. 그러나 무덤까지 왔을 때 몸을 돌리며,

"후, 후, 후, 이 자식이 어딜 가 후우."

두 팔을 벌리고 쫓아간다. 산꼭대기로 치모니 닭은 허둥지둥 갈길을 모른다. 요리매낀 조리매낀, 꼬꼬댁거리며 속만 태울 뿐. 그러나 바위 틈에 끼어 왁살스러운 그 주먹에 모가지가 둘로 나기에는 불과 몇 분 못 걸렸다.

그는 으슥한 숲속으로 찾아들었다. 닭의 껍질을 홀랑 까고서 두다리를 들고 찢으니 배창이 옆구리로 꿰진다. 그놈은 긁어 뽑아서 껍질과 한데 뭉치어 흙에 묻어 버린다.

고기가 생기고 보니 연하여 나느니 막걸리 생각. 이걸 부글부글 끓여놓고 한 사발 떡 곁들이면 똑 좋을 텐데 제기. 응칠이의 고기는 어디 떨어졌는지 술집까지 못 가는 고기였다. 아무려나 고기먹고 술먹고 꺼꾸론 못 먹느냐. 그는 닭의 가슴패기를 입에 들여대고 쭉 찢어가며 먹기 시작한다. 쫄깃쫄깃한 놈이 제법 맛이 들었다. 가슴을 먹고 넓적다리, 볼기짝을 먹고 거반 반쯤을 다 해내고 나니 어쩐지 맛이 좀 적었다. 결국 음식이란 양념을 해야 하는군. 수풀 속으로 그냥 설렁설렁 내

려온다. 솔숲을 빠져 화전께로 내릴려고 할 때 별안간 등뒤에서,

"여보게, 저 응칠이 아닌가."

고개를 돌려보니 대장간하는 성팔이가 작달막한 체수에 들깝작거리며 고개를 넘어온다. 그런데 무슨 긴한 일이나 있는지 부리나케 달려들더니,

"자네 응고개 논의 벼 없어진 거 아나?"

응칠이는 그만 가슴이 덜컥 내려앉았다. 이 바쁜 때 농군의 몸으로 응고개까지 앨 써 갈 놈도 없으려니와 또한 하필이면 절보고 벼의 없어짐을 말하는 것이 여간 심상치 않은 일이었다.

잡담 제하고 응칠이는,

"자넨 어째서 응고개까지 갔던가?"

하고 대담스레 그 눈을 쏘아보았다. 그러나 성팔이는 조금도 겁먹은 기색 없이,

"아 어쩌다 지냈지 뭘그래."

하며 도리어 얼레발을 치고 덤비는 수작이다. 고얀놈, 응칠이는 입때 다녀야 동무를 팔아 배를 채우는 그런 비열한 짓은 안 한다. 낯을 붉히자 눈에 불이 보이며,

"어쩌다 지냈다?"

응칠이가 이 동리에 들어온 것은 어느덧 달이 넘었다. 인제는 물릴 때도 되었고, 좀 떠보고자 생각은 간절하나 아우의 일로 말미암아 망설거리는 중이었다.

그는 오라는 데는 없어도 갈 데는 많았다. 산으로 들로 해

변으로 발부리 놓이는 곳이 즉 가는 곳이다.

그러다 저물며는 그대로 쓰러진다. 남의 방앗간이고 헛간이고 혹은 강가, 시새장. 물론 수가 좋으면 괴때기 위에서 밤을 편히 잘 적도 있었다. 이렇게 하여 강원도 어수룩한 산골로 이리 넘고 저리 넘고 못 간 데 별로 없이 유람 겸 편답하였다.

그는 한 구석에 머물러 있음은 가슴이 답답할 만치 되우 괴로웠다. 그렇다고 응칠이가 본시 역마직성이냐 하면 그런 것도 아니다. 그도 오 년 전에는 사랑하는 아내가 있었고 아들이 있었고 집도 있었고, 그때야 어딜 하루라도 집을 떨어져보았으랴. 밤마다 아내와 마주앉으면 어찌하면 이 살림이 좀 늘어볼까 불어볼까 애간장을 태우며 갖은 궁리를 되하고 되하였다. 마는 별 뾰족한 수는 없었다. 농사는 열심으로 하는 것 같은데 알고 보면 남는 건 겨우 남의 빚뿐. 이러다가는 결말엔 봉변을 면치 못할 것이다. 하루는 밤이 깊어서 코를 골며 자는 아내를 깨웠다. 밖에 나아가 우리의 세간이 몇 개나 되는지 세어보라 하였다. 그리고 저는 벼루에 먹을 갈아 찍어들었다. 벽에 바른 신문지는 누렇게 끄을렀다. 그 위에다 불러주는 물목대로 일일이 내려적었다. 독이 세 개, 호미가 둘, 낫이 하나로부터 밥사발, 젓가락, 짚이 석 단까지 그 다음에는 제가 빚을 얻어 온 데, 그 사람들의 이름을 쪽 적어 놓았다. 금액은 제각기 그 아래다 달아놓고. 그 옆으론 조금 사이를 떼어 역시 조선문으로 나의 소유는 이것밖에 없노라. 나는 오십 사 원을 갚을 길이 없으매 죄진 몸이라 도망하니 그대들은 아예 싸울 게 아니고 서로 의논하여 억울치 않도록 분배하여 가기 바라노라 하는 의미의 성명서를 벽에 남기자 안으로 문들을 걸어 닫고 울타리 밑구멍으로 세 식구가 빠져나왔다.

이것이 응칠이가 팔자를 고치던 첫날이었다.

그들 부부는 돌아다니며 밥을 빌었다. 아내가 빌어다 남편에게, 남편이 빌어다 아내에게. 그러자 어느 날 밤 아내의 얼굴이 썩 슬픈 빛이었다. 눈보라는 살을 에인다. 다 쓰러져가는 물방앗간 한구석에서 섬을 두르고 언내에게 젖을 먹이며 떨고 있더니 여보게유, 하고 고개를 돌린다. 왜, 하니까 그 말이, 이러다간 우리도 고생일 뿐더러 첫째 언내를 잡겠수, 그러니 서루 갈립시다, 하는 것이다. 하긴 그럴 법한 말이다. 쥐뿔도 없는 것들이 붙어다닌댔자 별수없다. 그보담은 서로 갈리어 제 맘대로 빌어먹는 것이 오히려 가뜬하리라. 그는 선뜻 응낙하였다. 아내의 말대로 개가를 해가서 젖먹이나 잘 키우고 몸 성히 있으면 혹 연분이 닿아 다시 만날지도 모르니간 마지막으로 아내와 같이 땅바닥에서 나란히 누워 하룻밤을 새고 나서 날이 훤해지자 그는 툭툭 털고 일어섰다.

매팔자란 응칠이의 팔자이겠다.

그는 버젓이 게트림으로 길을 걸어야 걸릴 것은 하나도 없다. 논 맬 걱정도, 호포 바칠 걱정도, 빚 갚을 걱정, 아내 걱정, 또는 굶는 걱정도. 호동그란히 털고 나서니 팔자 중에는 아주 상팔자다. 먹고만 싶으면 도야지구, 닭이구, 개구, 언제나 옆을 떠날 새 없겠지, 그리고 돈, 돈도……

그러나 주재소는 그를 노려보았다. 툭하면 오라, 가라, 하는데 학질이었다. 어느 동리고 가 있다가 불행히 일만 나면 누구보다도 그부터 붙들려 간다. 왜냐하면 그는 전과 사범이었다. 처음에는 도박으로, 다음엔 절도로, 또 그 담에는 절도로, 절도로…….

그러나 이번 멀리 아우를 방문함은 생활이 궁하여 근대러 왔다거나 혹은 일을 해보러 온 것은 결코 아니었다. 혈족이라곤 단 하나의 동생이요. 또한 오래 못 본지라 때없이 그리웠다. 그래 모처럼 찾아본 것이 뜻밖에 덜컥 일을 만났다.

지금까지 논의 벼가 서 있다면 그것은 성한 사람의 짓이라 안할 것이다.

응오는 응고개 논의 벼를 여태 베지 않았다. 물론 응오가 비어야 할 것이다. 누가 듣던지 그 형 응칠이를 먼저 의심하리라. 그럼 여기에 따르는 모든 책임을 응칠이가 혼자 지지 않으면 안 될 것이다.

응오는 진실한 농군이었다. 나이 서른하나로 무던히 철났다 하고 동리에서 쳐주는 모범 청년이었다. 그런데 벼를 베지 않는다. 남은 다들 거둬들였고 털기까지 하련만 그는 벨 생각조차 않는 것이다.

지주라든 혹은 그에게 장리를 놓은 김 참판이든 뻔질 찾아와 벼를 베라 독촉하였다.

"얼른 털어서 낼 건 내야지."

하면 그 대답은,

"계집이 다 죽게 됐는데 벼는 다 뭐지유우."

하고 한결같이 내뱉는 소리뿐이었다.

하기는 응오의 아내가 지금 기지 사경이매 틈은 없었다 하더라도 돈이 놀아서 약을 못 쓰는 이판이니 진시 벼라도 털어야 할 것이다.

그러면 왜 안 털었던가…….

그것은 작년 응오와 같이 지주 문전에서 타작을 하던 친구라면 묻지는 않으리라. 한해 동안 애를 졸이며 홑자식 모양으로 알뜰히 가꾸던 그 벼를 거둬들임은 기쁨에 틀림없었다. 꼭두새벽부터 엣, 엣 하며 괴로움을 모른다. 그러나 캄캄하도록 털고 나서 지주에게 도지를 제하고, 장리쌀을 제하고, 색조를 제하고 보니 남은 것은 등줄기를 흐르는 식은땀이 있을 따름. 그것은 슬프다 하기보다 끝없이 부끄러웠다. 같이 털어주던 동무들이 뻔히 보고 섰는데 빈지게로 덜렁거리며 집으로 돌아오는 건 진정 열쩍기 짝이 없는 노릇이었다. 참다 참다 못해 응오는 눈에 눈물이 흘렀던 것이다.

가뜩한데 엎치고 덮치더라고 올해는 그나마 흉작이었다. 샛바람과 비에 벼는 깨깨 비틀렸다. 이놈을 가을하다간 먹을 게 남지 않음은 물론이요 빚도 다 못 가릴 모양. 에라, 빌어먹을거 너들끼리 캐다 먹든 말든 마음대로 하여라, 하고 내던져 두지 않을 수 없다. 벼를 거뒀다고 말만 나면 빚쟁이들은 우우 몰려들거니깐…….

응칠이의 죄목은 여기에서도 또렷이 드러난다. 구구루 가만만 있으면 좋은 걸 이 사품에 뛰어들어 지주의 뺨을 제법 갈긴 것이 응칠이었다.

처음에야 그럴 작정이 아니었다. 그는 여러 곳 물을 마신이만치 어지간히 속이 튄 건달이었다. 지주를 만나 까놓고 썩 좋은 소리로 의논하였다. 올농사는 반실이니 도지도 좀 감해 주는 게 어떠냐고. 그러나 지주는 암말 없이 고개를 모로 흔들었다. 정 이러면 일 년 품은 빼야 할테니 나는 그 논에다 불을 지르겠수, 하여도 잠자코 응치 않는다. 지주로 보면 자기로도 그 벼는 넉넉히 거둬들일 수는 있다. 마는 한번 버릇을 잘못해 놓으면 여느 작인까지 행실을 버릴까 염려하여 겉으로 독촉만 하고 있는 터이었다. 실상이야 고까진 벼쯤 있어도 고만, 없어도 고만, 그 심보를 눈치채고 응칠이는 화를 벌컥 낸 것만은 좋으나 저도 모르게 대뜸 주먹뺨이 들어갔던 것이다.

이렇게 문제 중에 있는 벼인데 귀신의 노름 같은 변괴가 생겼다. 다시 말하면 벼가 없어졌다. 그것도 병들어 쓰러진 쭉정이는 제쳐놓고 무얼로 그랬는지 알장 이삭만 따갔다. 그 면적으로 어림하면 아마 못 돼도 한 댓 말 가량은 될는지!

응칠이가 아침 일찍이 그 논께로 노닐자 이걸 발견하고 기가 막혔다. 누굴 성가시게 굴려고 그러는지 산속에 파묻힌 논이라 아직은 본 사람이 없는 모양 같다. 허나 동리에 이 소문이 퍼지기만 하면 저는 어느 모로든 혐의를 받아 폐는 족히 입어야 될 것이다.

응칠이는 송이도 송이려니와 실상은 궁리에 바빴다. 속중으로 지목 갈 만한 놈은 여럿 들어보았으나 이렇다 찍을 만한 증거가 없다. 어쩌면 재성이나 성팔이 이 두 놈 중의 짓이리라, 하고 결국 이렇게 생각하는 것도 응칠이가 아니면 안 될 것이다.

원수는 외나무 다리에서 만났다.

응칠이는 저의 짐작이 들어맞음을 알고 당장에 일을 낼 듯이 성팔이의 눈을 드리 노렸다.

성팔이는 신이 나서 떠들다가 그 눈총에 어이가 질려서 그만 벙벙하였다. 그리고 얼굴이 헬쓱하여 마주보고 쳐다보더니,

"그래 자네 왜 그케 노하나. 지내다 보니깐 그러기에 일테면 자네보구 얘기지 뭐."

하고 뒷감당을 못 하여 우물쭈물한다.

"노하긴 누가 노해!"

응칠이는 버팅겼던 몸에 좀더 힘을 올리며,

"응고개를 어째 갔드냐 말이지."

"놀러갔다 오는 길인데 우연히⋯⋯."

"놀러갔다, 거기가 노는 덴가?"

"글쎄, 그렇게까지 물을 게 뭔가. 난 응고개 아니라 서울은 못 갈 사람인가."

하다가 성팔이는 속이 타는지 코로 후웅, 하고 날숨을 크게 뽑는다.

이렇게 나오는 데는 더 물을 필요가 없었다. 성팔이란 놈도 여간내기가 아니요 구장네 솥인가 뭔가 떼어다먹고 한 번 다녀온 놈이었다. 많이 사귀지는 못했으나 동리 평판이 그놈과 같이 다니다가는 엉뚱한 일 만난다 한다. 이번에 응칠이 저역 그 섭수에 걸렸음을 알고,

"그야 응고개라고 못 갈 리 없을 테……."

하고 한번 엇먹다, 그러나 자네두 아다시피 거 어디야 거기 바로 길이 있다든지 사람 사는 동리라면 혹 모른다 하지마는 성한 사람이야 응고개에 뭘 먹으러 가나, 그렇지 자네야 심심 하니까, 하고 앞을 꽉 눌러 등을 떠본다. 여기에는 대답 없고 성팔이는 덤덤이 쳐다본다. 무엇을 생각했는가 한참 있더니 호주머니에서 단풍갑을 꺼낸다. 우선 제가 한 개를 물고 또 하나를 뽑아내대며,

"궐련 하나 피게."

매우 듬직한 낯을 해보인다.

이놈이 이에 밝기가 몹시 밝은 성팔이다. 턱없이 궐련 하나 라도 선심을 쓸 궐자가 아니리라 생각은 하였으나 그렇다고 예까지 부르대는 건 도리어 저의 처지가 불리하다.

그것은 짜장 그 손에 넘는 짓이니,

"아 웬 궐련이래."

하고 슬쩍 농치며,

"성냥 있겠나?"

일부러 불까지 거대게 하였다.

응칠이에 액을 떠넘기어 이용하려는 고 야심을 생각하면 곧 달겨들어 다리를 꺾어 놔야 옳을 것이다. 그러나 이 마당 에 떠들어대고 보면 저는 드러누워 침뱉기. 결국 뒤로 잡지 앞에서 어른거리는 법이 아니다. 동리에 소문이 퍼질 것만 두 려워하며,

"여보게 자네가 했건 내가 했건간."

하고 과연 정다히 그 등을 툭 치고 나서,

"우리 둘만 알고 동리에 말은 내지 말게."

하다가 성팔이가 이 말에 되우 놀라며 눈을 말똥말똥 뜨니,

"그까진 벼쯤 먹으면 어떤가!"

하고 껄껄 웃어버린다.

성팔이는 한굽 접히어 말문이 메였는지 얼뚤하여 입맛만 다신다.

"아예 말은 내지 말게, 응 알지."

하고 다시 다질 때에야 겨우 주저주저 입을 열어,

"내야 무슨 말을 내겠나."

하고 조금 사이를 떼어놓고,

"내야 무슨 말을……그건 염려 말게."

하더니 비실비실 몸을 돌리어 저 갈 길을 내걷는다. 그러나 저 앞 고개까지 가는 동안에 두 번이나 돌아다보며 이쪽을 살피고 살피고 하는 것만은 사실이다.

응칠이는 그 꼴을 이윽히 바라보고 입안으로 죽일놈, 하였다. 아무리 도적이라도 같은 동료에게 제 죄를 넘겨 씌우려 함은 도저히 의리가 아니다.

그건 그렇다 치고 응오가 더 딱하지 않은가. 기껏 힘들여 지어놓았다 남 좋은 일 한 것을 안다면 눈이 뒤집힐 일이겠다.

이래서야 어디 이웃을 믿어 보겠는가…….

확적히 증거만 있어 이놈을 잡으면 대번에 요절을 내리라 결심하고 응칠이는 침을 탁 뱉아 던지고 산을 내려온다. 그런

데 그놈의 행티로 가늠보면 응칠이 저만치는 때가 못 벗은 도적이다. 어느 미친 놈이 논두렁에까지 가새를 들고 오는가. 격식도 모르는 푸뚱이가 그럴려면 바로 조낟가리 수수낟가리 말이지 그 속에 들어앉아 가새로 속닥거려야 들킬 리도 없고 일도 편하고 두 포대고 세 포대고 마음껏 딸 수도 있다. 그러다 틈보고 집으로 나르면 그만이지만 누가 논의 벼를 다……그렇게도 벼에 걸신이 들었다면 바로 남의 집 머슴으로 들어가 한 달포 동안 주인 앞에 얼렁거리며 신용을 얻어 오다가 주는 옷이나 얻어입고 다들 잠들거든 볏섬이나 두둑히 짊어 메고 덜렁거리면 그뿐이다. 이건 맥도 모르는 게 남도 못살게 굴려고 에이 망할 자식두……. 그는 분노에 살이 다 부들부들 떨리는 듯싶었다. 그러나 이런 좀도둑이란 봉이 나기 전에는 바짝 물고 덤비는 법이었다. 오늘밤에는 요놈을 지켰다 꼭 붙들어 가지고 정강이를 분질러 놓리라, 밥을 먹고는 태연히 막걸리 한 사발을 껄떡껄떡 들이켜자,

"커! 가을이 되니깐 맛이 행결 낫군!"

그는 주먹으로 입가를 쓱쓱 훔친 다음 송이꾸림에서 세 개를 뽑는다. 그리고 그걸 갈퀴같이 마른 주막 할머니 손에 내어 주며,

"옛수, 송이나 잡숫게유."

하고 술값을 치렀으나,

"아이 송이두 고놈 참."

간사를 피는 것이 겉으로는 반기는 척하면서도 좀 시쁜 모양이다. 제딴은 한 개에 삼 전씩 치더라도 구 전밖에 안 되니

깐…….

응칠이는 슬며시 화가 나서 그 얼굴을 유심히 들여다보았다. 음푹 들어간 볼때기에 저건 또 왜 저리 멋없이 불거졌는지 툭 나온 광대뼈하고 치마 아래로 남실거리는 발가락은 자칫 잘못 보면 황새 발목이니 이건 언제 잡아가려고 남겨두는 거야……보면 볼수록 하나 이쁜 데가 없다. 한두 번 먹은 것도 아니요 언젠가 울타리께 풀을 베어 주고 술사발이나 얻어먹은 적도 있었다. 그렇게 야멸차게 따질 건 뭔가. 그는 눈살을 흘깃 맞히고는 하나를 더 꺼내어,

"옛수, 또 하나 잡숫게유!"

내던져 주곤 댓돌에 가래침을 탁 뱉았다. 그제야 직성이 좀 풀리는지 그 가축으로 웃으며,

"아이구 이거 자꾸 주면 어떻게 해."

"어떡하긴 자꾸 살찌게유."

하고 한마디 툭 쏘고 일어서다가 무엇을 생각함인지 다시 툇마루에 주저앉는다.

"그런데 참 요즘 성팔이 보셨수?"

"아아니, 당최 볼 수가 없더군."

"술도 안 먹으러 와유?"

"안 와!"

하고는 입속으로 뭐라고 중얼거리며 의아한 낯을 들더니,

"왜, 또 뭐 일이……?"

"아니유, 본 지가 하 오래니깐."

응칠이는 말끝을 얼버무리고 고개를 돌리어 한데를 바라본

다. 벌써 점심때가 되었는지 닭들이 요란히 울어댄다. 논둑의 미루나무는 부 하고 또 부, 하고 잎이 날리며 팔랑팔랑 하늘로 올라간다.

"성팔이가 이 마을에서 얼마나 살았지요?"

"글쎄, 재작년 가을이지 아마."

하고 장죽을 빡빡 빨더니,

"근대 또 떠난대든가, 홍천인가 어디 즈 성님한테로 간대."

하고 그게 옳지, 여기서 뭘 하느냐, 대장간이라구 일이나 많으면 모르거니와 밤낮 파리만 날리는데 그보다는 즈 형이 크게 농사를 짓는대니 그 뒤나 거들어 주고 구구루 얻어먹는 게 신상에 편하겠지. 그래 불일간 처자식을 데리고 아마 떠나리라고 하고,

"농군은 그저 농사를 지야 돼."

"낼 술 먹으러 또 오지유."

간단히 인사를 하고 응칠이는 다시 일어났다.

주막을 나서니 옷깃을 스치는 개운한 바람이다. 밭둔덕의 대추는 척척 늘어진다. 머지않아 겨울은 또 오렸다. 그는 응오의 집을 바라보며 그간 죽었는지 궁금하였다.

응오는 봉당에 걸터앉았다. 그 앞 화로에는 약이 바글바글 끓는다. 그는 정신없이 들여다보고 앉았다.

우중충한 방에는 아내의 가쁜 숨소리가 들린다. 색, 색 하다가 아이구, 하고는 까무러지게 콜록거린다. 가래가 치밀어 몹시 괴로운 모양 뽑아 줄 사이가 없이 풀들은 뜰에 엉켰다. 흙이 드러난 지붕에서 망초가 휘어청 휘어청 바람은 가끔 찾

아와 싸리문을 흔든다. 그럴 적마다 문은 을씨년스럽게 삐이꺽 삐이꺽. 이웃의 발발이는 부엌에서 한창 바쁘게 달그락거린다. 마는 아침에 아내에게 먹이고 남은 조죽밖에야. 아니 그것도 참 남편이 마저 긁었으니 사발에 붙은 찌꺼기뿐이리라…….

"거, 다 졸았나 부다."

응칠이는 약이란 다 졸면 못 쓰니 고만 짜 먹여라, 하였다. 약이라야 어제 저녁 울 뒤에서 옭아 들인 구렁이지만…….

그러나 응오는 듣고도 흘렸는지 혹은 못 들었는지 잠자코 고개도 안 든다.

"옜다, 송이 맛이나 봐라."

하고 형이 손을 내밀 제야 겨우 시선을 들었으나 술이 거나한 그 얼굴을 거북살스레 훑어본다. 그리고 송이를 고맙지 않게 받아 방에 치뜨리고는,

"이거나 먹어."

하다가,

"뭐?"

소리를 크게 질렀다. 그래도 잘 들리지 않으므로

"뭐야 뭐야, 좀 똑똑히 하라니깐?"

하고 골피를 찌푸린다.

그러나 아내는 손짓만으로 무슨 말인지 알 수가 없다. 음성으로 치느니보다 종이 부비는 소리랄지, 그걸 듣기에는 지척도 멀었다.

가만히 보다 응칠이는 제가 다 불안하여,

"뒤보겠다는 게 아니냐."

"그럼 그렇다 말이 있어야지."

남편은 이내 짜증을 내며 몸을 일으킨다. 병약한 아내의 음성이 날로 변하여 감을 시방 안 것도 아니련만…….

그는 방바닥에 늘어져 꼬치꼬치 마른 반송장을 조심히 일으키어 등에 업었다.

울밖 밭머리에 잿간은 놓였다. 머리가 눌릴 만치 납작한 굴속이다. 게다 거미줄은 예제없이 엉키었다. 부춘돌 위에 내려놓으니 아내는 벽을 의지하여 웅크리고 앉는다. 그리고 남편은 눈을 멀뚱멀뚱 뜨고 지키고 섰는 것이다.

이 꼴들을 멀거니 바라보다 응칠이는 마뜩지 않게 코를 횡, 풀며 입맛을 다시었다. 응오의 짓이 어리석고 울화가 터져서이다. 요즈음 응오가 형에게 말도 잘 않고 왜 어뜩비뜩하는지 그 속을 응칠이도 모르는 배 아닐 것이다.

응오가 이 아내를 찾아올 때 꼭 삼 년간을 머슴을 살았다. 그처럼 먹고 싶던 술 한 잔 못 먹었고, 그처럼 침을 삼키던 그 개고기 한 메 물론 못 샀다. 그리고 사경을 받는 대로 꼭꼭 장리를 놓았으니 후일 선채로 썼던 것이다. 이렇게까지 근사를 모아 얻은 계집이련만 단 두 해가 못 가서 이 꼴이 되고 말았다.

그러나 이 병이 무슨 병인지 도시 모른다. 의원에게 한 번이라도 변변히 뵈본 적이 없다. 혹 안다는 사람의 말인즉 뇌점이니 어렵다 하였다. 돈만 있다면야 뇌점이고 염병이고 알 바가 못 될 거로되 사날 전 거리로 쫓아나오며,

"성님!"

하고 팔을 챌 적에는 응오도 어지간히 급한 모양이었다.

"왜?"

응칠이가 몸을 돌리니 허둥지둥 그 말이 이제는 별도리가 없다. 있다면 꼭 한 가지가 남았으니 그것은 엊그저께 산신을 부리는 노인이 이 마을에 오지 않았는가. 그 도인이 응오를 특히 동정하여 십 오 원만 들이어 산치성을 올리면 씻은 듯이 낫게 해주리라는데.

"성님은 언제나 돈 만들 수 있지유?"

"거, 안 된다. 치성들여 날 병이 안 낫겠니."

하여 여전히 딱 떼이고 그러게 내 뭐래던, 애전에 계집 다 버리고 날 따라 나서랬지, 하고.

"그래 농군의 살림이란 제 목매기라지!"

그러나 아우가 암말 없이 몸을 홱 돌리어 집으로 들어갈 제 응칠이는 속으로 괜한 소리를 했구나, 하였다.

응오는 도로 아내를 업어다 방에 뉘었다. 약은 다 졸았다. 불이 삭기 전 짜야 할 것이다. 식기를 기다려 약사발을 입에 대어주니 아내는 군말 없이 그 구렁이 물을 껄떡껄떡 들여마신다.

응칠이는 마당에 우두커니 앉았다. 사람의 목숨이란 과연 중하군, 하였다. 그러나 계집이라는 저 물건이 저렇게 떼기 어렵도록 중할까, 하니 암만해도 알 수 없고.

"너 참 요 건너 성팔이 알지?"

"……."

"너하고 친하냐?"

"……."

"성이 뭐래는데 거 대답 좀 하렴."

하고 소리를 빽 질러도 아우는 대답은 말고 고개도 안 든다.

그러나 응칠이는 하늘을 쳐다보고 트림만 끄윽, 하고 말았다. 술기가 코를 콱콱 찔러야 할 터인데 이건 풋김치 냄새만 코밑에서 뱅뱅 돈다. 공짜 김치만 퍼먹을 게 아니라 한잔 더 했으면 좋았을걸. 그는 일어서서 대를 허리에 꽂고 궁둥이의 흙을 털었다. 벼 도둑맞은 이야기를 할까 하다가 아서라 가뜩이나 울상이 속이 쓰릴 것이다. 그보다는 이놈을 잡아놓고 낭중 히짜를 뽑는 것이 점잖겠지…….

그는 문 밖으로 나와 버렸다.

답답한 아우의 살림을 보니 역 답답하던 제 살림이 연상되고 가슴이 두루 답답하였다. 이런 때에는 무가 십상이다. 사실 하느님이 무를 마련해 낸 것은 참으로 은혜로운 일이다. 맥맥할 때 한 개를 씹고 보면 꿀꺽 하고, 쿡 치는 그 맛이 좋고 남의 무밭에 들어가 하나를 쑥 뽑으니 가락무. 이키, 이거 오늘 운수대통이로군. 내던지고 그 다음 놈을 뽑아들고 개울로 내려온다. 물에 쓰윽 닦아서는 꽁지는 이로 베어던지고 으썩 깨물어 붙인다.

개울 둔덕에 포플러는 호젓하게도 매출히 컸다. 자갈들은 그 밑에 옹기종기 모였다. 가생이로 잔디가 소보록하다. 응칠이는 나가자빠져 마을을 건너다보며 눈을 멀뚱멀뚱 굴리고 누웠다. 산이 뺑 둘리어 숨이 콕 막힐 듯한 그 마을…….

아리랑 아리랑 아라리요

아리랑 띄어라 노다가세

증기차는 가자고 윈고동 트는데

정든 임 품 안고 낙누낙누

아리랑 아리랑 아라리요

아리랑 띄어라 노다가세

낼 갈지 모레 갈지 내 모르는데

옥시기 강냉이는 심어 뭐하리

아리랑 아리랑 아라리요

아리랑 띄어라…….

그는 콧노래로 이렇게 흥얼거리다 갑작스레 강릉이 그리웠다. 펄펄 뛰는 생선이 좋고, 아침 햇살이 빗기어 힘차게 출렁거리는 그 물결이 좋고. 이까진 둠 구석에서 쪼들리는 데 대다니. 그래도 즈이딴엔 무어 농사 좀 지었답시고 악을 복복쓰며 잘도 떠들어대인다. 하지만 그런 중에도 어디인가 형언치 못할 쓸쓸함이 떠돌지 않는 것도 아니다. 삼십 여 년 전 술을 빚어 놓고 쇠를 울리고 흥에 질리어 어깨춤을 덩실거리고 이러던 가을과는 저 딴 쪽이다. 가을이 오면 기쁨에 넘쳐야 될 시골이 점점 살기만 떠옴은 웬일일고. 이렇게 보면 재작년 가을 어느 밤 산중에서 낫으로 사람을 찔러죽인 강도가 문득 머리에 떠오른다. 장을 보고 오는 농군을 농군이 죽였다. 그것도 많이나 되었으면 모르되 빼앗은 것이 한껏 동전 네 닢에 수수 일곱 되, 게다 흔적이 탄로날까 하여 낫으로 그 얼굴의 껍질을 벗기고 조기 대가리 이기듯 끔찍하게 남기고 조긴 망난이다. 흉악한 자식. 그 알량한 돈 사 전에 나 같으면 가여워 덧돈을 주고라도 왔으리라. 이번 놈은 그따위 각다귀나 아닐는지 할 때 찬김과 아울러 치미는 소름에 머리끝이 다 쭈뼛하였다. 그간 아우의 농사를 대신 돌봐주기에 이럭저럭 날이 늦었다. 오늘 밤에는 이놈을 다리를 꺾어놓고 내일쯤은 봐서 설렁설렁 뜨는 것이 옳은 일이겠다. 이 산을 넘을까 저 산을 넘을까 주저거리며 속으로 점을 치다가 슬그머니 코를 골아올린다.

밤이 내리니 만물은 고요히 잠든다. 검푸른 하늘에 산봉우리는 울퉁불퉁 물결을 치고 흐릿한 눈으로 별은 떴다. 그러다 구름 떼가 몰려닥치면 깜깜한 절벽이 된다. 또한 마을 한복판에는 거친 바람이 오락가락 쓸쓸히 뒹굴고 이따금 코를 찌르는 후련한 산사 내음새. 북쪽 산밑 미루나무에 싸여 주막이 있는데 유달리 불이 반짝인다. '노세, 노세, 젊어서 노세.' 노랫소리는 나직나직 한산히 흘러나온다. 아마 벼를 뒷심대고 외상이리라……

응칠이는 잠자코 벌떡 일어나 바깥으로 나섰다. 그리고 다 나와서야 그 집 친구에게 눈치를 안 채이도록,

"내 잠깐 다녀옴세!"

"어딜 가나?"

친구는 웬 영문을 몰라 뻔히 치어다보다 밤이 이렇게 늦었으니 나갈 생각 말고 어여 이리 들어와 자라 하였다. 기껏 둘이 앉아서 개코 쥐코 떠들다가 급작히 일어서니까 꽤 이상한

모양이었다.

"건너 마을 가 담배 한 봉 사올라구."

"담배 여있는데 또 사 뭐하나?"

친구는 호주머니에서 굳이 연봉을 꺼내어 손에 들어보이더니,

"이리 들어와 섬이나 좀 쳐주게."

"아참 깜빡……."

하고 응칠이는 미안스러운 낯으로 뒤통수를 긁적긁적한다. 하기는 섬을 좀 쳐달라구 며칠째 당부하는 걸 노름에 몸이 팔리어 그만 잊고 했던 것이다. 먹고 자고 이렇게 신세를 지면서 이건 썩 안됐다 생각은 했지마는,

"내 곧 다녀올걸 뭐."

어정쩡하게 한마디 남기곤 그 집을 뒤에 남긴다.

그러나 이 친구는

"그럼, 곧 다녀오게!"

하고 때를 재치는 법은 없었다. 언제나 여일같이,

"그럼 잘 다녀오게!"

이렇게 그 신상만 편하기를 비는 것이다.

응칠이는 모든 사람이 저에게 그 어떤 경의를 갖고 대하는 것을 가끔 느끼고 어깨가 으쓱거린다. 백판 모르는 사람도 데리고 앉아서 몇 번 말만 좀 하면 대뜸 구부러진다. 그렇게 장한 것인지 그 일을 하다가, 그 일이라야 도적질이지만, 들어가 욕보던 이야기를 하면 그들은 눈을 커다랗게 뜨고,

"아이구, 그걸 어떻게 당하셨수!"

하고 적이 놀라면서도

"그래 그 돈은 어떡했수?"

"또 그럴 생각이 납디까요?"

"참 우리 같은 농군에 대면 호강살이유!"

하고들 한편 썩 부러운 모양이었다. 저들도 그와 같이 진탕 먹고 살고는 싶으나 주변없어 못하는 그 울분에서 그런 이야기만 들어도 다소 위안이 되는 것이다. 응칠이는 이걸 잘 알고 그 누구를 논에다 꺼꾸로 박아놓고 달아나다가 붙들리어 경치던 이야기를 부지런히 하며,

"자네들은 안적 멀었네, 멀었어."

하고 흰소리를 치면 그들은, 옳다는 뜻이겠지, 묵묵히 고개만 끄떡끄떡하며 속없이 술을 사주고 담배를 사주고 하는 것이다.

그런데 이번 벼를 훔쳐 간 놈은 응칠이를 마구 넘보는 모양 같다.

이렇게 생각하면 응칠이는 더욱 괘씸하였다. 그는 물푸레 몽둥이를 벗삼아 논둑길을 질러서 산으로 올라간다.

이슥한 그믐 칠야…….

길은 어둡고 흐릿한 언저리만 눈앞에 아물거린다.

그 논까지 칠 마장은 느긋하리라. 이 마을을 벗어나는 어귀에 고개 하나를 넘는다. 또 하나를 넘는다. 그러면 그 다음 고개와 고개 사이에 수목이 울창한 산중턱을 비겨대고 몇 마지기의 논이 놓였다. 응오의 논은 그중의 하나이었다. 길에서 썩 들어앉은 곳이라 잘 뵈도 않는다. 동리에 그런 소문이 안

낮을 때에는 천행으로 본 놈이 없을 것이나 반드시 성팔이의 성행임에는…….

응칠이는 공동묘지의 첫 고개를 넘었다. 그리고 다음 고개의 마루턱을 올라섰을 때 다리가 주춤하였다. 저 왼편 높은 산고랑에서 불이 반짝하다 꺼진다. 짐승 불로는 너무 흐리고……아하, 이놈들이 또 왔군. 그는 가던 길을 옆으로 새었다. 더듬더듬 나뭇가지를 집으며 큰 산으로 올라간다. 바위는 미끌리어 내리며 발등을 찧는다. 딸기 가시에 종아리는 따갑고 엉금엉금 기어서 바위를 끼고 감돈다.

산 거반 꼭대기에 바위와 바위가 어깨를 겯고 움쑥 들어간 굴이 있다. 풀들은 뻗치어 굴 문을 막는다.

그 속에 돌아앉아서 다섯 놈이 머리들을 맞대고 수군거린다. 불빛이 샐까 염려다. 남폿불을 얕이 달아놓고 몸들을 바싹바싹 여미어 가리운다.

"어서 후딱후딱 쳐, 갑갑해서 원."

"이번엔 누가 빠지나?"

"이 사람이지 뭘 그래."

"다시 섞어, 어서 이 따위 수작이야."

하고 한 놈이 골을 내고 화투를 빼앗아 제 손으로 섞다가 깜짝 놀란다. 그리고 버썩 대드는 응칠이를 벙벙히 치어다보며 얼뚤한다. 그들은 응칠이가 오는 것을 완고척이 싫어하는 눈치였다. 이런 애송이 노름판인데 응칠이를 들였다가는 맥을 못 쓸 것이다. 속으로는 되우 꺼렸다마는 그렇다고 응칠이의 비위를 건드림은 더욱 좋지 못하므로,

"아, 응칠인가, 어서 들어오게."

하고 선웃음을 치는 놈에,

"난 올 듯하기에, 자넬 기다렸지."

하며 어수대는 놈,

"하여튼 한케 떠보게."

이놈들은 손을 잡아들이며 썩들 환영이었다.

응칠이는 그 속으로 들어서며 무서운 눈으로 좌중을 한번 훑어보았다.

그런데 재성이도 그 틈에 끼어 있는 것이 아닌가. 사날 전만 해도 응칠이더러 먹을 양식이 없으니 돈 좀 취하라던 놈이 의심이 부쩍 일었다. 도둑이란 흔히 이런 노름판에서 씨가 퍼진다. 고 옆으로 기호도 앉았다. 이놈은 며칠 전 제 계집을 팔았다. 그 돈으로 영동 가서 장사를 하겠다던 놈이 노름을 왔다. 제깐 주제에 딸 듯싶은가. 하나는 용구. 농사엔 힘 안 쓰고 노름에 몸이 달았다. 시키는 부역도 안 나온다고 동리에서 손두를 맞은 놈이다. 그리고 남의 집 머슴 녀석. 뽐을 내이고 멋없이 점잔을 피우는 중늙은이 상투쟁이, 이 물건은 어서 날아왔는지 보지도 못하던 놈이다. 체 이것들이 뭘 한다구!

응칠이는 기호의 등을 꾹 찔러 가지고 밖으로 나왔다.

외딴 곳으로 데리고 와서,

"자네 돈 좀 없겠나?"

하고 돌아서다가,

"웬걸 돈이 어디······."

눈치만 남고 어름어름하니,

"아내와 갈렸다지, 그 돈 다 뭐했나?"

"아 이 사람아 빚 갚았지!"

기호는 눈을 내려깔며 매우 거북한 모양이다.

오른편 엄지로 한 코를 막고 흥, 하고 내뽑더니 이번 빚에 졸리어 죽을 뻔했네, 하고 묻지 않는 발뺌까지 얹어서 설대로 등허리를 긁적긁적한다.

그러나 응칠이는 속으로 이놈, 하였다. 응칠이는 실눈을 뜨고 기호를 유심히 쏘아 주었더니,

"꼭 사 원 남았네."

하고 선뜻 알리고,

"빚 갚고 뭣하고 흐지부지 녹았어."

어색하게도 혼자말로 우물쭈물 웃어 버린다. 응칠이는 퉁명스러이,

"나 이 원만 최게."

하고 손을 내대다 그래도 잘 듣지 않으매,

"따서, 둘이 논을 테야, 누가 떼먹나."

하고 소리가 한번 빽 아니 나올 수 없다.

이 말에야 기호도 비로소 안심한 듯, 저고리 섶을 쳐들고 훔척거리다 주뼛주뼛 꺼내 놓는다. 딴은 응칠이의 솜씨이면 낙짜는 없을 것이다. 설혹 재간이 모자라 잃는다면 우격이라도 도로 몰아갈 테니깐…….

"나두 한케 떠보세."

응칠이는 우죄스리 굴로 기어든다. 그 콧등에는 자신 있는 그리고 흡족한 미소가 떠오른다. 사실이지 노름만치 그를 행

복하게 하는 건 다시 없다. 슬프다가도 화투나 투전장을 손에 들면 공연스레 어깨가 으쓱거리고 아무리 일이 바빠도 노름판은 옆에 못 두고 지낸다. 그는 이놈 저놈의 눈치를 한번 슬쩍 훑고,

"두 패로 나누지?"

응칠이는 재성이와 용구를 데리고 한옆으로 비켜 앉았다. 그리고 신바람이 나서 화투를 섞다가 손을 따악 짚으며,

"튀전이래지 이간 화투는 하여튼 뭘 할 텐가, 녹뼈긴가 켤텟가?"

"약단이나 그저 보지."

사방은 매섭게 조용하였다. 바위 위에서 혹 바람에 모래 구르는 소리뿐이다. 어쩌다,

"옛다 봐라."

하고 화투짝이 찔꺽, 한다. 그리곤 다시 쥐죽은 듯 잠잠하다.

그들은 이욕에 몸이 달아서 이야기고 뭐고 할 여지가 없다. 행여 속지나 않는가 하여 눈들이 빨개서 서로 독을 올린다. 어떤 놈이 뜯는 놈이고 어떤 놈이 뜯기는 놈인지 영문 모른다.

응칠이가 한 장을 내던지고 명월공산을 보기좋게 떡 젖혀 놓으니,

"이거 왜 수작질이야!"

용구가 골을 벌컥 내이며 쳐다본다.

"뭐가?"

"뭐라니 아, 이 공산 자네 밑에서 빼내지 않았나?"

"봤으면 고만이지 그렇게 노할 건 또 뭔가!"

응칠이는 어설피 입맛을 쩍쩍 다시다,

"그럼 이번엔 파토지?"

하고 손의 화투를 땅에 내던지며 껄껄 웃어 버린다.

이때 한옆에서 별안간,

"이자식, 죽인다!"

악을 쓰는 것이니 모두들 놀라며 시선을 모은다. 머슴이 마주앉은 상투의 뺨을 갈겼다. 말인즉 대조 다섯 끗을 엎어쳤다고…….

하나 정말은 돈을 잃은 것이 분한 것이다. 이 돈이 무슨 돈이냐 하면 일 년 품을 팔은 피묻은 사경이다. 이런 돈을 송두리 먹히다니…….

"이자식, 너는 야마시꾼이지. 돈 내라."

멱살을 훔켜잡고 다시 두 번을 때린다.

"허 이놈이 왜 이러누, 어른을 몰라보고."

상투는 책상다리를 잡숫고 허리를 쓰윽 펴더니 점잖이 호령한다. 자식뻘 되는 놈에게 뺨을 맞는 건 말이 좀 덜 된다. 약이 올라서 곧 일을 칠듯이 엉덩이를 번쩍 들었으나 그러나 그대로 주저앉고 말았다. 악이 바짝 받친 놈을 건드렸다가는 결국 이쪽이 손해다. 더럽단 듯이 허, 허 웃고,

"버릇없는 놈 다 봤고!"

하고 꾸짖은 것은 잘됐으나 기어이 어이쿠, 하고 그 자리에 폭 엎으러진다. 이마가 터져서 피가 흘렀다. 어느 틈엔가 돌멩이가 날아와 이마의 가죽을 터친 것이다.

응칠이는 싱글거리며 굴을 나섰다. 공연스레 쑥스럽게 일이나 벌어지면 성가신 노릇이다. 그리고 돈 백이나 될 줄 알았더니 다 봐야 한 사십 원 될까 말까. 그걸 바라고 어느 놈이 앉았는가…….

그가 딴 것은 본밑을 알라 구 원하고 팔십 전이다. 기호에게 오 원을 내주고,

"자, 반이 넘네. 자네 계집 잃고 돈 잃고 호강이겠네."

농담으로 비웃어 던지고는 숲속으로 설렁설렁 내려온다.

"여보게, 자네에게 청이 있네."

재성이 목이 말라서 바득바득 따라온다.

그 청이란 묻지 않아도 알 수 있었다. 저에게 돈을 다 빼앗기곤 구문이겠지. 시치미를 딱 떼고 나 갈 길만 걷는다.

"여보게 응칠이, 아 내 말 좀 들어!"

그제서는 팔을 잡아나꾸며 살려달라 한다. 돈을 좀 늘일까 하고 벼 열 말을 팔아 해보았더니 다 잃었다고. 당장 먹을 게 없어 죽을 지경이니 노름 밑천이나 하게 몇 푼 달라는 것이다. 그러나 벼를 털었으면 거저 먹을 것이지 어줍잖게 노름은…….

"그런 걸 왜 너보고 하랬어?"

하고 돌아서며 소리를 빽 지르다가 가만히 보니 눈에 눈물이 글썽하다. 잠자코 돈 이 원을 꺼내 주었다.

응칠이는 돌에 앉아서 팔짱을 끼고 덜덜 떨고 있다.

사방은 빽앵 돌리어 나무에 둘러싸였다. 거무투둑한 그 형상이 헐없이 무슨 도깨비 같다. 바람이 불 적마다 쏴아, 하고

쏴아, 하고 음충맞게 건들거린다. 어느 때에는 쩍, 쩍, 하고 목을 따는지 비명도 올린다.

그는 가끔 뒤를 돌아보았다. 별일은 없을 줄 아나 혹 뭐가 덤벼들지도 모른다. 서낭당은 바로 등뒤다. 쪽제비인지 뭔지, 요동 통에 돌이 무너지며 바시락바시락한다. 그 소리가 묘하게도 등줄기를 쪼옥 긁는다. 어두운 꿈속이다. 하늘에서 이슬은 내리어 옷깃을 축인다. 공포도 공포려니와 냉기로 하여 좀체로 견딜 수가 없다.

산골은 산신까지도 주렸으렷다. 아들 낳아 달라고 떡 갖다 바칠 이 없을 테니까. 이놈의 영감님 홧김에 덥석 달겨들면. 앞뒤를 다시 한번 휘돌아본 다음 설대를 뽑는다. 그리고 오금팽이로 불을 가리고는 한 대 뻑뻑 피워 물었다. 논은 여남은 칸 떨어져 고 알에 누웠다. 일심 정기를 다하여 나무 틈으로 뚫어보고 앉았다. 그러나 땅에 대를 털려니까 풀숲이 이상스러이 흔들린다. 뱀, 뱀이 아닌가. 구시 월 뱀이라니 물리면 고만이다. 자리를 옮겨 앉으며 손으로 입을 막고 하품을 터친다.

아마 두어 시간은 더 넘었으리라. 이놈이 필연코 올 텐데 안 오니 이 또 무슨 조활까. 이 짓이란 소문이 나기 전에 한번 더 와보는 것이 원칙이다. 잠을 못 자서 눈이 뻑뻑한 것이 제물에 슬금슬금 감긴다. 이를 악물고 눈을 뒤쓰면 이번에는 허리가 노글거린다. 속은 쓰리고 골치는 때리고, 불꽃 같은 노기가 불끈 일어서 몸을 옥죄인다. 이놈의 다리를 못 꺾어놔도 애비 없는 호래 자식이겠다.

닭들이 세 홰를 운다. 머얼리 산을 넘어오는 그 음향이 퍽은 서글프다. 큰 비를 몰아드는지 검은 구름이 잔뜩 끼인다. 하긴 지금도 빗방울이 뚝, 뚝, 떨어진다.

그때 논둑에서 희끄무레한 허깨비 같은 것이 얼씬거린다. 정신을 바짝 차렸다. 영낙없이 성팔이, 재성이 그들 중의 한 놈이리라. 이 고생을 시키는 그놈! 이가 북북 갈리고 어깨가 다 식식거린다. 몽둥이를 잔뜩 우려잡았다. 그리고 벌떡 일어나서 나무줄기를 끼고 조심조심 돌아내린다. 허나 도랑쯤 내려오다가 그는 멈칫하여 몸을 뒤로 물렸다. 늑대 두 놈이 짝을 짓고 이편 산에서 저편 산으로 설렁설렁 건너가는 길이었다. 빌어먹을 늑대, 이것까지 말썽이람. 이마의 식은땀을 씻으며 도로 제자리로 돌아온다. 어쩌면 이번 이놈도 재작년 강도짝이나 안 될는지. 급시로 불길한 예감이 뒤통수를 탁 치고 지나간다. 그는 옷깃을 여미어 한 대를 더 붙였다. 돌연히 풍세는 심하여진다. 산골짜기로 몰아드는 억센 놈이 가끔 발광이다. 다시금 더르르 몸을 떨었다. 가을은 왜 이 지경인가. 여기에서 밤새울 생각을 하니 기가 찼다.

얼마나 되었는지 몸을 좀 녹이고자 일어나서 서성서성 할 때이었다. 논으로 다가오는 희미한 그림자를 분명히 두 눈으로 보았다. 그리고 보니 피로고, 한고이고 다 딴 소리다. 고개를 내대고 딱 버티고 서서 눈에 쌍심지를 올린다.

흰 그림자는 어느 틈엔가 어둠 속에 사라져 보이지 않는다. 그리고 다시 나올 줄을 모른다. 바람 소리만 왱, 왱, 칠 뿐이다. 다시 암흑 속이 된다. 확실히 벼를 훔치러 논 속으로 들어

갔을 것이다. 여깽이 같은 놈이 굿은 날씨를 기화삼아 맘껏 하겠지. 의리 없는 썩은 자식, 격장에서 같이 굶는 터에…… 오냐 대거리만 있거라. 이를 한 번 부드득 갈아붙이고 차츰차츰 논께로 내려온다.

응칠이는 논께로 바특이 내려서서 소나무에 몸을 착 붙였다. 섣불리 서둘다간 남의 횡액을 입을지도 모른다. 다 훔쳐 가지고 나올 때만 기다린다. 몽둥이는 잔뜩 힘을 올린다.

한 식경쯤 지났을까, 도적은 다시 나타난다. 논둑에 머리만 내놓고 사면을 두리번거리더니 그제서 기어나온다. 얼굴에는 눈만 내놓고 수건인지 뭔지 헝겊이 가리었다. 봇짐을 등에 짊어메고는 허리를 구붓이 뺑손을 놓는다. 그러자 응칠이가 날쎄게 달려들며,

"이자식, 남의 벼를 훔쳐가니!"

하고 대포처럼 고함을 지르니 논둑으로 고대로 데굴데굴 굴러서 떨어진다. 얼결에 호되게 놀란 모양이다.

응칠이는 덤벼들어 우선 허리께를 내려조겼다. 어이쿠쿠, 쿠 하고 처참한 비명이다. 이 소리에 귀가 번쩍 뜨여서 그 고개를 들고 팔부터 벗겨 보았다. 그러니 너무나 어이가 없었음인지 시선을 치걷으며 그 자리에 우두망절한다.

그것은 무서운 침묵이었다. 살뚱맞은 바람만 공중에서 북새를 논다.

한참을 신음하다 도적은 일어나더니,

"성님까지 이렇게 못살게 굴기유?"

제법 눈을 부라리며 몸을 홱 돌린다. 그리고 느끼며 울음이

북받친다. 봇짐도 내버린 채,

"내 것 내가 먹는데 누가 뭐래?"

하고 데퉁스러이 내뱉고는 비틀비틀 논 저쪽으로 없어진다.

형은 너무 꿈속 같아서 멍하니 섰을 뿐이다.

그러나 얼마 지나서 한 손으로 그 봇짐을 들어본다. 가뿐하니 끽 말가웃이나 될는지. 이까짓 걸 요렇게까지 해가려는 그 심정은 실로 알 수 없다. 벼를 논에다 도로 털어 버렸다. 그리고 아내의 치마겠지 검은 보자기를 척척 개서 들었다. 내 걸 내가 먹는다⋯⋯그야 이를 말이랴. 허나 내 걸 내가 훔쳐야 할 그 운명도 얄궂거니와 형을 배반하고 이 짓을 벌인 아우도 아우렷다. 에이 고얀놈, 할 제 보를 적시는 것은 눈물이다. 그는 주먹으로 눈물을 쓱, 부비고 머리에 번쩍 떠오르는 것이 있으니 두레두레한 황소의 눈깔. 시오 리를 남쪽 산으로 들어가면 어느 집 바깥 뜰에 밤마다 늘 매어 있는 투실투실한 그 황소. 아무렇게 따지든 칠십 원은 갈 데 없으리라. 그는 부리나케 아우의 뒤를 밟았다.

공동묘지까지 거반 왔을 때에야 가까스로 만났다. 아우의 등을 탁 치며,

"애, 좋은 수 있다. 네 원대로 돈을 해줄게 나하구 잠깐 다녀오자."

씩씩한 어조로 기쁘도록 달랬다. 그러나 아우는 입 하나 열지 않고 그대로 실쭉하였다. 뿐만 아니라 어깨 위에 올려놓은 형의 손을 부질없단 듯이 몸으로 털어 버린다. 그리고 삐익 달아난다.

이걸 보니 하 엄청나고 기가 콱 막히었다.

"이놈아!"

하고 악에 받치어,

"명색이 성이라며?"

대뜸 몽둥이는 들어가 그 볼기짝을 후려갈겼다. 아우는 모로 몸을 꺾더니 시나브로 찌그러진다. 뒤미처 앞정강이를 때리고 등을 팼다. 일어나지 못할 만치 매는 내리었다. 체면을 불구하고 땅에 엎드리어 엉엉 울도록 매는 내리었다.

홧김에 하긴 했으되 그 꼴을 보니 또한 마음이 편할 수 없다. 침을 퇴 뱉어던지곤, 팔자 드신 놈이 그저 그렇지 별수 있나, 쓰러진 아우를 일으키어 등에 업고 일어섰다. 언제나 철이 날는지 딱한 일이었다. 속 썩는 한숨을 후우 하고 내뿜는다. 그리고 어청어청 고개를 묵묵히 내려온다.

슬픈 이야기

　암만 때렸단대도 내 계집을 내가 쳤는 데야 네가 하고 덤비면 나는 참으로 할말이 없다. 하지만 아무리 제 계집이기로 개잡는 소리를 가끔 치게 해 가지고 옆집 사람까지 불안스럽게 구는 이것은 넉넉히 내가 꾸짖을 수 있다는 말이다. 그것도 이를테면 내가 아내를 가졌다 하고 그리고 나도 저와 같이 아내와 툭축거릴 수 있다면 혹 모르겠다. 장가를 들었어도 얼마든지 좋을 수 있을 만치 나이가 그토록 지났는데도 어쩌는 수 없이 사글셋방에서 이렇게 홀로 둥글둥글 지내는 놈을 옆방에다 두고 저희끼리만 내외가 투닥투닥하고 또 끼익끼익하고 이러는 것은 썩 잘못된 생각이다. 요즈음 같은 쓸쓸한 가을철에는 웬 셈인지 자꾸만 슬퍼지고 외로워지고 이래서 밤잠이 제대로 와 주지 않는 것이 결코 나의 죄는 아니다. 자정을 넘어서 새로 두 점이나 바라보련만도 그대로 고생고생 하다가 이제야 겨우 눈꺼풀이 어지간히 맞아들어 오려 하는 데다 갑작스리 쿵, 하고 방이 울리는 서슬에 잠을 고만 놓치고 마는 것이다. 이것은 재론할 필요 없이 요 뒷집의 건넌방과 세 들어 있는 이 내 방과를 구분하기 위하여 떡 막아 논 벽이라 육중한 몸이 되는 대로 들이받고 나가 떨어지는 소리일 것이 분명하다. 이렇게 벽을 들이받고 떨어지고, 하는 것은 일상 맡아 놓고 그 아내가 해주므로 이번에도 그랬음에 별로 틀리지 않을 것이다. 그러기에 들릴까 말까 한 나직한, 그러면서도 잡아먹을 듯이 앙크러뜯는 소리로 그 남편이 중얼거리다 퍽, 하는 이것은 발길이 허구리로 들어온 게고, 그래 아내가 어구구, 하니까 그 바람에 옆에서 자던 세 살짜리 아들이 어아, 하고 놀라 깨는 것이 두루 불안스럽다. 허 이놈 또 했구나 싶어서 나는 약이 안 오를 수 없으니까 벌떡 일어나서 큰일을 칠 거라도 같이 제법 눈을 부라린 것만은 됐으나 그렇다고 벽 너머 저쪽을 향하여 꾸중을 한다든가 하는 것이 점잖은 나의 체면을 상하는 것쯤은 모를 리 없을 것이다. 이렇게 되면 잠자기는 영 글른 공사인고로 궐련 하나를 피워 물었던 것이나 아무리 생각하여도 놈의 소행이 괘씸하여 그냥 배기기 어려우므로 캐액, 하고 요강 뚜껑을 괜스레 열었다가 깨지지 않을 만큼 아무렇게나 내리닫으며 역정을 내본단대도 저놈이 이것쯤으로 끄떡할 놈이 아닌 것은 전에 여러 번 겪었으니 소용없다. 마땅치 않게 골피를 접고 혼자서 끙끙거리고 앉아 있자니까 아이놈이 깬 듯싶어서 점점 더하는 것이 급기야엔 아내가 아마 옷궤짝에나 혹은 책상 모서리에나 그런 데다 머리를 부딪는 것 같더니 얼마든지 마냥 울 수 있는 그 설움이 남의 이목에 걸리어 겨우 목젖 밑에서만 끅끅 하도록 만들어 놓았다. 이놈이 사람을 잡을 작정인가, 하고 그대로 있기가 안심치가 않아서 내가 역정난 몸을 불쑥 일으켜가지고 벽과 기둥이 맞붙은 쪽으로 한 지 오래된 도배지가 너털너털 쪼개지고, 그래서 어쩌다 뻥 뚫린 하잘것없는 구멍으로 내외간의 싸움을 들여다보는 것은 좀 나의 실수도 되겠지만 이놈과 나의 예의니 뭐니 하고 찾기에는 제가 벌써 다 처신은 잃어놨거니와 그건 말고라도 이렇게 남 자는 걸 깨놓았으니까 나 좀 보는데 누가 뭐랄테냐. 너털대는 벽지를 가만히 떠들고 들여다보니까 외양이 불밤송이같이 단적맞게 생긴 놈이 전기 회사의 양복을 입은 채 또는 모자도 벗는 법 없이 그대로 쪼그리고 앉아서 저보담 엄장도 훨씬 크고 투실투실히 벌은 아내의 머리를 어떻게 하다 그리도 묘하게스레 좁은 책상 밑구멍에다 틀어박았는지 궁둥이만이 위로 불끈 솟은 이걸 노리고 미리 쥐고 있었던 황밤주먹으로 한 번 콕 쥐어박고는, 이년아 네가 어쩌구 중얼거리다 또 한 번 콕 쥐어박고 하는 것이다. 아내로 논지면 울려 들었다면 벌써도 꽤 많이 울어두었겠지만 아마 시골서 조촐히 자란 계집인 듯싶어 여필종부의 매운 절개를 변치 않으려고 애초부터 남편 노는 대로만 맡겨 두고 다만 가끔 가다 조금씩 끽 끽 할 뿐이었으나 한편에 울퉁이 놀라 앉았는 어린 아들은 저의 아버지가 어머니를 잡는 줄 알고 때릴 때마다 소리를 빽빽 질러 우는 것이다. 그러면 놈은 송구스러운 그 악정에 다른 사람들이 깰까 봐 겁 집어먹은 눈을 이리로 돌리어 아들을 된통 쏘아보고는 이자식 울면 죽인다, 하고 제깐에는 위협을 하는 것이나 그래도 조금 있으면 또 끼익, 하는 데는 어쩔 수 없이 입을 막고서 따귀 한 개를 먹여 놓았던 것이 그 반대로 더욱 난장판이 되니까 저도 어처구니없는지 멀거니 바라보며 뒤통수를 긁는다. 놈이 워낙에 대담치가 못해서 낮 같은 때 여러 사람이 있는 앞에서는 제가 감히 아내를 치기는커녕 외출에서 들어올 적마다 가장 금실이나 두터운 듯이 애기 엄마 저녁 자셨소 어쩌오 하고 낯 간지러운 소리를 해두었다가, 다들 자고 난 뒤 잠잠한 꼭 요맘때 야근에서 돌아와서는 무슨 대천지 원수나 품은 듯이 울지 못하도록 미리 위협해 놓고는 은근히 치고, 차고, 이러는 이 놈이다. 허기야 제 아내 제가 잡아먹는데 그야 뭐랄 게 아니겠지. 그렇지만 놈이 주먹으로 얼마고 쿡쿡 쥐어박아도 아내의 살 잘 찐 투실투실한 궁둥이에는 좀처럼 아플 성싶지 않으니까 이번에는 손가락을 집게같이 꼬부려가지고 그 허구리를 꼬집기 시작하는 것인데 아픈 것은 참아왔더라도 체신이 없이 요렇게 꼬집어 뜯는 데 있어서야 제아무리 춘향이기로 간지럼을 아니 타는 법이 없을 게다. 손가락이 들어올 적마다 구부려 있던 커단 몸집이 우질끈 하고 노는 바람에 머리 위에 거반 없히다시피 된 조그만 책상마저 들먹들먹하는 걸 보면 저 괴로워도 요만조만한 괴로움이 아닐 텐데 저런 저런. 계집을 친다기로 숫제 뺨 한 번을 보기좋게 쩔꺽 하고 치면 쳤지 나는 참으로 저럴 수는 없으리라고, 아……나쁜 놈, 하고 남의 일 같지 않게 울화가 터지려고 하였던 것이다. 그보다도 우선 아무리 남편이란대도 이토록 되면 그 무 낼 쯤 두고 보아 괜찮으니까 그까짓 거 실팍한 살집에다 근력 좋겠다 달랑 들고 나와서 뒷간 같은 데다 틀어박고는 되는 대로 뚜드려 주어도 아내가 두려워서 제가 감히 찍소리 한 번 못 할 텐데 그걸 못 하고 저런 저런, 에이 분하다. 그럼 그것은 내외간의 찌들은 정이 막는다 하기로니 당장 그 무서운 궁둥이만 위로 번쩍 들 지경이면 그 통에 놈의 턱주가리가 치바쳐서 뒤로 벌렁 나가떨어지는 꼴이 그런대로 해롭지 않을 텐데 글쎄 어쩌자고 그러나 좀더 분을 돋워놓으면 혹 그럴는지도 모를 듯해서 놈의 무참한 꼴을 상상하며 이제나 저제나 하고 은근히 조를 부볐던 것이 이내 경만 치고 말으므로 저런, 저런 하다가 부지중 주먹이 불끈 쥐어졌던 것이나 놈이 휘둥그런 눈을 들어 이쪽을 바라볼 때에 비로소 내 주먹이 벽을 울려친 걸 알고 깜짝 놀랐다. 허물 벗겨진 주먹을 황망히 입에 들여대고 엉거주춤히 입김을 쏘이고 섰노라니까 잠 안 자고 게 서서 뭘 하오, 하고 변소에를 다녀가는 듯싶은 심술궂은 쥔 노파가 긴치 않게 바라보더니 내 방 앞으로 주춤주춤 다가와서 눈을 찌긋하고 하는 소리가 왜 남의 계집을 자꾸 들여다보고 그류, 괜히 맘이 동하면 잠도 못 자고, 하고 거지반 비웃는 것이 아닌가. 내가 나이 찬 홀몸이고 또 저쪽이 남편에게 소박받는 계집이고 하니까 이런 경우에는 남모르게 이러구저러구 하는 것이 사차불피의 일이라고 제멋대로 이렇게 생각한 그는 요즘으로 들어서 나의 일거일동, 이를테면 뒷간에서 뒤를 보고 나온다든가 하는 쓸데 적은 그런 행동에나마 유난히 주목하여 두는 버릇이 생겨서 가끔 내가 어마어마하게 눈총을 겨누는 것도 무서운 줄 모르고 나중에는 심지어 저놈이 계집을 떼던지려고 지금 저렇게 못살게 구는 거라우, 이혼만 하거든 그저 두말 말고 데꺽 꿰차면 고만 아니오, 하며 그러니 얼마나 좋으냐고 나는 별로 좋을 것이 없는 것 같은데 아주 좋다고 깔깔 웃는 것이다. 이 노파의 말을 들어보면 저놈이 십삼 년 동안이나 전차 운전수로 있다가 올에서야 겨우 감독이 된 것이라는데 그까짓 걸 바루 무슨 정승 판서나 한 것같이 곤대질을 하며 동리로 돌아치는 건 그런대로 봐준다 하더라도 갑작스레 무슨 지랄병이 났는지 여학생 장가 좀 들겠다고 아내보고 너 같은 시골뜨기하고 살면 내 낯이 깎인다, 하며 어서 친정으로 가라고 줄청같이 들볶는 모양이니 이건 짜장 괘씸하다. 제가 시골서 처음 올라와서 전차 운전수가 되어가지고, 지금 사람이 원체 착실해서 돈도 무던히 모였다고 요 통안서 소문이 자자하게 난 그 저금 팔백 원이라나 얼마나를 모으기 시작할 때 어떻게 생각하면 밤일에서 늦게 돌아오다가 속이 후출하여 다른 동무들은 냉면을 먹고, 설렁탕을 먹고, 하는 것을 놈은 홀로 집으로 돌아와 이불 속에서 언제나 잊지 않고 꼭 대추 두 개로만 요기를 하고는 그대로 자고 자고 한 그 덕도 있거니와 엄동에 목도리, 장갑, 하나 없이 그리고 겹저고리로 떨면서 아침 저녁 격금내기로 벤토를 부치러 다니던 그 아내의 피땀이 안 들고야 그 칠팔백 원 돈이 어디서 떨어지는가. 그런 공로를 모르고 똥깨 떨 거 다 떨고 나니까 놈이 계집을 내차는 것이지만 그렇게 되면 제놈 신세는 볼일 다 볼게라고 입을 삐쭉이다가 아무튼 이혼만 하였다면야 내가 새에서 중신을 서 주기라도 할 게니 어디 한번 데리고 살아보구려, 하며 그 아내의 얼만큼이든가 남편에게 충실할 수 있는 미점을 들기에 야윈 손가락이 부질없이 폈다 접었다, 이리 수선이다. 이 신당리라는 데는 본시가 푼푼치 못한 잡동사니만이 옹기종기 몰킨 곳으로 점잔한 것이라고는 전에 한 번도 해본 일 없이 오직 저 잘난 놈이 태반일진댄 감독됐으니까, 여학생 장가 좀 들어 보자고 본처더러 물러서 달라는 것이 이상할 게 없고, 또 한편 거리에서 말똥만 굴러도 동리로 돌아다니며 말을 드는 수다쟁이들이매 밤마다 내가 벽 틈으로 눈을 들여놓고 정신없이 서 있어서 저 남의 계집보고 조갈이 나서 저런다는 것쯤 노해서는 아니 되겠지만 그래도 조금 심한 것 같다. 이놈의 늙은이가 남 곧잘 있는 놈 바람맞히지 않나 싶어서 할머니나 그리루 장가 가시구려, 하고 소리를 빽 질렀던 것이나 실상은 밤낮 남편에게 주리경을 치는 그 아내가 가엾은 생각이 들길래 그럴 양이면 애초에 갈라서는 것이 좋지 않을까 보냐. 마는 부부간의 정이란 그 무언지 짧지 않은 세월에 찔기둥찔기둥이 맺어진 정은 일조일석에는 못 끊는 듯싶어 저러고 있는 것을 요즈음에는 그 동생으로 말미암아 더 매를 맞는다는 소문이었다. 한편에다 여학생 신가정을 꿈꾸는 놈에게 본처라는 것이 눈의 가시만치나 미운데다가 한 열흘 전에는 시골 처가에서 처남이 올라와서 농사 못 짓겠으니 나 월급자리에 좀 넣어달라고 언내 알라 세 사람을 재우기에도 옹색한 셋방에 깍지똥 같은 커단 몸집이 넓직하게 터를 잡고는 늘큰히 묵새기고 있다면 그야 화도 조금 나겠지. 하지만 놈에게는 그게 아니라 하루에 세 그릇씩 없어지는 그 밥쌀에 필연 겁이 더럭 났을 것이다. 그렇다고 처남을 면대놓고 밥쌀이 아까우니 너 갈 데로 가라고 내쫓을 수는 없을 만큼 놈도 소견이 되었던 것이다. 이것은 적실히 놈의 불행이라 안 할 수 없는 것으로 상 앞에서는, 아 여보게 고만 자시나, 물에 말아서 찬찬히 더 들어 봐, 하고 겉면을 꾸리다가 밤에 들어와서는 이러면 저두 생각이 있으려니, 확신하고 아내를 생트집으로 뚜드려 패자니 몇 푼 어치 못 되는 근력에 허덕허덕 고만 지고 마는 것이다. 그러면 처남은 누이 맞는 것이 가엾기는 하나 그렇다고 어쩌는 수는 없는고로 무색하여 밖으로 비슬비슬 피해 나가는 것이다. 이래도 맞고 저래도 맞는 그 아내의 처지는 실로 딱한 것으로 이대로 내가 두고 보는 것은 인륜에 벗어나는 일이라 생각하고, 그 담날 부리나케 찾아가 놈을 꾸짖었단대도 그리 어쭙잖은 일은 아닐 것이다. 내가 대문간에 가서 그 집 아이에게 건넌방에 세들은 키 조그만 감독 좀 나오래라, 해가지고 그 동안 곁방에서 살았고 또 전자부터 잘났다는 성식은 익히 들었건만 내가 못나서 인사가 이렇게 늦었다고 나의 이름을 대니까 놈도 좋은 낯으로 피차 없노라고 달랑달랑 쏟으며 멋없이 빙긋 웃는 양이 내 무슨 저에게 소청이라도 있어 간 것같이 생각하는 듯하여 불쾌한 마음으로 나는 뭐 전기회사에서 오란대두 안 갈 사람이라고 오해를 풀어주고는 그 면상판을 이윽히 들여다보며, 오 네가 매밤의 대추 두 개로 돈 팔백 원을 모은 놈이냐, 하고는 그 지극한 정성에

다시금 감탄하지 않을 수가 없었다. 비록 낯짝이 쪼그라들고 코, 눈, 입이 번뜻하게 제자리에 못 되고는 넝마전 물건같이 시들번히 게붙고 게붙고 하였을망정 제법 총기 있어 보이는 맑은 두 눈이며 깝신깝신 굴러나오는 쇠명된 그 음성, 아하 돈은 결국 이런 사람이 갖는 게로구나, 하고 고개를 끄덕거리다 그럼 무슨 일로 오셨습니까? 하는 바람에 그제서야 나의 이 심방의 목적을 다시금 깨닫게 되었다. 허나 그대로 네 계집 치지 말라고 할 수는 없는 게니까 아참 전기회사의 감독되기가 무척 힘드나 보든데, 하며 그걸 어떻게 그다지도 쉽사리 네가 영예를 얻었느냐고 놈을 한창 구슬리다가, 뭐 그야 노력하면 될 수 있겠지요, 하며 흥청흥청 뻐기는 이때가 좋을 듯싶어서 그렇지만 그런 감독님의 체면으로 부인을 콕콕 쥐어박는 것은 좀 덜된 생각이니까 아예 그러지 마슈, 하니까 놈이 남의 충고는 듣는 법 없이 대번에 낯을 붉히더니 댁이 누굴 교훈하는 거요, 하고 볼멘소리를 치며 나를 얼마간 노리다가 남의 내간사에 웬 참견이요, 하는 데는 고만 어이가 없어서 벙벙히 서 있었던 것이나 암만해도 놈에게 호령을 당한 것은 분한 듯싶어 그럼 계집을 쳐서 개잡는 소리를 끼익끼익 내게 해가지고 옆집 사람도 못 자게 하는 것이 잘했소, 하고 놈보다 좀더 크게 질렀다. 그랬더니 놈이 삐얀히 쳐다보다가 이건 또 무슨 의미인지 잠자코 한옆으로 침을 탁 뱉아던지기가 무섭게, 이것이 필연 즈 여편네의 신이겠지, 커다란 고무신을 짤짤 끌며 안으로 들어갔으니 놈이 나를 모욕했는가 혹은 내가 무서워서 피했는가, 그걸 알 수가 없으니까 옆에서 구경하고 서 있던 아이에게 다시 한번 그 감독을 나오라고 시키어 보았던 것이나 이젠 안 나온대요, 하고 전갈만 해오는 데야 난들 어떻게 하겠는가 망할 놈, 아주 겁쟁이로구나, 하고 입 속으로 중얼거리며 좀더 행위가 방정토록 꾸짖어 주지 못한 것이 유한이 되는 그대로 별수없이 집으로 돌아왔던 것이나 밤이 이슥하여 잠결에 두 내외의 소근소근하는 소리가 벽 너머로 들려올 적에는 아하 이래도 나의 꾸중이 제법 컸구나, 싶어 맘으로 흡족했던 것이 웬일인가. 차츰차츰 어세가 돋아져서 결국에는 이년, 하는 엄포와 아울러 제꺽, 하고 김치 항아리라도 깨지는 소리가 요란히 나는 것이 아닌가. 이놈이 또 무슨 방정이 나 이러나 싶어 성가스레 눈을 부비고 일어나서 벽 틈으로 조사해 보았더니 놈이 방바닥에다 아내를 엎어 놓고 그리고 그 허리를 깡총 타고 올라앉아서 이년아 말해, 바른 대로 말해 이년아, 하며 그 팔 한 짝을 뒤로 꺾어 올리는 그런 기술이었으나 어쩌면 제 다리보다도 더 굵은지 모르는 그 팔목이 호락호락히 꺾인 것도 아니거니와, 또 거기에 열을 내가지고 목침으로 뒤통수를 콕콕 쥐어박다가 그것도 힘에 부치어 결국에는 양 옆구리를 두 손으로 꼬집는다 하더라도 그것쯤에 뭣 할 아내가 아닐 텐데 오늘은 목을 놓아 울 수 있었던 만치 남다른 벅찬 설움이 있는 모양이다. 그렇게 들을 만치 타일렀건만 이놈이 또 초라니 방정을 떠는 것이 괘씸도 하고 일방 뭘 대라 하고 또 울고 하는 것이 심상치 않은 일인 듯도 하고 이래서 괜스레 언짢은 생각을 하느라고 새로 넉 점에서야 눈을 좀 붙인 것이 한나절쯤 일어났을 때에는 얻어맞는 몸같이 휘휘 들리어 얼떨김에 세수를 하고 있노라니까 쥔 노파가 부리나케 다가와 내 귀에 입을 들여대고는 글쎄 어쩌자고 남 매를 맞히우. 무슨 매를 맞혀요, 하고 고개를 돌리니까 당신이 어제 감독보고 뭐래지 않았소. 그래 저의 아내 역성을 들 때에는 필시 무슨 관계가 있을 게니 이년 서방질한 거 냉큼 대라고 어젯밤은 매로 밝혔다는 것인데, 아까 아침에 그 처남이 와서 몇 번이나 당부하기를 내가 찾아와 그런 짓을 하면 저 누님의 신세는 영영 망쳐 놓는 것이니 앞으론 아예 그러한 일이 없도록 삼가달라고 하였으니 글쎄 반했으면 속으로나 반했지 제 남편보고 때리지 말라는 법이 어디 있소, 하고 매우 딱하게 눈살을 접는 것이다. 그리고 보니 그 아내를 동정한 것이 도리어 매를 맞기에 똑 알맞도록 만들어 논 폭이라 미안도 하려니와 한편 모든 걸 그렇게도 알알이 아내에게로만 들쒸러드는 놈의 소행에는 참으로 의분심이 안 일수 없으니까, 수건으로 낯도 씻을 줄 모르고 두 주먹만 불끈 쥐고는 그냥 뛰어나갔다. 가로지든 세로지든 이놈과 단판 씨름을 하리라고 곁을 하고는 대문가에 가 서서 커다랗게 박 감독, 하고 한 서너 번 불렀던 것이나 놈은 아니 나오고, 한 삼십 여 세 가량의 가슴이 떡 벌어지고 우람스런 것이 필연 이것이 그 처남일 듯싶은 시골 친구가 나와서 뻔히 쳐다보더니 마침내 말 없이도 제대로 알아차렸는지 어리눅는 어조로, 아이거 글쎄 왜 이러십니까 하며 답답한 상을 지어 보이는 것이 아닌가. 그리고 넌지시 하는 사정의 말이 이러시면 우리 누님의 전정은 아주 망쳐 놓으시는 겝니다. 그러니 아무쪼록 생각을 고치라고 촌뜨기의 분수로는 너무 능숙하게 넓적한 손뼉을 펴들고 안 간다고 뻣디디는 나의 어깨를 왜 이러십니까 하고 골문 밖으로 슬근슬근 밀어 내오는 것이었으나 주춤주춤 밀려나오며 가만히 생각해 보니 변변히 초면 인사도 없는 이놈에게마저 내가 어린애로 대접을 받는 것은 참 너무도 슬픈 일이었다. 나중에는 약이 바짝 올라서 어깨로 그 손을 뿌리치며 홱 돌아선 것만은 썩 잘된 것 같은데 시꺼면 낯판대기와 떡 벌은 그 엄장에 이건 나하고 맞투드릴 자리가 아님을 깨닫고는 어째 보는 수 없이 그대로 돌아서고 마는 자신이 너무도 야속할 뿐으로 이렇게 밀려오느니 차라리 내 발로 걷는 것이 나을 듯싶어 집을 향하여 삐잉 오는 것이다. 내가 아내를 갖든지 그렇지 않으면 이놈의 신당리를 떠나든지 이러는 수밖에 별 도리가 없으리라고 마음을 먹고는 내 방으로 부르르 들어와 이부자리며 옷가지를 거듬거듬 뭉치고 있는 것을 한옆에서 수상히 보고 서 있던 주인 노파가 눈을 찌그시 그 왜 짐을 묶소 하고 묻는 것까지도 내 맘을 제대로 몰라주는 듯하여 오직 야속한 생각만이 들 뿐이므로 난 오늘 떠납니다 하고 투박한 한마디로 끊어 버렸다.

이런 음악회

　내가 저녁을 먹고서 종로거리로 나온 것은 그럭저럭 여섯 점 반이 넘었다. 너펄대는 우와기 주머니에 두 손을 꽉 찌르고 그리고 휘파람을 불며 올라오자니까,

　"얘!"

하고 팔을 뒤로 잡아채며,

　"너 어디 가니?"

　이렇게 황급히 묻는 것이다.

　나는 삐끗하는 몸을 고르잡고 돌아보니 교모를 푹 눌러쓴 황철이다. 번이 성미가 껍껍한 놈인 줄은 아나 그래도 이토록 씨근거리고 긴 달려듬에는, 하고,

　"왜 그러니?"

　"너 오늘 콩쿨 음악 대회인 거 아니?"

　"콩쿨 음악 대회?"

하고 나는 좀 떠름하다가 그제서야 그 속이 뭣인 줄을 알았다. 이 황철이는 참으로 우리 학교의 큰 공로자이다. 왜냐하면 학교에서 운동 시합을 하게 되면 늘 맡아놓고 황철이가 응원 대장으로 나선다. 뿐만 아니라 제 돈을 들여 가면서 선수들을 (학교에서 먹여야 번이 옳을 건데) 제가 꾸미꾸미 끌고 다니며 먹이고 놀리고 이런다. 그리고 시합 그 이튿날에는 목에 붕대를 칭칭하게 감고 와서 똑 벙어리 소리로,

"어떠냐? 내 어제 응원을 잘 해서 이기지 않았니?"
하고 잔뜩 뽐을 내고는,

"그저 시합엔 응원을 잘 해야 해!"

그러니까 이런 사람은 영영 남 응원하기에 목이 잠기고 돈을 쓰고 이래야 되는, 말하자면 팔자가 응원 대장일지도 모른다. 이번에도 콩쿨 음악 대회에 우리 반 동무가 나갔고 또 요행히 예선에까지 붙기도 해서, 놈이 어제부터 응원대 모으기에 바빴다. 그러나 나에게는 아무 말도 없더니 왜 붙잡나 싶어서,

"그럼 얼른 가보지, 왜 이러구 있니?"

"다시 생각해 보니까 암만해도 사람이 부족하겠어."
하고 너도 같이 가자고 팔을 막 잡아끄는 것이다.

"너나 가거라. 난 음악회 싫다."

나는 이렇게 그 손을 털고 옆으로 떨어지다가,

"쟤! 쟤! 내 이따 나오다가 돼지고기 만두 사 주마."
함에는 어쩔 수 없이 고개를 모로 돌리어,

"대관절 몇 시간이나 하냐?"

하고 묻지 않을 수 없다. 그러나 그 대답이 끽 두 시간이면 끝나리라 하므로 나는 안심하고 따라나섰다.

둘이 음악회장 입구에 헐레벌떡하고 다다랐을 때는 우리 반 동무 열 세 명은 벌써 와서들 기다리고 섰다. 저희끼리 낄낄거리고 수군거리고 하는 것이 아마 한창들 흉계가 벌어진 모양이다.

황철이는 우선 입장권을 사가지고 와 우리에게 한 장씩 나누어 주며 명령을 하는 것이다. 즉 우리들이 네 무더기로 나누어서 회장의 전후좌우로 한 구석에 한 무더기씩 앉고 시치미를 딱 떼고 있다가 우리 악사만 나오거든 덮어놓고 손바닥을 치며 재청이라고 악을 쓰라는 것이다. 그러면 암만 심사원이라도 청중을 무시하는 법은 없으니까 일등은 반드시 우리의 손에 있다고, 허나 다른 악사가 나올 적에는 손바닥커녕 아예 끽 소리도 말라 하고 하나씩 붙들고는 그 귀에다,

"알았지, 응?"

그리고 또,

"알았지, 재청?"

하고 꼭꼭 다진다.

"그래그래 알았어!"

나도 쾌히 깨닫고 황철이의 뒤를 따라서 회장을 올라갔다.

새로 건축한 넓은 대강당에는 벌써 사람들 머리로 까맣게 깔리었다. 시간을 기다리다 지루했는지 고개를 길게 뽑고 수선스레 들어가는 우리들을 돌아본다. 우리는 황철이의 명령대로 덩어리덩어리 지어 사방으로 헤어졌다. 나는 황철이와

또 다른 동무 하나와 셋이서 왼쪽으로 뒤 한구석에 자리를 잡았다.

일곱 점 정각이 되자 북적거리던 장내가 갑자기 조용하여진다. 모두들 몸을 단정히 갖고 긴장된 시선을 모았다.

제일 처음이 순서대로 성악이었다. 작달막한 젊은 여자가 나와 가냘픈 음성으로 노래를 부르는데 귀가 간지럽다. 하기는 노래보다는 조고만 두 손을 가슴께 고부려붙이고 고개를 갸웃이 앵앵거리는 그 태도가 나는 가엾다고 생각하고 하품을 길게 뽑았다. 나는 성악은 원 좋아도 안 하려니와 일반 음악에도 씩씩한 놈이 아니면 귀가 가려워 못 듣는다.

그 담에도 역시 여자의 성악, 그리고 피아노 독주, 다시 여자의 성악⋯⋯그러니까 내가 앞의 사람 의자 뒤에 고개를 틀어박고 코를 곤 것도 그리 무리는 아닐 듯싶다.

얼마쯤이나 잤는지는 모르나 옆의 황철이가 흔들어 깨우므로 고개를 들어보니 비로소 우리 악사가 등장한 걸 알았다. 중학교복으로 점잖이 바이올린을 켜고 섰는 양이 귀엽고도 한편 앙증해 보인다. 나도 졸음을 참지 못하여 눈을 감은 채 손바닥을 서너 번 때렸으나 그러나 잘 생각하니까 다른 동무들은 다 가만히 있는데 나만 치는 것이 아닌가. 게다 황철이가 옆을 콱 치면서,

"이따 끝나거든."

하고 주의를 시켜 주므로 나도 정신이 좀 들었다.

나는 그 바이올린보다도 응원에 흥미를 갖고 얼른 끝나기를 기다렸다.

연주가 끝나기가 무섭게 우리들은 목이 마른 듯이 손바닥을 치기 시작하였다. 이렇게 치고도 손바닥이 안 해지나 생각도 하였지만 이쪽에서,

"재청이오!"

하고 악을 쓰면,

"재청! 재청!"

하고 고함을 냅다 지른다.

나도 두 귀를 막고 재청을 연발했더니 내 앞에 앉은 여학생 계집애가 고개를 뒤로 돌리어 딱한 표정을 하는 것이 아닌가.

이렇게 우리들이 기가 올라서 응원을 하련만 황철이는 시무룩하니 좋지 않은 기색이다. 그 까닭은 우리 십여 명이 암만 악장을 쳐도 퀭하게 넓은 그 장내, 그 청중으로 보면 어서 떠드는지 알 수 없을 만치 우리들의 존재가 너무 희미하였다. 그뿐 아니라 재청을 요구함에도 불구하고 이번에는 말쑥이 차린 신사 한 분이 바이올린을 옆에 끼고 나오는 것이다.

신사는 예를 멋지게 하고 또 역시 멋지게 바이올린을 턱에 갖다 대더니 그 무슨 곡조인지 아주 장쾌한 음악이다. 그러자 어느 틈에 그는 제멋에 질리어 팔뿐 아니라 고개며 어깨까지 바이올린 채를 따라다니며 꺼떡꺼떡하는 모양이 얘, 이놈 참 진짜로구나, 하고 감탄 안 할 수 없다. 더구나 압도적 인기로 청중을 매혹케 한 그것을 보더라도 우리 악사보다 몇 배 뛰어남을 알 것이다.

그러나 내가 더 놀란 것은 넓은 강당을 뒤엎는 듯한 그 환영이다. 일반 군중의 시끄러운 박수는 말고 위층에서(한 삼사

십 명 되리라) 떼를 지어 악을 쓰는 것이 아닌가. 재청 소리에 귀청이 터지지 않은 것도 다행은 하나 손뼉이 모자랄까 봐 발까지 굴러가며 거기에 장단을 맞추어 부르는 재청은 참으로 썩 신이 난다. 음악도 이만하면 나는 얼마든지 들을 수 있다 생각하였다. 그리고 저도 모르게 어깨가 실룩실룩하다가 급기야엔 나도 따라 발을 구르며 재청을 청구하였다. 실상 바이올린도 잘 했거니와 그러나 나는 바이올린보다 씩씩한 그 응원을 재청한 것이다. 그랬더니 황철이가 불끈 일어서며 내 어깨를 잡고,

"이리 좀 나오너라."

이렇게 급히 잡아끈다. 그리고 아무도 없는 변소로 끌고 와 세워 놓더니,

"너 누굴 응원하러 왔니?"

하고 해쓱한 낯으로 입술을 바르르 떤다. 이놈은 성이 나면 늘 이 꼴이 되는 것을 잘 알므로,

"너 왜 그렇게 성을 내니?"

"아니 너 뭐 하러 예 왔냐 말이야?"

"응원하러 왔지!"

하니까 놈이 대뜸 주먹으로 내 복장을 콱 지르며,

"예이 이자식! 우리 건 고만 납작했는데 남을 응원해 줘?"

그리고 또 주먹을 내대려 하니 암만 생각해도 아니꼽다. 하여튼 잠깐 가만히 있으라고 손으로 주먹을 막고는,

"너 왜 주먹을 내대니, 말루 못해?"

하다가,

"이놈아! 우리 얼굴에 똥칠한 것 생각 못 허니?"

하고 또 주먹으로 대들려는 데는 더 참을 수 없다.

"돼지고기 만두 안 먹으면 그만이다!"

이렇게 한마디 내뱉고는 나는 약이 올라서 부리나케 층계
로 내려왔다.

산골 나그네

밤이 깊어도 술꾼은 역시 들지 않는다. 메주 뜨는 냄새와 같이 퀴퀴한 냄새로 방안은 괴괴하다. 위칸에서는쥐들이 찍찍거린다. 홀어미는 쪽떨어진 화로를 끼고 앉아서 쓸쓸한 대로 곰곰 생각에 젖는다. 가뜩이나 침침한 반짝 등불이 북쪽 지게문에 뚫린 구멍으로 새어드는 바람에 반득이며 빛을 잃는다. 헌 버선짝으로 구멍을 틀어막는다. 그러고 등잔 밑으로 반짇고리를 끌어당기며 시름없이 바늘을 집어든다.

시골의 가을은 왜 이리 고적할까! 앞뒤 울타리에서 부수수하고 떨잎은 진다. 바로 그것이 귀밑에서 들리는 듯 나직나직 속삭인다. 더욱 몹쓸 건 물소리, 골을 휘돌아 맑은 샘은 흘러내리고 야릇하게도 음률을 읊는다.

퐁! 퐁! 퐁! 쪼록 퐁!

바깥에서 신발 소리가 자작자작 들린다. 귀가 번쩍 띄어 그

는 방문을 가볍게 열어제친다. 머리를 내밀며,

"덕돌이냐?"

하고 반겼으나 잠잠하다. 앞뜰 건너편 수평을 감돌아 싸늘한 바람이 낙엽을 흩뿌리며 얼굴에 부딪친다.

용마루가 쌩쌩 운다. 모진 바람 소리에 놀래어 멀리서 밤개가 요란히 짖는다.

"쥔어른 계서유?"

몸을 돌리어 바느질거리를 다시 집어들려 할 제 이번에는 짜장 인기가 난다. 황급하게,

"누구유?"

하고 일어서며 문을 열어보았다.

"왜 그리유?"

처음 보는 아낙네가 마루끝에 와 섰다. 달빛에 빗기어 검붉은 얼굴이 해쓱하다. 추운 모양이다. 그는 한 손으로 머리에 둘렀던 왜수건을 벗어들고는 다른 손으로 흩어진 머리칼을 씨다듬어 올리니 수줍은 듯이 주뼛주뼛한다.

"저, 하룻밤만 드새고 가게 해주세유."

남정네도 아닌데 이 밤중에 웬일인가, 맨발에 짚신짝으로. 그야 아무렇든······.

"어서 들어와 불 쬐게유."

나그네는 주춤주춤 방안으로 들어와서 화로 곁에 도사려 앉는다. 낡은 치맛자락 위로 빠지려는 속살을 아무리자 허리를 지긋이 튼다. 그러고는 묵묵하다. 주인은 물끄러미 보고 있다가 밥을 좀 주려느냐고 물어 보아도 잠자코 있다.

그러나 먹던 대궁을 주워모아 짠지쪽하고 갖다주니 감지덕지 받는다. 그리고 물 한 모금 마심 없이 잠깐 동안에 밥그릇의 밑바닥을 긁는다.

밥숟갈을 놓기가 무섭게 주인은 이야기를 부치기 시작한다. 미주알고주알 물어 보니 이야기는 지수가 없다. 자기로도 너무 지쳐 물은 듯싶은 만치 대구 추근거렸다. 나그네는 싫단 기색도 좋단 기색도 별로 없이 시나브로 대꾸하였다. 남편 없고 몸붙일 곳 없다는 것을 간단히 말하고 난 뒤,

"이리저리 얻어먹어 단게유."

하고 턱을 가슴에 묻는다.

첫닭이 홰를 칠 때 그제야 마을 갔던 덕돌이가 돌아온다. 문을 열고 감사나운 머리를 디밀려다 낯선 아낙네를 보고 눈이 휘둥그레 주춤한다. 열린 문으로 억센 바람이 몰아들며 방안이 캄캄하다. 주인은 문앞으로 걸어와 서며 덕돌이의 등을 뚜덕거린다. 젊은 여자 자는 방에서 떠꺼머리 총각을 재우는 건 상서럽지 못한 일이었다.

"얘 덕돌아 오늘은 마을가 자고 아침에 온."

가을할 때가 지났으니 돈냥이나 조히 퍼질 때도 되었다. 그 돈들이 어디로 몰키는지 이 술집에서는 좀체 돈맛을 못 본다. 술을 판대야 한 초롱에 오 륙십 전 떨어진다. 그 한 초롱을 잘 판대도 사나흘씩이나 걸리는 걸 요새 같아선 그 잘량한 술꾼까지 씨가 말랐다. 어쩌다 전일에 펴 놓았던 외상값도 갖다 줄 줄을 모른다. 홀어미는 열벙거지가 나서 이른 아침부터 돈

을 받으러 돌아다녔다. 그러나 다리품을 들인 보람도 없었다. 낼 사람이 즐겨야 할 텐데 우물쭈물하며 한단 소리가 좀 두고 보자는 것이 고작이었다. 그렇다고 안 갈 수도 없는 노릇이다. 나날이 양식은 딸리고 지점집에서 집행을 하느니 뭘 하느니 독촉이 어지간치 않음에랴…….

"저도 인젠 떠나겠서유."

그가 조반 후 나들이옷을 바꾸어 입고 나서니 나그네도 따라 일어선다. 그의 손을 잔생히 붙잡으며 주인은,

"고달플 테니 며칠 더 쉬어가세유."

하였으나,

"가야지유, 너무 오래 신세를……."

"그런 염려는 말구."

라고 누르며 집 지켜주는 셈치고 방에 누웠으라 하고는 집을 나섰다.

백두고개를 넘어서 안말로 들어가 해동갑으로 헤매였다. 해실수로 간 곳도 있기야 하지만 맑았다. 해가 지고 어두울 녘에야 그는 홀보들해서 돌아왔다. 좁쌀 닷 되밖에는 못 받았다. 다른 사람들은 돈낼 생각커녕 이러면 다시 술 안 먹겠다고 도리어 얼러보냈던 것이다. 그러나 이만도 다행이다. 아주 못 받으니보다는 끼니때 가지였다. 그는 좁살을 씻고 나그네는 솥에 불을 지피어 부랴사랴 밥을 짓고 일변 상을 보았다.

밥들을 먹고 나서 앉았으려니깐 갑자기 술꾼이 몰려든다. 이거 웬일인가 처음에는 하나가 오더니 다음에는 세 사람 또 두 사람, 모두 젊은 축들이다. 그러나 각각들 먹일 방이 없으

므로 주인은 좀 망설이다가 그 연유를 말하였으나 뭐 한동리 사람인데 어떠냐, 한데서 먹게 해달라 하는 바람에 얼씨구나 하였다. 이제야 운이 트이나 보다. 양푼에 막걸리를 따르어 나그네에게 주며 솥에 넣고 좀 속히 데워 달라 하였다. 자기는 치마고리를 휘둘러 가며 잽싸게 안주를 장만한다. 짠지, 동치미, 고추장, 특별 안주로 삶은 밤도 놓았다. 사촌동생이 맛보라고 며칠 전에 갖다 준 것을 아껴둔 것이었다.

방안은 떠들썩하다. 벽을 두다리며 아리랑 찾는 놈에, 건으로 너털웃음 치는 놈, 혹은 수군숙덕하는 놈, 가지각색이다. 주인이 술상을 받쳐들고 들어가니 짜기나 한 듯이 일제히 자리를 바로잡는다. 그중에 얼굴 넓적한 하이칼라 머리가 야리가 나서 상을 받으며 주인 귀에다 입을 비겨대인다.

"아주머니, 젊은 갈보 사왔다지유? 좀 보여주게유."

영문 모를 소문도 다 듣는다.

"갈보라니 웬갈보."

하고 어리뻥뻥하다 생각을 하니 턱없는 소리는 아니다. 눈치 있게 부엌으로 내려가서 보강지 앞에 웅크리고 있는 나그네의 머리를 은근히 끌어안았다. 자, 저패들이 새댁을 갈보로 횡보고 찾아온 맥이다. 물론 새댁편으로는 망측스러운 일이 겠지만 달포나 손님의 그림자가 드물던 우리집으로 보면 재수의 빗발이다. 술국을 잡는다고 어디가 떨어지는 게 아니요, 욕이 아니니 나를 보아 오늘만 좀 팔아 주기 바란다. 이런 의미를 곰살궂게 간곡히 말하였다. 나그네의 낯은 별반 변함이 없다. 늘 한 양으로 예사로이 승낙하였다.

술이 온몸에 돌고 나서야 뒷술이 잔풀이가 난다. 한 잔에 오 전, 그저 마시긴 아깝다. 얼근한 상투박이가 계집의 손목을 탁 잡아 앞으로 끌어당기며,

"권주가 좀 해. 이건 꿰어온 보리자룬가?"

"권주가가 뭐야유?"

"권주가? 아 갈보가 권주가도 모르나. 으하하하."

하고는 무안에 취하여 푹 숙인 계집 뺨에다 꺼칠꺼칠한 턱을 문질러 본다. 소리를 암만 시켜도 아랫입술을 깨물고는 고개만 기울일 뿐 소리는 못하나 보다. 그러나 노래 못하는 꼴도 좋다. 계집은 영내리는 대로 이 무릎 저 무릎으로 옮겨 앉으며 턱밑에다 술잔을 받쳐올린다.

술들이 담뿍 취하였다. 두 사람은 곯아져서 코를 곤다. 계집이 칼라머리 무릎 위에 앉아 담배를 피워올릴 때 코웃음을 흥 치드니 그 무지스러운 손이 계집의 아랫배 가죽을 사양없이 움켜잡았다. 별안간 '아야' 하고 퍼들껑하더니 계집의 몸뚱어리가 공중으로 도로 뛰어오르다 떨어진다.

"이자식아, 너만 돈 내고 먹었니?"

한 사람 새두고 앉았던 상투가 콧살을 찌푸린다. 그러고 맨발 벗은 계집의 두 발을 양손에 붙잡고 가랑이를 쩍 벌려 무릎 위로 지르르 끌어올린다. 계집은 앙탈을 한다. 눈시울에 눈물이 엉기더니 불현듯이 쪼록 쏟아진다.

방안에서 왱마가리 소리가 끓어오른다.

"저 잡놈 보게, 하하하."

술은 연실 데워서 들여가면서도 주인은 불안하여 마음을

졸였다. 겨우 마음을 놓은 것은 훨씬 밝아서이다.

참새들은 소란히 지저귄다. 기직바닥이 부스럼자국보다 진배없다. 술, 짠지쪽, 가래침, 담배재…… 뭣해 너저분하다. 우선 한길치에 자리를 잡고 게배를 대보았다. 마수걸이가 팔십오 전, 외상이 원 각수다. 현금 팔십 오 전, 두손에 들고 앉아 세이고 또 세어 보고…….

뜰에서는 나그네의 혀로 끌어올리는 인사.

"안녕히 가십시게유."

"입이나 좀 맛치고 뽀! 뽀! 뽀!"

"나두."

찌르쿵! 찌르쿵! 찔거러쿵!

"방아머리가 무겁지유…… 고만 까불을까."

"들 익었세유 더 찧야지유."

"그런데 얘는 어쩐 일이야……."

덕돌이를 읍엘 보냈는데 날이 저물어도 여태 오지 않는다. 흩어진 좁쌀을 확에 쓸어넣으며 홀어미는 퍽이나 애를 태운다. 요새 날새가 차지니까 늑대, 호랑이가 차차 마을로 찾아 내린다. 밤길에 고개 같은 데서 만나면 찍소리도 못 하고 욕을 당한다.

나그네가 방아를 괴놓고 내려와서 키로 확의 좁쌀을 담아올린다. 주인은 그 머리를 쓰담고 자기의 행주치마를 벗어서 그 위에 씌워 준다. 계집의 나이 열 아홉이면 활짝 필 때이건마는 버캐된 머리칼이며 야윈 얼굴이며 벌써부터의 외양이 시들어 간다. 아마 고생을 짓한 탓이리라.

날씬한 허리를 재빨리 놀려 가며 일이 끊일 새 없이 다구지게 덤벼드는 그를 볼 때 주인은 지극히 사랑스러웠다. 그러고 일변 측은도 하였다. 뭣하면 딸과 같이 자기 곁에서 길래 살아 주었으면 상팔자일 듯싶었다. 그럴 수만 있다면 그 소 한 마리와 바꾼대도 이것만은 안 내놓으리라고 생각도 하였다.

아들만 데리고 홀어미의 생활은 무던히 호젓하였다. 그런데다 동리에서는 속모르는 소리까지 한다. 떠꺼머리총각을 그냥 늙힐 테냐고. 그러나 형세가 부침으로 감히 엄두도 못내다가 겨우 올봄에서야 다붙어 서둘게 되었다. 의외로 일은 손쉽게 되었다. 이리저리 언론이 돌더니 남산에 사는 어느 집 둘째 딸과 혼약하였다. 일부러 홀어머니는 사십 리 길이나 걸어서 색시의 손등을 문질로 보고는,

"참 애기 잘도 생겼세."

좋아서 사돈에게 칭찬을 뇌고 뇌곤 하였다. 그런데 없는 살림에 빚을 내어 가면서 혼수를 다 꼬매놓은 뒤였다. 혼인날을 불과 이틀 격해놓고 일이 고만 빗났다. 처음에야 그런 말이 없더니 난데없는 선채금 삼십 원을 가져오란다. 남의 돈 삼원과 집의 돈 오 원으로 거추꾼에게 품삯 노비 주고 혼수하고 단지 이 원, 잔치에 쓸 것밖에 안 남고 보니 삼십 원이란 입내도 못 낼 소리다. 그밤, 그는 이리 뒤척 저리 뒤척 넋잃은 팔을 던져 가며 통밤을 새웠던 것이다.

"어머님! 진지 잡수세유."

새댁에게 이런 소리를 듣는다면 끔찍이 귀여우리라. 이것

이 단 하나의 그의 소원이었다.

"다리 아프지유? 너무 일만 시켜서……."

주인은 저녁 좁쌀을 쓸어넣다가 방아다리에 깝신대는 나그네를 걸삼스럽게 쳐다본다. 방아가 무거워서 껍적이며 잘 오르지 않는다. 가냘픈 몸이라 상혈이 되어 두 볼이 새빨갛게 색색거린다. 치마도 치마려니와 명지저고리는 어찌 삭았는지 어깨께가 손바닥만하게 척 나갔다. 그러나 덕돌이가 왜포 다섯 자를 바꿔오거든 첫대사발화통된 속곳부터 해입히고 차차할 수밖엔 없다.

"같이 찝시다유."

주인도 남저지 방아다리에 올라섰다. 그리고 찌껑 위에 놓인 나그네의 손을 눈치 안 채게 슬며시 쥐어 보았다. 더도 둘도 말고 그저 요만한 며느리만 얻어도 좋으련만! 나그네와 눈이 마주치자 그는 열쩍어서 시선을 돌렸다.

"퍽도 쓸쓸하지유?"

하며 손으로 울 밖을 가리킨다. 첫밤 같은 석양판이다. 색동저고리를 떨쳐입고 산들은 거방진 방아소리를 은은히 전한다. 찔그러쿵! 찌러쿵!

그는 나그네를 금덩이같이 위하였다. 없는 대로 자기 옷가지도 서로 서로 별러입었다. 그리고 잘 때에는 딸과 짐배없이 이불 속에서 품에 꼭 품고 재우곤 하였다. 하지만 자기의 은근한 속셈은 차마 입에 드러내어 말은 못 건넸다. 잘 들어 주면이어니와 뭣하게 안다면 피차의 낯이 뜨뜻한 일이었다.

그러자 맘 먹지 않았던 우연한 일로 인하여 마침내 기회를

었게 되었다. 나그네가 온 지 나흘 되던 날이었다. 거문관이 산기슭에 있는 영길네가 벼방아를 좀 와서 찧어 달라고 한다. 나그네는 줄밤을 새움으로 낮에는 푸근히 자라고 두고는 그는 홀로 집을 나섰다.

머리에 겨를 뽀얗게 쓰고 맥이 풀려서 집에 돌아온 것은 이럭저럭 으스레하였다. 늙은 다리를 끌고 뜰 앞으로 향하다가 그는 주춤하였다. 나그네 홀로 자는 방에 덕돌이가 들어갈 리 만무한데 정녕코 그놈일게다. 마루 끝에 자그마한 나그네의 집세기가 놓인 그 옆으로 질목채 벗은 왕달 집세기이가 왁살스럽게 놓였다. 그러고 방에서는 수근수근 낮은 말소리가 흘러져 나온다. 그는 무심코 닫은 방문께로 귀를 기울였다.

"그럼 와 그러는 게유? 우리집이 굶을까 봐 그리시유?"

"……."

"어머이도 사람은 좋아유. 올해 잘만 하면 내년에는 소 한 마리 사놀 게구, 농사만 해두 한 해에 쌀 넉 섬, 조 엿 섬, 그만하면 고만이지유……. 내가 싫은 게유?"

"사내가 죽었으니 아무튼 얼을 게지유?"

옷 터지는 소리. 부시럭거린다.

"아이! 아이! 참 이거 노세유."

쥐죽은 듯이 감감하다. 허공에 아롱거리는 낙엽을 이윽히 바라보며 그는 빙그레한다. 신발 소리를 죽이고 뜰 밖으로 다시 돌쳐섰다. 저녁상을 물린 후 그는 시치미를 딱 떼고 나그네의 기색을 살펴보다가 입을 열었다.

"젊은 아낙네가 홀몸으로 돌아다닌대두 고상일 게유. 또 어차피 사내는……."

여기서부터 사리에 맞도록 이 말 저 말을 주섬주섬 꺼내 오다가 나의 며느리가 되어 줌이 어떻겠느냐고 꽉토파를 지었다. 치마를 홉사고 앉아 갸웃이 듣고 있던 나그네는 치마끈을 깨물며 이마를 떨어뜨린다. 그러고는 두 볼이 빨개진다. 젊은 계집이 나 시집 가겠소 하고 누가 나서랴. 이만하면 합의한 거나 틀림없을 것이다.

혼수는 전에 해둔 것이 있으니 한시름 잊었다. 그대로 이앙이나 고쳐서 입히면 그만이다. 돈 이 원은 은비녀, 은가락지 사다가 각별히 색씨에게 선물내리고…….

일은 밀수록 낭패가 많다. 금시로 날을 받아서 대례를 치렀다. 한편에서는 국수를 누른다. 잔치 보러 온 아낙네들은 국수 그릇을 얼른 받아서 후룩후룩 들여마시며 색시 잘났다고 추었다.

주인은 즐거움에 너무 겨워서 추배를 흔근히 들었다. 여간 경사가 아니다. 뭇사람을 삐집고 안팎으로 드나들며 분부하기에 손이 돌지 않는다.

"예 마누라! 국수 한 그릇 더 가져온."

어째 말이 좀 어색하구면…… 다시 한번,

"메누라, 애야! 얼른 가져와."

삼십을 바라보자 동곳을 찔러 보니 제물에 맛이 질려 비드름하다. 덕돌이는 첫날을 치르고 부썩부썩 기운이 난다. 남이 두 단을 털 제면 그의 볏단은 석 단째 풀쳐나간다. 연방 손바닥에 침을 뱉어부치며 어깨를 으쓱거린다.

"끅! 끅! 끅! 찍어라, 굴려라 끅! 끅!"

동무의 품앗이 일이다. 거무튀튀한 젊은 농군 댓이 볏단을 번차례로 집어든다. 열에 뜬 사람같이 식식거리며 세차게 벼알을 절구통에서 주룩주룩 훌러내린다.

"애! 장가들고 한턱 안 내니?"

"일색이더라. 단단히 먹자. 닭이냐? 술이냐? 국수냐?"

"웬 국수는? 너만 국수만 아느냐?"

저희끼리 쩧고 까분다. 그들은 일을 놓으며 옷깃으로 땀을 씻는다. 골바람이 벼깔치를 부옇게 풍긴다. 옆산에서 푸드득하고 꿩이 날으며 머리 위를 지나간다. 갈퀴질을 하던 얼골 넓적이가 갈퀴를 놓고 씽급하드니 달겨든다. 장난꾼이다. 여러 사람의 힘을 빌리어 덕돌이 입에다 헌 짚신짝을 물린다. 버들껑거린다. 다시 양 귀를 두 손에 잔뜩 움켜잡고 끌고와서는 털어놓은 벼무더기 위에 머리를 틀어박으며 동서남북으로 큰절을 시킨다.

"야아! 야아! 아!"

"아니다, 아니야. 장갈 갔으면 산신령에게 이러하다 말이 있어야지 괜시레 산신령이 노하면 눈깔망난이(호랑이) 내려보낸다."

뭇 웃음이 터저오른다. 새신랑이 옷이 이게 뭐냐. 볼기짝에 구멍이 다 뚫리고…… 빈정대는 사람도 있다. 그러나 덕돌이는 상투의 면대기를 털고 나서 곰방대를 피워물고는 싱그레 웃어치운다. 좋은 옷은 집에 두었다. 인조견 조끼, 저고리, 새하얀 옥당목 겹바지, 그러나 아끼는 것이다. 일할 때엔 헌옷을 입고 집에 돌아와 쉬일참에 나 입는다. 잘 때에도 모조리 벗어서 더럽지 않게 착착 개어 머리맡 위에 놓고 자곤 한다. 의복이 남루하면 인상이 추하다. 모처럼 얻은 귀여운 아내니 행여나 마음이 돌아앉을까 미리미리 사려두지 않을 수도 없는 노릇이다. 그야말로 이십 구 년 만에 누런 이 조각에다 이제서야 소금을 발라 본 것도 이 까닭이었다.

덕돌이가 볏단을 다시 집어올릴 제 그 이웃에 사는 돌쇠가 옆으로 와서 품을 안는다.

"애 덕돌아! 너 내일 우리 조마댕이 좀 해줄래?"

"뭐 어째?"

하고 소리를 뻑 지르고는 그는 눈귀가 실룩하였다.

"누구보고 해라야? 응? 이자식 까놀라!"

어제까지는 턱없이 지냈단대도 오늘의 상투를 못 보는가!

바로 그날이었다. 위칸에서 혼자 새우잠을 자고 있던 홀어미는 놀라서 눈이 번쩍 띄었다. 만뢰 잠잠한 밤중이다.

"어머이! 그거 달아났세유 내 옷두 없고……."

"응?"

하고 반마디 소리를 치며 얼떨결에 그는 캄캄한 방안을 더듬어 아래칸으로 넘어섰다. 황망히 등잔에 불을 대리며,

"그래 어디로 갔단 말이냐?"

영산이 나서 묻는다. 아들은 벌거벗은 채 이불로 앞을 가리고 앉아서 징징거린다. 옆자리에는 빈 베개뿐 사람은 간 곳이 없다. 들어본즉 온종일 일한 게 피곤하여 아들은 자리에 들자고만 세상을 잊었다. 하기야 그때 아내도 옷을 벗고 한자리에

누워서 맞붙어 잤던 것이다. 그는 보통때와 다름없이 새침하니 드러누워서 천장만 쳐다보았다. 그런데 자다가 별안간 오줌이 마렵기에 요강을 좀 집어달내려고 보니 뜻밖에 품안이 허룩하다. 불러보아도 대답이 없다. 그제서는 어림짐작으로 우선 머리맡 위에 놓아둔 옷을 더듬어 보았다. 딴은 없다.

필연 잠든 틈을 타서 살며시 옷을 입고 자기의 옷이며 버선까지 들고 내뺐음이 분명하리라.

"도적년!"

모자는 광솔불을 켜들고 나섰다. 부엌과 잿간을 뒤졌다. 그러고 뜰앞 풀 속도 낱낱이 찾아봤으나 흔적도 없다.

"그래도 방안을 다시 한번 찾아보자."

홀어미는 구태여 며느리를 도적년으로까지는 생각하고 싶지 않았다. 거반 울상이 되어 허벙저벙 방안으로 들어왔다. 마음을 가라앉혀 들쳐보니 아니면 다르랴, 며느리 베개 밑에서 은비녀가 나온다. 달아날 계집같으면 이 비싼 은비녀를 그냥 두고 갈 리 없다. 두말없이 무슨 병패가 생겼다. 홀어미는 아들을 데리고 덜미를 잡히는 듯 문밖으로 찾아나섰다.

마을에서 산길로 빠져나는 어귀에 우거진 숲 사이로 비스듬이 언덕길이 놓였다. 바로 그 밑에 석벽을 끼고 깊고 푸른 웅덩이가 묻히고 넓은 그 물이 겹겹 산을 에돌아 약 십 리를 흘러내리면 신연강 중턱을 뚫는다. 시새에 반쯤 파묻히어 번들대는 큰 바위는 내를 싸고 양쪽으로 질펀하다. 꼬부랑길은 그 틈바귀로 뻗었다. 좀체 걷지 못할 자갈길이다. 내를 몇 번 건너고 험상궂은 산들을 비켜서 한 오 마장 넘어야 겨우 길다운 길을 만난다. 그리고 거기서 좀더 간 곳에 냇가에 외지게 잃어진 오막살이 한 칸을 볼 수 있다. 물방앗간이다. 그러나 이제는 밥을 찾아 흘러가는 뜬몸들의 하룻밤 숙소로 변하였다.

벽이 확 나가고 네 기둥뿐인 그 속에 힘을 잃은 물방아는 을씨년궂게 모로 누웠다. 거지도 그 옆의 홑이불 위에 거적을 덧쓰고 누웠다. 거푸진 신음이다. 으! 으! 으흥! 석가래 사이로 달빛은 쌀쌀히 흘러든다. 가끔 마른잎을 뿌리며…….

"여보 자우? 일어나게유 얼핀."

계집의 음성이 나자 그는 꾸물거리며 일어앉는다. 그리고 너털대는 홑적삼 깃을 여며잡고는 덜덜 떤다.

"인제 고만 떠날 테이야? 쿨룩…….'

말라빠진 얼굴로 계집을 바라보며 그는 이렇게 물었다.

십 분 가량 지났다. 거지는 호사하였다. 달빛에 번쩍거리는 겹옷을 입고서 지팡이를 끌며 물방앗간을 등졌다. 골골하는 그를 부축하여 계집은 뒤에 따른다. 술집 며느리다.

"옷이 너무 커. 좀 적었으면…….'

"잔말 말고 어여 갑시다. 펄쩍."

계집은 부리나케 그를 재촉한다. 그리고 연해 돌아다보길 잊지 않았다. 그들은 강길로 향한다. 개울을 건너 붉어져내린 산모퉁이를 막 꼽뜨리려 할 제다. 멀리 뒤에서 사람 욱이는 소리가 끊일 듯 날 듯 간신히 들려온다. 바람에 먹히어 말 저는 모르겠으나 재없이 덕돌이의 목성임은 넉히 짐작할 수 있다.

"아 얼른 좀 오게유."

똥끝이 마르는 듯이 계집은 사내의 손목을 겹겹히 잡아끈다. 병들은 몸이라 끌리는 대로 뒤툭거리며 거지도 으슥한 산 저편으로 같이 사라진다. 수은빛 같은 물방울을 품으며 물결은 산벽에 부닥뜨린다. 어디선지 지정치 못할 늑대 소리는 이 산 저 산서 와글와글 굴러내린다.

숱

들고 나갈 거라곤 인제 매함지박과 키쪼가리가 있을 뿐이다.

그 외에도 체랑 그릇이랑 있긴 좀 하나 깨어지고 헐고 하여 아무 짝에도 못 쓸 것이다. 그나마 들고 나서려면 아내의 눈을 기워야 할 터인데 맞은쪽에 빤히 앉았으니 꼼짝할 수 없다.

하지만 오늘도 뱀을 좀 긁어놓으면 성이 뻗쳐서 제물로 부르르 나가 버리리라…… 아랫목의 근식이는 저녁상을 물린 뒤 두 다리를 세워안고 그리고 고개를 떨어친 채 묵묵하였다. 왜냐하면 묘한 꼬투리가 있음직하면서도 선뜻 생각이 나지 않는 까닭이었다.

윗방에서 내려오는 냉기로 하여 아랫방까지 몹시 싸늘하다.

가을쯤 치받이를 해두었더라면 좋았으련만 천장에서는 흙방울이 뚝뚝 떨어지며 찬바람은 새어든다.

헌 옷때기를 들쓰고 앉아 어린 아들은 화로 앞에서 킹얼거린다.

아내는 이 아이를 어르며 달래며 부지런히 감자를 구워먹인다. 그러나 다라를 모로 늘이고 사지를 뒤트는 양이 온종일 방아다리에 시다릴 몸이라 매우 나른한 맥이었다. 손으로 가끔 입을 막고 연달아 하품만 할 뿐이었다.

한참 지난 후 남편은 고개를 들고 아내의 눈치를 살펴보았다. 그리고 두터운 입술을 찌그리며 바로 데퉁스레,

"아까 낮에 누가 왔다 갔어?"

하고 한 마디 얼른 내다붙였다. 그러나 아내는,

"면서기밖에 누가 왔다 갔지유……."

하고 심심히 받으며 들떠보도 않는다.

물론 전부터 미뤄 오던 호포를 독촉하러 오늘 면서기가 왔던 것을 남편이라고 모르는 바도 아니었다. 자기는 거리에서 먼저 기수 채고 그 때문에 붙잡히면 혼이 뜰까 봐 일부러 몸을 피하였다. 만은 어차피 말을 꼴려 하니까,

"볼일이 있으면 날 불러대든지 할 게지 왜 그놈을 방으루 불러들이고 이 야단이야."

하고 눈을 부릅뜨지 않을 수가 없었다.

아내는 이 말에 이마를 홱 들더니 눈꼴이 잡은참 돌아간다. 하 어이없는 일이라 기가 콱 막힌 모양이었다. 샐쭉해서 턱을 조금 솟치자 그대로 떨어치고 잠자코 아이에게 감자만 먹인다.

이만하면 하고 남편은 다시 한번,

"헐 말이 있으면 문 밖에서 허든지, 방으로까지 끌어들이는

건 다 뭐야?"

분을 솟궜다. 그제서야,

"남의 속 모르는 소리 작작하게유. 자기 때문에 말막음하느라구 욕본 생각은 못 하구."

아내는 가무잡잡한 얼굴에 핏대를 올렸으나 그러나 표정을 고르잡지 못한다. 얼마를 그렇게 앉았더니 이번에는 남편의 낯을 똑바로 쏘아보며,

"그지 말구 밤마다 짚신짝이라두 삼어서 호포를 갔다 대게유."

하다가 좀 사이를 두곤 들릴 듯 말 듯한 혼자 소리가,

"기집이 좋다기로 그래 집안 물건을 다 들어낸담!"

하고 여무지게 종알거린다.

"뭐! 집안 물건을 누가 들어내?"

그는 시치미를 딱 떼고 제법 천연스레 펄쩍 뛰었다. 그러나 속으로는 떡메로 복장이나 얻어맞은 듯 찐하였다. 입때까지 까맣게 모르는 줄만 알았더니 아내는 귀신같이 옛날에 다 안 눈치다. 어젯밤 아내의 속곳과 그제밤 맷돌짝을 후무려낸 것이 죄다 탄로가 되었구나, 생각하니 불쾌하기가 짝이 없다.

"누가 그런 소리를 해, 벼락을 맞을라구?"

그는 이렇게 큰 소리를 해보았으나 한 팔로 아이를 끌어들여 젖만 먹일 뿐, 젊은 아내는 숫제 받아 주지 않았다.

아내는 샘과 분을 못 이기어 무슨 되알진 소리가 터질 듯 질 듯 하면서도 그냥 꾼 참는 모양이었다. 눈을 알로 내려깔고 색색 숨소리만 내다가 남편이 또다시,

"누가 그 따위 소릴 해 그래?"

할 제야 비로소 입을 여는 것이…… .

"재숙 어미이지 누군 누구야."

"그래, 뭐라구?"

"들병이와 배맞었다지 뭘 뭐래, 맷돌허구 내 속곳은 술 사 먹으라는 거지유?"

남편은 더 뻗치기를 못하고 고만 얼굴이 화끈 달았다. 아내는 좀 살자고 고생을 무릅쓰고 바둥거리는 이 판에 남편이란 궐자는 그 속곳으로 술 사먹었다면 어느 모로 따져보든 곱지 못한 행실이리라. 그는 아내의 시선을 피할 만치 몹시 양심의 가책을 느꼈다. 마은 그렇다고 자기의 의지가 꺾인다면 또한 남편된 도리도 아니었다.

"보도 못허구 앰한 소릴 해 그래, 눈깔들이 멀라구?"

하고 변명삼아 목청을 꽉 돋았다.

그러나 아무 효력도 보이지 않음에는 제대로 약만 점점 오를 뿐이다. 이러다간 본전도 못 건질 걸 알고 말끈을 얼른 돌리어,

"자기는 뭔데 대낮에 사내놈을 방으로 불러들이구, 대관절 둘이 뭣했드람?"

하여 아내를 되순나 잡았다.

아내는 독살이 송곳끝처럼 뾰로져서 젖먹이던 아이를 방바닥에 쓸어박고 발딱 일어섰다. 제 공을 모르고 게정만 부리니까 되우 야속한 모양같다. 찬방에서 너 좀 자보란 듯이 천연스레 뒤로 치마꼬리를 여미더니 그대로 살랑살랑 나가 버린다.

아이는 또 그대로 요란스레 울어댄다.

눈 위를 밟는 아내의 발자취 소리가 멀리 사라짐을 알자 그는 비로소 맘이 놓였다. 방문을 열고 가만히 밖으로 나왔다.

무슨 짓을 하든 볼 사람은 없을 것이다.

그는 부엌으로 더듬어 들어가서 우선 성냥을 드윽 그어대고 두리번거렸다. 짐작했던 대로 그 함지박은 부뚜막 위에서 주인을 우두커니 기다리고 있다. 그 속에 담긴 감자나부랭이는 그 자리에 쏟아 버리고 그리고 나서 번쩍 들고 뒤란으로 나갔다.

앞으로 들고 나갔으면 좋을 테지만 그러다 아내에게 들키면 아주 혼이 난다. 어렵더라도 뒤꼍 언덕 위로 올라가서 울타리 밖으로 쿵하고 아니 던져넘길 수 없다.

그 담에가 이게 좀 거북한 일이었다. 하지만 예전 뒤나 보러 나온 듯이 뒷짐을 딱 지고 싸리문께로 나와 유유히 사면을 돌아보면 고만이다.

하얀 눈 위에는 아내가 고개 밟고 간 발자국만이 딩금딩금 남았다.

그는 울타리에 몸을 착 비겨대고 뒤로 돌아서 그 함지박을 집어 들자 곧 뺑소니를 놓았다.

근식이는 인가를 피하여 산기슭으로 멀찌감치 돌았다. 그러나 함지박은 몸에다 곁으로 착 붙였으니 좀체로 들킬 염려는 없을 것이다.

매웁게 쌀쌀한 초생달은 푸른 하늘에 댕그머니 눈을 떴다.

수어리골을 흘러내리던 시내도 인제는 얼어붙었고 그 빛이 날카롭게 번득인다. 그리고 산이며 들, 집, 낟가리, 만물은 겹겹 눈에 잠기어 숨소리조차 내질 않는다.

산길을 빠져서 거리로 나오려 할 제 어디에선가 징이 찡찡, 울린다. 그 소리가 고적한 밤공기를 은은히 흔들고 하늘 저편으로 사라진다.

그는 가던 다리가 멈칫하여 멍하니 넋을 잃고 섰다.

오늘밤이 농민회 총회임을 고만 정신이 나빠서 깜박 잊었던 것이다.

한 번 회에 안 가는데 궐적이 오 전, 뿐만 아니라 공연한 부역까지 안다미 씌우는 것이 이 동리의 전례이었다.

또 경쳤구나, 하고 길에서 그는 망설인다. 하나 몸이 아파서 앓았다면 그만이겠지, 이쯤 안심도 하여본다. 그렇지만 어쩐 일인지 그래도 속이 끌밋하였다.

요즘 눈바람은 부닥치는데 조밥꽁댕이를 씹어 가며 신작로를 닦는 것은 그리 수월치도 않은 일이었다. 떨면서 그 지랄을 또 하려니 생각만 하여도 짜장 이에서 신물이 날 뻔하다만다.

그럼 하루를 편히 쉬고 그걸 또 하느냐, 회에 가서 새 까먹은 소리나마 그 소리를 좇아 가며 듣고 앉았느냐, 얼른 딱 정하지를 못하고 그는 거리에서 한 서너 번이나 주춤하였다. 하지만 농민회가 동리의 청년들을 말끔 다 쓸어간 그것만은 여간 고마운 일이 아니었다. 오늘밤에는 술집에 가서 저 혼자 들병이를 차지하고 놀 수 있으리라…….

그는 선뜻 이렇게 생각하고 부지런히 다리를 재촉하였다.

그리고 술집 가까이 왔을 때에는 기쁠 뿐만 아니요 또한 용기까지 솟아올랐다.

길가에 따로 떨어져서 호젓이 놓인 집이 술집이다. 산모롱이 옆에 서서 눈에 쌓이어 그 흔적이 긴가민가하나 달빛에 빗기어 갸름한 꼬리를 달고 있다. 서쪽으로 그림자에 묻히어 대문이 열렸고 그 곁으로 불이 반짝대는 지게문 하나가 있다.

이 방이 즉 계숙이가 빌려서 술을 팔고 있는 방이다. 문을 열고 썩 들어서니 계숙이는 일어서며 무척 반긴다.

"이게 웬 함지박이지유?"

그 태도며 얕은 웃음을 짓는 양이 나달 전 처음 이사할 제와 조금도 변칠 않았다. 아마 어젯밤 자기를 보고 사랑한다던 그 말이 알톨 같은 진정이기도 쉽다. 하여튼 정분이라 과연 희한한 물건이로군…… .

"왜 웃어, 어젯밤 술값으로 가져왔는데."

하고 근식이는 말을 받다가 어쩐지 좀 겸연쩍었다. 계집이 받아들고서 이리로 뒤척 저리로 뒤척 하며 또는 바닥을 두들겨도 보며 이렇게 좋아하는 걸 얼마쯤 보다가,

"그게 그래뵈두 두 장은 훨씬 넘을걸!"

마주 싱그레 웃어 주었다. 참이지 계숙이의 흥겨운 낯을 보는 것은 그의 행복 전부이었다.

계집은 함지를 들고 안쪽문으로 나가더니 술상 하나를 곱게 받쳐 들고 들어왔다. 돈이 없어서 미안하여 달라지도 않는 술이나 술값은 어찌되었든지 우선 한 잔 하란 맥이었다. 막걸리를 화로에 거냉만 하여 따라부으며,

"어서 마시게유, 그래야 몸이 풀리유."

하더니 손수 입에다 부어까지 준다.

그는 황감하여 얼른 한숨에 쭈욱 들이켰다. 그리고 한 잔 두 잔 석 잔…… .

계숙이는 탐탁히 옆에 붙어앉더니 근식이의 얼은 손을 젖가슴에 묻어 주며,

"어이 차, 일 어째!"

한다. 떨고서 왔으니까 퍽이나 가여운 모양이었다.

계숙이는 얼마 그렇게 안타까워하고 고개를 모로 접으며,

"난 낼 떠나유!"

하고 씩 떨어지기 섭섭한 내색을 보인다. 좀더 있으려 했으나 아까 농민회 회장이 찾아왔다. 동리를 위하여 들병이는 절대로 안 받으니 냉큼 떠나라 했다. 그러나 이 밤에야 어디를 가랴. 낼 아침 밝는 대로 떠나겠노라 했다 하는 것이다.

이 말을 듣고 근식이는 그만 낭판이 떨어져서 멍멍하였다. 언제 이든 갈 줄은 알았던 게나 이다지도 급자기 서둘 줄은 꿈밖이었다. 자기 혼자서 따로 떨어지면 앞으로는 어떻게 살려는가…… .

계숙이의 말을 들어보면 저에게도 번히는 남편이 있었다 한다. 즉 아랫목에 방금 누워 있는 저 아이의 아버지가 되는 사람이다. 술만 처먹고 노름질에다 후딱하면 아내를 두들겨 패고 벌은 돈푼을 빼앗아 가며 함으로 해서 당최 견딜 수가 없어 석 달 전에 갈렸다고 하는 것이다.

그럼 자기와 드러놓고 살아도 무방한 것이 아닌가. 하나 그

런 소리란 차마 이쪽에서 먼저 꺼내기가 어색하였다.

"난 그래 어떻게 살아. 나두 따라갈까?"

"그럼 그럽시다유."

하고 계숙이는 그 말을 바랐단 듯이 선뜻 받다가,

"집에 있는 아내는 어떡하지유?"

"그건 염려없어!"

근식이는 고만 기운이 뻗쳐서 시방부터 계숙이를 얼싸안고 들먹거린다. 치우기는 별로 힘들지 않을 것이다. 왜냐하면 제대로 그냥 내버려만 두면 제가 어디로 가든 말든 할 게니까. 하여튼 인제부터는 계숙이를 따라다니며 빌어먹겠구나, 하는 새로운 생활만이 기쁠 뿐이다.

"낼 밝기 전에 가야 들키지 않을걸!"

밤이 야심하여도 회 때문인지 술꾼은 좀체 보이지 않았다. 인젠 안 오려닌 단념하고 방문고리를 걸은 뒤 불을 껐다. 그리고 계숙이는 멀거니 앉아 있는 근식의 팔에 몸을 던지며 한숨을 후우 짓는다.

"살림을 하려면 그릇쪼각이라두 있어야 할 텐데!"

"염려말아, 내 집에 가서 가져오지!"

그는 조금도 거리낌없이 그저 신선하였다. 딴은 아내가 잠에 곯아지거든 슬며시 들어가서 이것 저것 마음에 드는 대로 후무려오면 그뿐이다. 앞으로 굶주리지 않아도 맘편히 살려니 생각하니 잠도 안 올 만치 가슴이 들렁들렁하였다.

방은 외풍이 몹시도 세었다. 주인이 그악스러워 구둘에 불도 변변히 안 지핀 모양이다. 까칠한 공석자리에 등을 붙이고 사시나무 떨리듯 덜덜 대구 떨었다. 한구석에 쓸어박혔던 아이가 별안간 잠이 깨었다. 킹얼거리며 사이를 파고 들려는 걸 어미가 야단을 치니 도로 제자리에 가서 찍소리 없이 누웠다. 매우 훈련 잘 받은 젖먹이었다.

그러나 근식이는 그놈이 생각하면 할수록 되우 싫었다. 우리들이 죽도록 모아 놓으면 저놈이 중간에서 써 버리겠지. 재애비 본으로 노름질도 하고, 에미를 두들겨패서 돈도 빼앗고 하리라. 그러면 나는 신선놀음에 도끼자루 썩는 격으로 헛공만 들이는 게 아닐까 하고 생각하니 장장에 곧 얼어죽어도 아깝지는 않을 것이다. 하나 어미의 환심을 사려니깐,

"에 그놈…… 착하기도 하지."

하고 두어 번 그 궁둥이를 안 뚜덕일 수도 없으리라.

달이 기울어서 지게문을 훤히 밝히게 되었다.

간간 외양간에서는 소의 숨쉬는 식식 소리가 거클지게 들려온다. 평화로운 잠자리에 때 아닌 마가 들었다. 뭉태가 와서 낮은 소리로 계숙이를 부르며 지게문을 열라고 찌걱거리는 게 아닌가. 전일부터 계숙이에게 돈좀 쓰던 단골이라고 세도가 막 댕댕하다.

근식이는 망할 자식, 하고 골피를 찌푸렸다. 마는 계숙이가 귓속말로,

"내 잠깐 말해 보낼 게 밖에 나가 기달리유."

함에는 속이 좀 든든하지 않을 수 없다. 그 말은 남편을 신뢰하고 하는 통사정이리라. 그는 안문으로 바람같이 나와서 방

벽께로 몸을 착 붙여세우고 가끔 안채를 살펴보았다. 술집 주인이 나오다 이걸 본다면 단박 미친놈이라고 욕을 할 것이다. 그렇지 않아도 그저께는,

"자네 바람 잔뜩 났네그려. 난 술을 파니 좋긴 허지만 맷돌짝을 들고 나오면 살림 고만 둘 터인가?"

하고 멀쑤룩하게 닥기었다. 오늘 들키면 또 무슨 소리를…… .

근식이는 떨고 섰다가 이상한 소리를 듣고 정신이 번쩍 들었다. 그는 방문께로 바특이 다가서서 가만히 귀를 기울였다.

"오늘두 그놈 왔었나?"

하더니 계집이,

"아니유, 아무도 오늘은 안 왔어유."

하고 시치미를 떼니까,

"왔겠지 뭘. 그 자식 왜 새 바람이 나서 지랄이야."

하고 썩 신퉁그러지게 비웃는다.

여기에서 그놈 그 자식이란 물을 것도 없이 근식이를 가리킴이다. 그는 살이 다 불불 떨렸다.

그뿐 아니라 이말 저말 한참을 중언부언 지껄이더니,

"그 자식 동리에서 내쫓는다던걸!"

"왜 내쫓아?"

'이건 멀쩡한 거짓말이다. 회 좀 안 갔기로 내쫓는 경우가 어딨니, 망할 자식.'

하고 그는 속으로 노하며 은근히 굳세게 쥔 주먹이 대구 떨리었다. 그만이라도 좋으련만,

"그 자식 어찌 못났는지 아내까지 동리로 돌아다니며 미화

라구 숭을 보는걸!"

'또 거짓말. 아내가 날 어떻게 무서워하는데 그런 소리를 해!'

"남편을 미화라구?"

하고 계집이 호호대고 웃으니까,

"그럼 안 그래? 그러구 계숙이를 집안 망할 도적년이라고 하던걸. 맷돌두 집어 가고 속곳도 집어 가구 했다구."

"누가 집어 가 갖다 주니까 받았지."

하고 계숙이 펄쩍 뛰는 기색이더니,

"네가 아나, 근식이 처가 그러니깐 나두 말이지."

'아내가 설혹 그랬기루 그걸 다 꼬드겨 바쳐? 개새끼 같으니!'

그 담엔 들으려고 애를 써도 들을 수 없을 만치 병아리 소리로들 뭐라 뭐라고 지껄인다. 그는 이것도 필경 저와 계숙이의 사이가 좋으니까 배가 아파서 이간질이리라 생각하였다. 그런데 계집도 는실난실 여일히 받으며 같이 웃는 것이 아닌가.

근식이는 분을 참지 못하여 숨소리도 거칠을 만치 되었다. 마는 그렇다고 뛰어들어가 두들겨 줄 형편도 아니요, 어째 볼 도리가 없다. 계숙이나 뭣하면 노엽기도 덜하련마는 그것조차 편잔 한 마디 안 주고 한통속이 되는 듯하니 약속하기가 이를 데 없다.

그는 노기와 한고로 말미암아 팔짱을 찌르고는 덜덜 떨었다. 농창이 난 버선이라 눈을 밟고 섰으니 뼈끝이 쑤시도록 시렵다.

몸이 괴로워지니 그는 아내의 생각이 머릿속에 문득 떠오른다. 집으로만 가면 따스한 품이 기다리련만 왜 이 고생을 하는지 실로 알고도 모를 일이다. 하지만 다시 잘 생각하면 아내 그까짓 건 싫었다. 아리랑타령 한 마디 못하는 병신, 돈 한 푼 못 버는 천치…… 하긴 초작에야 물불을 모를 만치 정이 두터웠으나 때가 어느 때이냐, 인제는 다 삭고 말았다.

뭇사람의 품으로 옮겨 안기며 에쓱거리는 들병이가 말은 천하다 할망정 힘 안 들이고 먹으니 얼마나 부러운가. 침들을 게게 흘리고 덤벼드는 뭇놈을 이 손 저 손으로 맘대로 후물르니 그 호강이 바이 고귀하다 할지라…… .

그는 설한에 이까지 딱닥거리도록 몸이 얼어간다. 그러나 집으로 가서 자리 위에 편히 쉴 생각은 조금도 없는 모양같다. 오직 계숙이가 불러들이기만 고대하여 턱살을 받쳐대고 눈이 빠질 지경이다.

모진 눈보라는 가끔씩 목덜미를 냅다 갈긴다. 그럴 적마다 저고리동정으로 눈이 날아들며 등줄기가 선뜩하였다. 근식이는 암만 기다려도 때가 되었으련만 불러들이지를 않는다. 수군거리던 고것조차 끊이고 인젠 굵은 숨소리만이 흘러나온다.

그는 저도 까닭 모르는 약이 발뿌리서 머리끝까지 바짝 치뻗었다. 들병이란 더러운 물건이다, 남의 살림을 망쳐 놓고 게다 가난한 농군들의 피를 빨아먹는 여우다, 하고 매우 쾌쾌히 생각하였다. 일변 그렇게까지 노해서 나갔는데 아내가 지금쯤은 좀 풀었을까 이런 생각도 하여본다.

처마 끝에 쌌였던 눈이 푹 하고 땅에 떨어질 때 그때 분명히 그는 집으로 가려 하였다. 만일 계숙이가 때맞춰 불러들이지만 않았다면,

'에이 더러운 년!'

속으로 이렇게 침을 뱉고 여봐란 듯이 집으로 삔 달아났을지도 모른다.

계집은 한문으로,

"칩겠수, 얼른 가우."

"뭘 이까진 추위."

"그럼 잘 가게유, 낭중 또 만납시다."

"웅, 내 추후로 한번 찾아가지."

뭉태가 이렇게 내뱉자 또 한문으로,

"가만히 들어오게유."

하고 조심히 근식이를 집어들인다.

그는 발바닥의 눈도 털 줄 모르고 감지덕지하여 닝큼 들어서며 우선 얼른 손을 썩썩 문댔다.

"밖에서 퍽 추웠지유?"

"뭘 추워 그렇지."

하고 그는 만족히 웃으면서 그렇듯 분분하던 아까의 분노를 다 까먹었다.

"그 자식, 남 자는데 왜 와서 쌩이질이야!"

"그러게 말이유. 그건 눈치코치도 없어!"

하고 계집은 조금도 빈틈없이 여전히 탐탁하였다. 그리고 등

잔에 불을 다리며 거나하여 생글생글 웃는다.

"자식이 왜 그 뻣세람. 거짓말만 슬슬하구!"

하며 근식이는 먼젓번 뭉태에게 흉잡혔던 그 되갚음을 안 할 수 없다. 나도 네가 한 만치는 하겠다 하고,

"아 그놈 참 병신됐다더니 어떻게 걸어다녀!"

"왜 병신이 되우?"

"남의 계집 오입하다가 들켜서 밤새도록 목침으로 두들겨 맞았지. 그래 엉치가 끊어졌느니 대리가 부러졌느니 하더니 그래두 곤달 걸어다니네!"

"알라리, 별일두."

계집은 세상에 없을 일이 다 있단 듯이 눈을 끼웃하더니,

"제 계집좀 보았기루 그렇게 때릴 건 뭐야."

"아 안 그래 그럼. 나라두 당장 그놈을!"

하고 근식이는 제 아내가 욕이라도 보는 듯이 기가 올랐으나 그러나 계집이 낯을 찌푸리며,

"그 뭐 계집이 어디가 떨어지나 그러게?"

하고 샐쭉이 뒤둥그러지는 데는 어쩔 수 없이 저도,

"허긴 그렇지. 놈이 원체 못나서 그래."

하고 얼른 눙치는 게 상책이었다.

내일부터라도 계숙이를 따라다니며 먹을 텐데 이것 저것을 가리다는 죽도 못 빌어먹는다. 그보다는 몸이 열파에 난대도 잘 먹을 수만 있다면이야 고만이 아닌가…… .

그건 그렇고 어떻든 뭉태란 놈의 흥은 그만치 봐야 할 것이다. 그는 담배를 한 대 피워물고 뭉태는 본디 돈도 신용도 아

무엇도 없는 건달이란 등, 동리에서는 그놈의 말은 곧이 안 듣는다는 등, 심지어 남의 집 보리를 훔쳐내다 붙잡혀서 콩밥을 먹었다는 허풍까지 찌며 없는 사실을 한창 늘어놓았다.

그는 이렇게 계집을 얼렁거리다 안말에서 첫홰를 울리는 계명성을 듣고 깜짝 놀랐다. 개동까지는 떠날 차비가 다 되어야 할 것이다. 그는 계집의 뺨을 손으로 문질러 보고 벌떡 일어서서 밖으로 나온다.

"내 집엔 좀 갔다올게 꼭 기달려 응."

근식이가 거리고 나올 때에는 초승달은 완전히 넘어갔다. 저 건너 산 밑 국수집에서는 아직도 마당의 불이 환하다. 아마 노름꾼들이 모여들어 국수를 눌러먹고 있는 모양이다. 그는 밭둑으로 돌아가며 지금쯤 아내가 집에 돌아와 과연 잠이 들었을지 퍽 궁금하였다. 어쩌면 매함지박 없어진 건 알았을지도 모른다. 제가 들어가면 바가지를 긁으려고 지키고 앉았지나 않을는지…… .

이렇게 되면 계숙이와의 약속만 깨어질 뿐 아니라 일은 다 그르고 만다.

그는 제물에 다시 약이 올랐다. 계집년이 건방지게 남편의 일을 지키고 앉았구, 남편이 하자는 대로 했을 따름이지. 제가 항상 뭔데…… 하지만 이 주먹이 들어가 귓때기 한 서너 번만 쥐어박으면 고만이 아닌가…… .

다시 힘을 얻어가지고 그는 제집 싸리문께로 다가서며 살며시 들어밀었다. 달빛이 없으니까 부엌 쪽은 캄캄한 것이 아주 절벽이다. 뜰에 깔린 눈의 반영이 있으므로 그런대로 그저

할 만하다 생각하였다.

그러나 우선 봉당 위로 올라서서 방문에 귀를 기울이지 않을 수 없었다.

문풍지도 울 듯한 깊은 숨소리. 입을 벌리고 곁에서 코를 골아대는 아내를 일상 책했더니 이런 때에 덕 볼 줄은 실로 뜻하지 않았다. 저런 콧소리면 사지를 묶어 가도 모를 만치 골아졌을 게니까…… .

그제서는 마음을 놓고 허리를 굽히고 그리고 꼭 도둑같이 발을 제겨디디며 부엌으로 들어섰다. 첫대 살림을 시작하려면 밥은 먹어야 할 터니까 솥이 필요하다. 손으로 더듬더듬 찾아서 솥뚜껑을 한옆에 벗겨 놓자 부뚜막에 한 다리를 얹고 두 손으로 솥전을 잔뜩 움켜잡았다. 인제는 잡아당기기만 하면 쑥 뽑힐 게니까 그리 어렵지 않을 것이다.

이 솥이 생각하면 사 년 전 아내를 맞아들일 때 행복을 계약하던 솥이었다. 그 어느 날인가 읍에서 사서 둘러메고 올 제는 무척 기뻤다. 때가 지나도록 아내가 뭔지 생각하고 모르다가 이제야 알고 보니 딴은 훌륭한 보물이다. 이 솥에서 둘이 밥을 지어먹고 한평생 같이 살려니 하니 세상이 모두 제 것 같다.

"솥 사왔지."

이렇게 집에 와 내려놓으니 아내도 뛰어나와 짐을 끄르며,

"아이 그 솥 이뻐이! 얼마 주었수?"

하고 기뻐하였다.

"번인 일 원 사십 전을 달라는 걸 억지로 깎아서 일 원 삼십

전에 떼왔는걸!"

하고 저니까 깎았다는 우세를 뽐내니,

"참 싸게 샀수, 그러나 더 좀 깎았으면 좋았지."

그러나 아내는 손을 뚜들겨 보고 불빛에 비쳐 보고 하였다.
그래도 밑바닥에 구멍이 뚫렸을지 모르지만 물을 부어 보다가

"아 이보게, 새네 새, 일 어찌나?"

"뭐 어디."

그는 솥을 받아들고 눈이 휘둥그래서 보다가,

"글세, 이놈의 솥이 새질 않나!"

하고 얼마를 살펴보고 난 뒤에야 새는 게 아니고 전으로 물이
검흐르는 것을 알았다.

"숙맥두 다 많어이, 이게 새는 거야? 겉으로 물이 흘렀지!"

"참 그렇군!"

둘이들 이렇게 행복스러이 웃고 즐기던 그 솥이었다. 그러
나 예측하였던 달가운 꿈은 몇 달이었고 툭 하면 굶고 지지리
고생만 하였다. 인제는 마땅히 다른 데로 옮겨야 할 것이다.

그는 조금도 서슴없이 솥을 쑥 뽑아 한길 채 내려놓고 또 그
담 걸 찾았다.

근식이는 어두운 벽 한복판에 서서 뒤 급한 사람처럼 허둥
지둥 매인다. 그렇다고 무엇을 찾는 것도 아니요 뽑아논 솥을
집는 것도 아니다. 뭣뭣을 가져가야 할는지 실은 가져갈 그릇
도 없거니와 첫대 생각이 안 나서이다. 올 때에는 그렇게도
여러 가지가 생각나다니 실상 와 닥치니까 어리둥절하다.

얼마 뒤에야,

'옳지 이런 망할 정신보래!'

그는 잊었던 생각을 겨우 깨치고 벽에 걸린 바구니를 떼들고 뒤적거린다. 그 속에는 닳아 일그러진 수저가 세 자루 길고 짧고 몸 고르지 못한 젓가락이 너덧 매 있었다.

그중에서 덕이(아들) 먹을 수저 한 개만 남기고는 모집어서 궤춤에 꾹 꽂았다. 그리고 더 가져가랴 하니 생각은 부족한 것이 아니로되 그릇이 마뜩지 않다. 가령 밥사발, 바가지, 종지…… .

방에는 앞으로 둘이 덮고 자지 않으면 안 될 이불이 한 채 있다마는 방금 아내가 잔뜩 끌어안고 매댁질을 치고 있을 게니 이건 회피 부득이다. 또 윗목 구석에 한 너덧 되 남은 좁쌀 자루도 있지 않으냐…… .

하지만 이게 다 일을 벗내는 생각이다. 그는 좀 미진하나마 솥만 들고는 그대로 그림자와 같이 나와 버렸다.

그의 집은 수어리골 꼬리에 달린 막바지였다. 양쪽 산에 끼어 시냇가에 집은 없었고, 늘 쓸쓸하였다. 마을 복판에 일이라도 있어 돌이 깔린 시냇길을 여기서 오르내리자면 적잖이 애를 씌웠다.

그러나 이제로는 그런 고생을 더 하자 하여도 좀체 없을 것이다. 고생도 하직을 하자 하니 귀엽고도 일변 안타까운 생각이 없을 수 없다.

그는 살던 즈집을 두서너 번 돌아다보고 그리고 술집으로 횡허케 달렸다.

방에 불은 아직도 켜 있었다.

근식이는 허둥지둥 지게문을 열고 뛰어들며,

"어, 추워!"

하고 커닿게 몸서리를 쳤다.

"어서 들어오우, 난 안 오는 줄 았았지."

계숙이는 어리뻥뻥한 웃음을 띠우고 그리고 몹시 반색한다. 아마 그동안 자지도 않은 듯 보자기에 아이 기저귀를 챙기며 일변 쪽을 고쳐 끼기도 하고 떠날 준비에 서성서성하고 있다.

"안 오긴 왜 안 와."

"글세 말이유, 안 오면 누군 가만 둘 줄 아나. 경을 이렇게 쳐주지."

하고 그 팔을 잡아서 꼬집다가,

"아, 아, 아고파!"

하고 근식이가 응석을 부리며 덤비니,

"여보기유, 참 짐은 어떡하지유?"

"뭘 어떡해?"

하고 뭘 한참 속으로 생각한다.

"진시 싸놨다가 훤하거든 곧 떠납시다유."

근식이도 거기에 동감하고 계집의 의견대로 짐을 댕그머니 묶어 놓았다. 짐이라야 솥, 맷돌, 매함지박, 옷보따리, 게다 술값으로 받아들인 쌀 몇 되, 좁쌀 몇 되……

먼동이 트는 대로 짊어만 메면 되도록 짐은 아주 간단하였다. 만약 아침에 주저거리다간 우선 술집 주인에게 발각이 될 게고 따라 동리에 소문이 퍼진다. 그뿐 아니라 아내가 쫓아온다면 팔자는 못 고치고 모양만 창피할 것이 아닌가…… .

떠날 차비가 다 되자 그는 자리에 누워 날 새기를 기다렸다. 시방이라도 떠날 생각은 간절하나 산골에서 짐승을 만나면 귀신이 되기 쉽다. 하지만 술집의 심은 다 되었다니까 인사도 말고 개동까지는 슬며시 달아나야 할 것이다.

그는 몸을 덜덜 떨어가며 얼른 동살이 잡혀야 할 텐데…… 그러나 어느 곁에 잠이 깜빡 들었다.

그것은 어느 때쯤이나 되었는지 모른다.

어깨가 으쓱하고 찬 기운이 수가마로 새드는 듯이 속이 떨려서 번쩍 깨었다. 하나 실상은 그런 것도 아니요, 아이가 킹킹거리며 머리 위로 대구 기어올라서 눈이 뜨였는지도 모른다.

그는 귀찮아서 손으로 아이를 밀어내리고 또 밀어내리고 하였다. 그러나 세 번째 밀어내리고자 손이 이마 위로 올라갈 제, 실로 알지 못할 일이다. 등 뒤 윗목 쪽에서,

"이리온, 아빠 여깄다"

하고 귀설은 음성이 들리지 않는가…… .

걸걸하고 우람한 그 목소리…… .

근식이는 이게 꿈이 아닌가 하여 정신을 가만히 가다듬고 눈을 떳다 감았다 하였다. 그렇다고 몸을 삐끗하는 것도 아니요, 숨소리를 제법 크게 내는 것도 아니요, 가슴속에서 한갓 염통만이 펄떡펄떡 뛸 뿐이다.

암만 보아도 이것이 꿈이 아닐 듯싶다. 어두운 방, 옆에 누운 계숙이, 킹킹거리는 어린애…… .

걸걸한 목소리는 또 들린다.

"이리 와, 아빠 여기있다니간."

아이의 아빠이면 필연코 내던지 본남편이 결기를 먹고 따라왔음에 틀림이 없을 것이다. 그리고 아내의 부정을 현장에서 맞닥트린 남편의 분노이면 네남직없이 다 일반이리라. 분김에 낫이라도 들어 찍으면 그대로 찍소리도 못하고 죽을밖에 별도리 없다.

확실히 이게 꿈이어야 할 터인데 꿈은 아니니 근식이는 얼른 몸에서 땀이 다 솟을 만치 속이 답답하였다. 꼿꼿하여진 등살은 그만두고 발가락 하나 꼼짝 못하는 것이 속으로 인젠 참으로 죽나 보다 하고 거긴 산송장이 되었다.

물론, 이러면 좋을까 저러면 좋을까 하고 들입다 애를 짜아도 본다. 그러나 결국에는 계숙이를 깨우면 일이 좀 필까 하고 손가락으로 그 배를 넌지시 쿡쿡 찔러도 보았다. 한 번, 두 번, 세 번 그리고 네 번째는 배에 창이 나라고 힘을 들이어 쩔렀다. 마는 계숙이는 깨기는 세로 그의 허리를 더 잔뜩 끌어안고 코골기에 세상만 모른다.

그는 더욱 부쩍부쩍 진땀만 흘렀다.

남편은 어청어청 등 뒤로 걸어오는 듯하더니 아이를 번쩍 들어안는 모양이다.

"이놈아, 왜 성가기세 굴어?"

이렇게 아이를 꾸짖고,

"어여들 편히 자게유!"

하여 쾌히 선심을 쓰고 윗목으로 도로 내려간다.

그 태도며 그 말씨가 매우 맘씨 좋아보였다. 마는 근식이에게는 이것이 도리어 견딜 수 없을 만치 살을 저미는 듯하였다. 이렇게 되면 이왕 죽을 바에야 얼른 죽이기나 바라는 것이 다만 하나 남은 소원일지도 모른다.

계숙이는 얼마 후에야 꾸물꾸물하며 겨우 몸을 떠들었다.

"어서 떠나야지?"

하고 두 손등으로 잔 눈을 부비다가 윗목을 내려다보고는 몹시 경풍을 한다. 그리고 고개를 잡더니 입을 꼭 봉하고는 잠잠히 있을 뿐이다.

이런 동안에 날은 아주 활짝 밝았다.

안부엌에선 솥을 가시는 소리가 시끄러이 들려온다.

주인은 기침을 하더니 찌걱거리며 대문을 여는 모양이었다.

근식이는 이래도 죽긴 일반 저래도 죽긴 일반이라 생각하였다. 참다 못하여 저도 따라 일어나 웅크리고 앉으며 어찌될 겐가 또다시 처분만 기다렸다. 그런 중에도 곁눈으로 흘깃 살펴보니 키가 커다란 한 놈이 책상다리에 아이를 안고서 윗목에 앉았다. 감때는 그리 사납지 않으나 암기 좀 있어 보이는 듯한 그 낯짝이 넉히 사람깨나 잡을 듯하다.

"떠나지들…… ."

남편은 이렇게 제법 재촉하며 자리에서 벌떡 일어섰다. 마치 제가 주장하여 둘을 데리고 먼길이나 떠나는 듯싶다. 아이를 계숙이에게 내맡기더니 근식이를 향하여,

"여보기유, 일어나서 이 짐 좀 지워 주게유."

하고 손을 빈다.

근식이는 잠깐 얼뚤하여 그 얼굴을 멍히 쳐다봤으나 그러나 하란 대로 안 할 수도 없다. 살려주는 것만 다행으로 여기고 본시는 제가 질 짐이로되 부축하여 그 등에 잘 지워 주었다.

솥, 맷돌, 함지박, 보따리를 한데 묶은 것이니 무겁기도 조히 무거울 게다. 하나 남편은 조금도 힘드는 기색을 보이기는 커녕 아주 홀가분한 몸으로 덜렁덜렁 밖을 향하여 나선다.

아내는 남편의 분부대로 아이는 포대기에 들싸서 등에 업었다. 그리고 입속으로 뭐라고 소리인지 종알종알하더니 저도 따라나선다.

근식이는 얼빠진 사람처럼 서서 웬 영문을 모른다. 한참 그러나 대체 어떻게 되는 겐지 그들의 하는 양이나 보려고 그도 슬슬 뒤묻었다.

아침 공기는 뼈끝이 다 쑤시도록 더욱 매섭다.

바람은 지면의 눈을 품어다간 얼굴에 뿜어 또 뿜고 하였다.

그들은 산모퉁이를 꼽들어 편한 언덕길로 성큼성큼 내린다.

아내를 앞에 세우고 길을 찾으며 일변 남편은 뒤에 우뚝 서 있는 근식이를 돌아보고,

"왜 섰수. 어서 같이 갑시다유."

하고 동행하기를 간절히 권하였다. 그러나 근식이는 아무 대답 없고 다만 우두커니 섰을 뿐이다.

이때 산모퉁이 옆길에서 두 주먹을 흔들며 헐레벅떡 달려드는 것이 근식이의 아내이었다. 일은 벌어졌으나 말을 하기에는 너무도 기가 찼다. 얼굴이 새빨개지며 눈에 눈물이 불현

듯 고이더니,

"왜 남의 솥을 빼가는 거야?"

하고 대뜸 계집에게로 달라붙는다.

계집은 비녀쪽을 잡아채는 바람에 뒤로 몸이 주춤하였다. 그리고 고개만을 겨우 돌리어,

"누가 빼갔어?"

하다가,

"그럼 저 솥이 누거야?"

"누건 내 알아? 갖다 주니까 가져가지!"

하고 근식이 처만 못하지 않게 독살이 올라 소리를 지른다.

동리 사람들은 잔 눈을 부비며 하나 둘 구경을 나온다. 멀찌기 떨어져서 서로들 붙고 떨어지고,

"저게 근식이네 솥인가?"

"글세, 설마 남의 솥을 빼갈라구!"

"갖다 줬다니까 근식이가 빼온 게지!"

이렇게 수군숙덕…… .

"아니야! 아니야!"

근식이는 아내를 뜯어말리며 두 볼이 확확 달았다. 마는 아내는 남편에게 한 팔을 끄들린 채 그대로 몸부림을 하며 여전히 대들려고 든다.

그리고 목이 찢어지라고,

"왜 남의 솥을 빼가는 거야, 이 도둑년아!"

하고 연해 발악을 친다.

그렇지마는 들병이 두 내외는 금세 귀가 먹었는지 하나는

짐을, 하나는 아이를 둘러업은 채 언덕으로 유유히 내려가며 한 번 돌아다보는 법도 없다.

아내는 분에 복받치어 고만 눈 위에 털썩 주저앉으며 체면 모르고 울음을 놓는다.

근식이는 구경꾼 쪽으로 시선을 흘깃거리며 쓴 입맛만 다실 따름…… 종국에는 두 손으로 눈 위의 아내를 잡아 일으키며 거반 울상이 되었다.

"아니야 글쎄, 우리 것이 아니라니까 그러네 참!"

산골

산

머리 위에서 굽어보던 햇님이 서쪽으로 기울어 나무에 긴 꼬리가 달렸건만, 나물 뜯을 생각은 않고 이뿐이는 늙은 잣나무 허리에 등을 비겨 대고 먼 하늘만 이렇게 하염없이 바라보고 섰다.

하늘은 맑게 개이고 이쪽저쪽으로 뭉글뭉글 피어오른 흰 꽃송이는 곱게도 움직인다. 저것도 구름인지 학들은 쌍쌍이 짝을 짓고 그 새로 날아들며 끼리끼리 어르는 소리가 이 수퐁까지 멀리 흘러내린다.

갖가지 나무들은 사방에 잎이 우겄고 땡볕에 그 잎을 펴들고 너훌너훌 바람과 아울러 산골의 향기를 자랑한다.

그 공중에는 나는 꾀꼬리가 어여쁘고……노란 날개를 팔딱

이고 이 가지 저 가지로 옮아 앉으며 흥에 겨운 행복을 노래
부른다.

— 고오이! 고이고오이!

요렇게 아양스레 노래도 부르고…….

— 담배 먹구 꼴비어!

맞은쪽 저 바위 밑은 필시 호랑님의 드나드는 굴이리라. 음
침한 그 위에는 가시덤불 다래넝쿨이 어지러이 엉클리어 지
붕이 되어 있고, 이것도 돌이랄지 연녹색 털복숭이는 올망졸
망 놓였고 그리고 오늘두 어김없이 뻐꾸기는 날아와 그 잔등
에 다리를 머무르며…….

— 뻐꾹! 뻐꾹! 뻐뻐꾹!

어느덧 이쁜이의 눈시울에 구슬방울이 맺히기 시작한다.
그리고 나물 바구니가 툭, 하고 땅에 떨어지자 두 손에 펴들
은 치마폭으로 그새 얼굴을 푹 가리고는 이쁜이는 흐륵흐륵
마냥 느끼며 울고 섰다. 이제야 후회나노니 도련님 공부하러
서울로 떠나실 때 저도 간다고 왜 좀더 붙들고 늘어지지 못했
던가. 생각하면 할수록 가슴만 미어질 노릇이다. 그러나 마님
의 눈을 기어 자그만 보따리를 옆에 끼고 산속으로 이십 리나
넘어 따라갔던 이쁜이가 아니었던가. 과연 이쁜이는 산등을
질러갔고 으슥한 고갯마루에서 기다리고 섰다가 넘어오시는
도련님의 손목을 꼭 붙잡고,

"난 안 데려가지유!"

하고 애원 못 한 것도 아니니 공연스레 눈물부터 앞을 가렸고
도련님이 놀라며,

"너 왜 오니? 여름에 꼭 온다니까. 어여 들어가라."

하고 역정을 내심에는 고만 두려웠으나 그래도 날 데려가라고 그 몸에 매어달리니 도련님은 얼마를 벙벙히 그냥 섰다가,

"울지 마라 이쁜아, 그럼 내 서울 가 자리나 잡거든 널 데려가마."

하고 등을 두드리며 달래일 제, 만일 이 말에 이쁜이가 솔깃하여 꼭 곧이듣지만 않았던들 도련님의 그 손을 안타까이 놓지는 않았던 걸…….

"정말 꼭 데려가지유?"

"그럼 한 달 후에면 꼭 데려가마."

"난 그럼 기다릴 테야유!"

그리고 아침 햇발에 비끼는 도련님의 옷자락이 산등으로 꼬불꼬불 저 멀리 사라지고 아주 보이지 않을 때까지 이쁜이는 남이 볼까 하여 피어 흩어진 개나리 속에 몸을 숨기고 치마끈을 입에 물고는 눈물로 배웅하였던 것이 아니런가. 이렇게도 철석같이 다짐을 두고 가시더니 그 한 달이란 대체 얼마나 되는 겐지 몇 한 달이 거듭 지나고 돌도 넘었으련만 도련님은 이렇다 소식 하나 전할 줄조차 모르신다.

실토로 터놓고 말하자면 늙은 이 잣나무 아래에서 도련님과 맨 처음 눈이 맞을 제 이쁜이가 먼저 그러자고 한 것도 아니런만……이쁜이 어머니가 마님댁 씨종이고 보면 그 딸 이쁜이는 잘 따져야 씨의 씨종이니 하잘것없는 계집애이어늘 이쁜이는 제 몸이 이럼을 알고 시내에서 홀로 빨래를 할 제이

면 도련님이 가끔 덤벼들어 이게 장난이겠지, 품에 꼭 껴안고 뺨을 깨물어뜯는 그 꼴이 숭굴숭굴하고 밉지는 않았으나 그러나 이쁜이는 감히 그런 생각을 먹어본 적이 없었다. 그날도 마님이 구미가 젖히셨다고 애 이쁜아, 나물 좀 뜯어온, 하실 때 이쁜이는 퍽이나 반가웠고 아침밥도 몇 술로 겉날리고 바구니를 동무 삼아 집을 나섰으니 나이 아직 열여섯이라 마님에게 귀염을 받는 것이 다만 좋았고 칠칠한 나물을 뜯어 드리고자 한사코 이 험한 산속으로 기어올랐다.

풀잎의 이슬은 아직 다 마르지 않았고 바위 틈바구니에 흩어진 잔디에는 커다란 구렁이가 또아리를 틀고서 떡비구리 한 놈을 우물거리고 있는 중이며 이쁜이는 쌔근쌔근 가쁜 숨을 쉬어가며 그걸 가만히 들여다보고 섰다가 바로 발 앞에 도라지순이 있음을 발견하고 꼬챙이로 마악 캐려 할 즈음 등뒤에서 뜻밖에 발자국 소리가 들리는 것이 아닌가. 깜짝 놀라며 고개를 돌려보니 언제 어디로 따라왔던가 도련님은 물푸레나무 토막을 한 손에 지팡이로 짚고 붉은 얼굴이 땀바가지가 되어 식식거리며 그리고 싱글싱글 웃고 있다. 그 모양이 하도 수상하여 이쁜이는 눈을 똥그랗게 뜨고 바라보니 도련님은 좀 면구쩍은지 낯을 모로 돌리며, 그러나 여일히 싱글싱글 웃으며 뱃심 유한 소리가,

"난 지팽이 꺾으러 왔다."

그렇지마는 이쁜이는 며칠 전 마님이 불러세우고 너 도련님하구 같이 다니면 매맞는다, 하시던 그 꾸지람을 얼뜬 생각하고,

256

"왜 따라왔지유. 마님 아시면 남 매맞으라구?"

하고 암팡스레 쏘았으나 도련님은 귓등으로 듣는지 그래도 여전히 싱글거리며 뱃심 유한 소리로,

"난 지팽이 꺾으러 왔다."

그제야 이쁜이는 성을 안 낼 수가 없고,

"마님께 나 매맞어두 난 몰라."

혼자말로 이렇게 되알지게 쫑알거리고 너야 가든 말든 하라는 듯이 고개를 돌리어 아까의 도라지를 다시 캐자노라니 도련님은 무턱대고 그냥 와락 달려들어,

"너 맞는 거 나는 알지."

이쁜이를 뒤로 꼭 붙들고 땀이 쭉 흐른 그 뺨을 또 잔뜩 깨물고는 놓질 않는다. 이쁜이는 어려서부터 도련님과 같이 자랐고 같이 놀았으되 제가 먼저 그런 생각을 두었다면 도련님을 벌컥 떠다밀어 바위 너머로 곤두박히게 했을 리 만무이었고 궁둥이를 털고 일어나며 도련님이 무색하여 멀거니 쳐다보고 입맛만 다시니 이쁜이는 그 꼴이 보기 가엾고 죄를 저지른 제 몸에 대하여 죄송한 자책이 없던 바도 아니언마는 다시 손목을 잡히고 이 잣나무 밑으로 끌릴 제에는 왼 힘을 다하여 그 손깍지를 버리며 야단친 것도 사실이 아닌 건 아니나, 그러나 어딘가 마음 한편에 앙살을 피면서도 넉히 끌리어 가도록 도련님의 힘이 좀더 좀더 하는 생각이 전혀 없었다면 그것은 거짓말이 되고 말 것이다. 물론 이쁜이가 얼굴이 빨개지며 앙큼스러운 생각을 먹은 것은 바로 이때이었고,

"난 몰라, 마님께 여쭐 터이야, 난 몰라!"

하고 적잖이 조바심을 태우면서도 도련님의 속맘을 한번 뜯어보고자,

"누가 종두 이러는 거야?"

하고 손을 뿌리치며 된통 호령을 하고 보니 도련님은 이 깊고 외진 산속임에도 귀에다 입을 갖다대고 가만히 속삭이는 그 말이,

"너, 나하고 멀리 도망가지 않으련!"

그러니 이쁜이는 이 말을 참으로 꼭 곧이들었고 사내가 이렇게 겁을 집어먹는 수도 있는지, 도련님이 땅에 떨어지는 성냥갑을 호주머니에 다시 집어널 줄도 모르고 덤벙거리며 산 알로 꽁지를 뺄 때까지 이쁜이는 잣나무 뿌리를 베고 풀밭에 번듯이 드러누운 채 푸른 하늘을 바라보며 인제 멀리만 달아나면 나는 저 도련님의 아씨가 되려니 하는 생각에 마님께 진상할 나물 캘 생각조차 잊고 말았다. 그러나 조금 지나며 이쁜이는 어쩐지 저도 겁이 나는 듯싶었고 발딱 일어나 사면을 휘돌아 보았으나 거기에는 험상스러운 바위와 우거진 숲이 있을 뿐 본 사람은 하나도 없으련만 아마 산이 험한 탓일지도 모르리라. 가슴은 여전히 달랑거리고 두려우면서 그러나 이 몸뚱이를 제 품에 꼭 품고 같이 뒹굴고 싶은 안타까운 그런 행복이 느껴지지 않은 것도 아니었으니 도련님은 이렇게 정을 들이고 가시고는 이제 와서는 생판 모르는 체하시는 거나 아닐는가…….

마 을

두 손등으로 눈물을 씻고 고개를 어레 들었으나 나물 뜯을 생각은 않고 이쁜이는 늙은 잣나무 밑에 앉아서 먼 하늘을 치켜대고 도련님 생각에 이렇게도 넋을 잃는다.

이제 와 생각하면 야속도 스럽나니 마님께 매를 맞도록 한 것도 결국 도련님이었고 별 욕을 다 당하게 한 것도 결국 도련님이 아니었던가…….

매일과 같이 산엘 올라다닌 지 단 나흘이 못 되어 마님은 눈치를 채셨는지 혹은 짐작만 하셨는지 저녁 때 기진하여 내려오는 이쁜이를 불러 앉히시고,

"너 요년, 바른 대로 말해야지 죽는다."

하고 회초리로 때리시되 볼기짝이 톡톡 불거지도록 하시었고 그래도 안차게 아니라고 고집을 쓰니 이번에는 어머니가 달겨들어 머리채를 휘어감고 주먹으로 등허리를 서너 번 쾅쾅 때리더니, 그만도 좋으련만 뜰아랫방에 갖다 가두고는 사날씩이나 바깥 구경을 못 하게 하고 구메밥으로 구박을 막 함에는 이쁜이는 짜장 서럽지 않을 수가 없었다. 징역살이 맨 마지막 밤이 깊었을 제 이쁜이는 너무 원통하여 혼자 앉아서 울다가 자리에 누운 어머니의 허리를 꼭 끼고 그 품속으로 기어들며,

"어머니, 나 데련님하고 살 테야."

하고 그예 저의 속증을 토설하니 어머니는 들었는지 먹었는지 그냥 잠잠히 누웠더니 한참 후 후유, 하고 한숨을 내뿜을

때에는 이미 눈에 눈물이 그렁그렁하였고, 그리고 또 한참 있더니 입을 열어 하는 이야기가 지금은 이렇게 늙었으나 자기도 색시 때에는 이쁜이만치나 어여뻤고 얼마나 맵시가 출중났던지 노나리와 은근히 배가 맞았으나 몇 달이 못 가서 노마님이 이걸 아시고 하루는 불러세고 때리시다가 마침내 샘에 못 이기어 인두로 하초를 지지려고 들어덤비신 일이 있다고 일러 주고 다시 몇 번 몇 번 당부하여 말하되 석숭네가 벌써부터 말을 건네는 중이니 도련님에게 맘일랑 두지 말고 몸 잘 갖고 있으라 하고 딱 떼는 것이 아닌가. 하기야 이쁜이가 무남독녀의 귀여운 외딸이 아니었던들 사흘 후에도 바깥에 나올 수 없었으려니와 비로소 대문을 나와 보니 그간 세상이 좀 넓어진 것 같고 마치 우리를 벗어난 짐승과 같이 몸의 가뜬함을 느꼈고 숭칙스러운 산으로 뺑뺑 둘러싼 이 산골에서 벗어나 넓은 버덩으로 나간다면 기쁘기가 이보다 좀 더하리라 생각도 하여 보고, 어머니의 영대로 고추밭을 매러 개울길로 내려가려니까 왼편 수풀 속에서 도련님이 불쑥 튀어나오며 또 붙들고 벗에 안 갈 테냐고 대구 보챈다. 읍에 가 학교를 다니다가 요즘 방학이 되어 집에 돌아온 뒤로는 공부는 할 생각 않고 날이면 날 저무도록 저만 이렇게 붙잡으러 다니는 도련님이 딱도 하거니와 한편 마님도 무섭고 또는 모처럼 용서를 받는 길로 그리고 보면 이번에는 호되게 불이 내릴 것을 알고 이쁜이는 오늘은 안 되니 낼모래쯤 가자고 좋게 달래가며 그래도 듣지 않고 군이 가자고 성화를 하는 데는 할 수 없이 몸을 뿌리치고 뺑손을 놀 수밖에 딴 도리가 없었다. 구질구질히 내리던 비로 말미암아 한동안 손을 못 댄 고추밭은 풀들이 제법 성큼히 엉기었고 어디서부터 시작해야 좋을지 갈피를 모르겠는데 이쁜이는 되는 대로 한편 구석에 치마를 도사리고 앉아서 이것도 명색은 김매는 거겠지, 호미로 흙등만 따작거리며 정짜 정신은 어젯밤 좋은 상전과 못 사는 법이라던 어머니 말이 옳은지 그른지 그것만 일념으로 아로새기며 이리 씹고 저리 씹어 본다. 그러나 이쁜이는 아무렇게도 나는 도련님과 꼭 살아보겠다, 혼자 맹세하고 제가 아씨가 되면 어머니는 일테면 마님이 되련마는 왜 그리 극성인가 싶어서 좀 야속하였고 해가 한나절이 되어 목덜미를 확확 달릴 때까지 이리저리 곰곰 생각하다가 고개를 들어 보매 밭은 여태 한 고랑도 다 끝이 못 났으니 이놈의 밭이, 하고 탓 안 할 탓을 하며 저로도 하품이 나올 만치 어지간히 기가 막혔다. 이번에는 좀 빨랑빨랑 하리라 생각하고 이쁜이는 호미를 잽싸게 놀리며 폭폭 찍고 덤볐으나 그래도 웬일인지 일은 손에 붙지를 않고 그뿐 아니라 등뒤 개울의 덤불에서는 온갖 잡새가 귀둥대둥 멋대로 속삭이고 먼발치에서 풀을 뜯고 있던 황소가 메에, 하고 늘어지게도 소리를 내뽑으니 이쁜이는 이걸 듣고 갑자기 몸이 나른해지지 않을 수 없고 밭 가에 선 수양버들 그늘에 쓰러져 한잠 들고 싶은 생각이 곧바로 나지마는 어머니가 무서워 차마 그걸 못 하고 만다. 인제는 계집애는 밭일을 안 하도록 법이 됐으면 좋겠다 생각하고 이쁜이는 울화증이 나서 호미를 메어꽂고 얼굴의 땀을 씻으며 앉았노라니까 들로 보리를 걷으러 가는 길인지 석숭이가 빈 지게를 지고 꺼불꺼불

밭머리에 와 서더니 아주 썩 시퉁그러지게 입을 삐죽거리며 이쁜이를 건너대고 하는 소리가,

"너, 데련님하구 그랬대지."

새파랗게 갈은 비수로 가슴을 쭉 내려긋는대도 아마 이토록은 재겹지 않으리라. 마는 이쁜이는 어서 들었느냐고 따져볼 겨를도 없이 얼굴이 고만 홍당무가 되었고 그놈의 소이로 생각하면 대뜸 덤벼들어 그 귓배기라도 물고 늘어질 생각이 곧 간절은 하나 헌 죄는 있고 어째 볼 용기가 없으며 다만 고개를 푹 수그릴 뿐이다. 그러니까 석숭이는 제가 꾄 듯싶어서 이쁜이를 짜장 넘보고 제법 밭 가운데까지 들어와 떡 버티고 서서는 또 한 번 시큰둥하게 그리고 엇먹는 소리로,

"너, 데련님하구 그랬대지."

전일 같으면 제가 이쁜이에게 지게 작대기로 볼기맞을 생각도 않고 감히 이따위 몰래 버르장머리는 하기커녕 즈 아버지 장사하는 원두막에서 몰래 참외를 따 가지고 와서,

"애 이쁜아, 너 이거 먹어라."

하다가,

"난 네가 주는 건 안 먹을 테야."

하고 몇 번 내뱉음에도 굴치 않고 굳이 먹으라고 떠맡기므로 이쁜이가 마지 못하는 체하고 받아들고는 물론 치마폭에 흙을 싹싹 문대고 나서 깨물고 앉았노라면 아무쪼록 이쁜이 맘에 잘 들도록 호미를 대신 손에 잡기가 무섭게 는실난실 김을 매주었고 그리고 가끔 이쁜이를 웃겨 주기 위하여 그것도 재주라고 밭고랑에서 잘 봐야 곰 같은 몸뚱이로 이리 뒹굴고 저

리 뒹굴고 하였다. 석숭 아버지는 이놈이 또 어디로 내뺐구나 하고 찾아다니다 여길 와보니 매라는 제 밭은 안 매고 남 계집애 밭에 들어와서 대체 온 이게 무슨 노름인지 이꼴이고 보매 기도 막힐 뿐더러 터지려는 웃음을 억지로 참고 노여운 낯을 지어 가며,

"너 이놈아, 네 밭은 안 매고 남의 밭에 들어와 그게 뭐냐?"

하고 꾸중을 하였지마는 석숭이가 깜짝 놀라서 돌아다보다고만 멀쑤룩하여 궁둥이의 흙을 털고 일어서며,

"이쁜이 밭 좀 매주러 왔지 뭘 그래?"

하고 되려 퉁명스러이 뻣댐에는 더 책하지 않고,

"이 망할 자식두 다 많어이!"

하고 돌아서 저리로 가며 보이지 않게 피익 웃고 마는 것인데 그러면 이쁜이는 저의 처지가 꽤 야릇하게 됨을 알고 저기까지 분명히 들리도록,

"너보고 누가 밭 매달랬어? 가, 어여 가, 가."

하고 다 먹은 참외는 생각 않고 등을 떠다밀며 구박을 막 하던 이런 터이련만 제가 이제 와 누구 비위를 긁다니 하늘이 무너지면 졌지 이것은 도시 말이 안 된다.

돌

이쁜이는 남다른 부끄럼으로 온 전신이 확확 달는 듯싶었

으나 그러나 조금 뒤에는 무안을 당한 거기에 대갚음이 없어
서는 아니되리라 생각하고 앙칼스러운 역심이 가슴을 쿡 찌
를 때에는 어깨뿐만 아니라 등허리 전체가 샐룩거리다가 새
침히 발딱 일어나 사방을 훑어보더니 대낮이라 다들 일들 나
가고 안마을에 사람이 없음을 알고 석숭이의 소맷자락을 넌
지시 끌며 그 옆 숙성히 자란 수수밭 속으로 들어간다. 밭 한
복판은 아늑하고 아무데도 보이지 않으므로 함부로 떠들어도
괜찮으려니 믿고 이쁜이는 거기다 석숭이를 세워 놓자 밭고
랑에 널려진 여러 돌 틈에서 맞아죽지 않고 단단히 아플 만한
모리 돌멩이 하나를 집어 들고 그 옆 정강이를 모질게 우려치
며,

"이자식, 뭘 어째구 어째?"

하고 딱딱 어르니까 석숭이는 처음에 뭐나 좀 생길까 하고 좋
아서 따라왔던 걸 별안간 난데없는 모진 돌만 날아듦에는,

"아야!"

하고 소리치자 뚝 선불맞은 노루 모양으로 한번 뼈들껑 뛰며
눈이 그야말로 황방울만해지지 않을 수가 없었다. 그러나 석
숭이는 미움보다 앞서느니 기쁨이요, 전일에는 그 옆을 지내
도 본 둥 만 둥하고 그리 대단히 여겨 주지 않던 그 이쁜이가
일부러 이리 끌고와 돌로 때리되 정말 아프도록 힘을 들일 만
치 이쁜이에게 있어는 지금의 저의 존재가 그만치 끔찍함을
그 돌에서 비로소 깨닫고 짓궂이 싱글싱글 웃으며 한번 더 뒤
둥그러진, 그리고 흘게 늦은 목소리로,

"뭘 데련님하구 그랬대는데."

하고 놀려 주었다. 이쁜이는,

"뭐 이자식!"

하고 상기된 눈을 똑바로 떴으나 이번에는 돌멩이 집을 생각을 않고 아까부터 겨우 참아 왔던 울음이,

"으응!"

하고 탁 터지자 잡은 참 덤벼들어 석숭이 옷가슴에 매어달리며 쥐어뜯으니 석숭이는 이쁜이를 울려 논 것은 저의 큰 죄임을 얼른 알고 눈이 휘둥그래서,

"아니다. 아니다. 내 부러 그랬다. 아니다."

하고 입에 불이 나게 그러나 손으로 등을 어루만지며 '아니다'를 여러 십 번을 부른 때에야 간신히 울음을 진정해 놓았고 이쁜이가 아직 느끼는 음성으로 몇 번 당부를 하니,

"인제 남 듣는 데 그러면 내 너 죽일 테야."

"그래 인전 안 그러마."

참으로 이런 나쁜 소리는 다시 입에 담지 않으리라 맹세하였다. 이쁜이도 그제야 마음을 놓고 흔적이 없도록 눈물을 닦으면서,

"다시 그래 봐라, 내 죽인다!"

또 한 번 다져 놓고 고추밭으로 도로 나오려 할 제 석숭이가 와락 달겨들어 그 허리를 잔뜩 껴안고,

"너 그럼 우리집에서 나한테로 시집오라니깐 왜 싫다구 그랬니?"

하고 설혹 좀 성가시게 굴었다 치더라도 만일 이쁜이가 이 행실을 도련님이 아신다면 단박에 정을 떼시려니 하는 염려만

없었더라면 그리 대수롭지 않은 것을 그토록 오지게 혼을 냈을 리 없었겠고 생각하면 두고두고 입때껏 후회가 나리만치 그렇게 사내의 뺨을 후려친 것도 결국 도련님을 위하는 이쁜이의 깨끗한 정이 아니었던가……

물

가득히 품에 찬 서러움을 눈물로 가시고 나물 바구니를 손에 잡았으니 이쁜이는 다시 일어나 산중턱으로 거칠은 수풀 속을 기어내리며 도라지를 하나 둘 캐기 시작한다.

참인지 아닌지 자세히는 모르나 멀리 날아온 풍설을 들어 보면 도련님은 서울 가 어여쁜 아씨와 다시 정분이 났다 하고 그뿐만도 오히려 좋으련마는 댁의 마님은 마님대로 늙은 총각 오래 두면 병난다 하여 상냥한 아씨만 찾는 길이니 대체 이게 웬 셈인지 이쁜이는 골머리가 아팠고 도라지를 캔다고 꼬챙이를 땅에 꾸욱 꽂으니 그대로 짚고 선 채 해만 점점 부질없이 저물어 간다. 맥을 잃고 다시 내려오다 이쁜이는 앞에 우뚝 솟은 바위를 품에 얼싸안고 그 알을 굽어보니 험악한 석벽 틈에 맑은 물은 웅숭깊이 충충 고이었고 설핏한 하늘의 붉은 노을 한쪽을 똑 떼들고 푸른 잎새로 전을 둘렀거늘 그 모양이 보기에 퍽도 아름답다. 그걸 거울삼고 이쁜이는 저 밑에

까맣게 비치는 저의 외양을 또 한 번 고쳐 뜯어보니 한때는 도련님이 조르다 몸살도 나셨으려니와 의복은 비록 추려할 망정 저의 눈에도 밉지 않게 생겼고 남 가진 이목구비에 반반도 하련마는 뭐가 부족한지 달리 눈이 맞은 도련님의 심정이 알 수 없고 어느덧 원망스러운 눈물이 눈에서 떨어지니 잔잔한 물면에 물둘레를 치기도 전에 무슨 밥이나 된다고 커단 꺽찌는 휘엉휘엉 올라와 꼴딱 받아먹고 들어간다. 이쁜이는 얼빠진 등신같이 맑은 이 물을 가만히 들여다보노라니 불시로 제 몸을 풍덩 던지어 깨끗이 빠져도 죽고 싶고, 아니 이왕 죽을진댄 정든 님 품에 안겨 같이 풍, 빠지어 세상사를 다 잊고 알뜰히 죽고 싶고, 그렇다면 도련님이 이 등에 넙죽 엎디어 뺨에 뺨을 비벼 대고 그리고 이 물을 같이 굽어보며,

"애, 울지 마라. 내가 가면 설마 아주 가겠니?"

하고 세우 달랠 제 꼭 붙들고 풍덩실 하고 왜 빠지지 못했던가. 시방은 한가도 컸건마는 그 이쁜이는 그리고 삶에 주렸던지,

"정말 올 여름엔 오우?"

하고 아까부터 몇 번 묻던 걸 또 한 번 다져 보았거늘 도련님은 시원스러이 선뜻,

"그럼 오구 말구. 널 두고 안 오겠니!"

하고 대답하고 손에 꺾어 들었던 노란 동백꽃을 물 위에 홱 내던지며,

"너 참, 이 물이 무슨 물인지 알면 용치."

눈을 끔벅끔벅하더니 이야기하여 가로되 옛날에 이 산속에

한 장사가 있었고 나라에서는 그를 잡고자 사면팔방에 군사를 놓았다. 그렇지마는 장사에게는 비호같이 날랜 날개가 돋친 법이니 공중을 훌훌 나는 그를 잡을 길 없고 머리만 앓던 중 하루는 그예 이 물에서 목욕을 하고 있는 것을 사로잡았다는 것이로되 왜 그러냐 하면 하느님이 잡수시는 깨끗한 이 물을 몸으로 흐렸으니 누구라고 천벌을 아니 입을 리 없고 몸에 물이 닿자 돋쳤던 날개가 흐지부지 녹아 버린 까닭이라고 말하고 도련님은 손짓으로 장사의 처참스러운 최후를 시늉하며 가장 두려운 듯이 눈을 커닿게 끔적끔적하더니 뒤를 이어 그 말이,

"아, 무서! 애, 우지 마라. 저 물에 눈물이 떨어지면 너 큰 일난다."

그러나 이쁜이는 그까진 소리는 듣는 둥 마는 둥 그리 신통치 못하였고 며칠 후 서울로 떠나면 아주 놓칠 듯만 싶어서 도련님의 얼굴을 이윽히 쳐다보고 그럼 다짐을 두고 가라 하다가 도련님이 조금도 서슴없이 입고 있던 자기의 저고리 고름 한 짝을 뚝 떼어 이쁜이 허리춤에 꾹 꽂아 주며,

"너, 이래두 못 믿겠니?"

하니 황송도 하거니와 설마 이걸 두고야 잊으시진 않겠지 하고 속이 든든하지 않은 것도 아니었다. 대장부의 노릇이매 이렇게 하고 변심은 없을 게나 그래두 잘 따져 보니 이 고름이 말하는 것도 아니어든 차라리 따라나서느니만 같지 못하다고 문득 마음을 고쳐먹고 고개로 쫓아간 건 좋으련마는 왜 그랬던고. 좀더 매달리어 진대를 안 붙고 고기 주저앉고 말았으니

이제 와서는 한가만 새롭고 몸에 고이 간직하였던 옷고름을 이 손에 꺼내들고 눈물을 흘려 보되 별수 없나니 보람없이 격지만 늘어간다. 허나 이거나마 아주 없었더런들 그야 살맛조차 송두리 잃었으리라마는 요즘 매일과 같이,

　이 험한 깊은 산속에 올라와

　옛 기억을 홀로 더듬어보며

　이쁜이는 해가 저물도록 이렇게 울고 섰고 하는 것이다.

길

　모든 새들은 어제와 같이 노래를 부르고 날도 맑으련만

　오늘은 웬일인지

　이쁜이는 아직도 올라오질 않는다.

　석숭이는 아버지가 읍의 장에 가서 세 마리 닭을 팔아 그걸로 소금을 사오라 하여 아침 일찍이 나온 것도 잊고 이 산에 올라와 다리를 묶은 닭들은 한편에 내던지고 늙은 잣나무 그늘에 누워 눈이 빠지도록 기다렸으나 이쁜이가 좀체 나오지 않으매 웬일일까 고게 또 노하지나 않았나 하고 일쩝시 이렇게 애를 태운다. 올 가을이 얼른 되어 새 곡식을 거두면 이쁜이에게로 장가를 들게 되었으니 기쁨인들 이 위 더할 데 있으랴마는 이번도 또 이쁜이가 밥도 안 먹고 죽는다고 야단을 친다면 헛일이 아닐까 하는 염려도 없지 않았거늘 고렇게 쌀쌀하고 매일매일하던 이쁜이의 태도가 요즘에 들어와서는 급자

기 다소곳하고 눈 한번 흘길 줄도 모르니 이건 참으로 춤을 추어도 다 못 출 것이다. 뿐만 아니라 이슬비가 내리던 날 마 님댁 울 뒤에서 이쁜이는 옥수수를 따고 섰고 제가 그 옆을 지날 제 은근히 손짓을 하므로 가까이 다가서니 귀에다 나직 이 속삭이는 소리가,

"너 편지 하나 써 줄련?"

"그래, 그래, 써주마, 나 잘 쓴다."

석숭이는 너무 반가워서 허둥거리며 묻지 않는 소리까지 하다가 또 그 말이 내 너 하라는 대로 다 할 게니 도련님에게 편지를 쓰되, 이쁜이는 여태 기다립니다, 하고 그리고 이런 소리는 아예 입 밖에 내지 말라 하므로 그런 편지면 일 년 내 내 두고 썼으면 좋겠다, 속으로 생각하고 채 틀 못 박힌 연필 글씨로 다섯 줄을 그리기에 꼬박 이틀 밤을 새이고 나서 약속 대로 산으로 이쁜이를 만나러 올라올 때에는 어쩐지 가슴이 두근두근하는 것이 바로 아내를 만나러 오는 남편의 그 기쁨 이 또렷이 나타나는 것이다. 이쁜이가 얼른 올라와야 뭐가 제 일 좋으냐 물어 보고 이 닭들을 팔아 선물을 사다 주련만 오 진 않고 석숭이는 암만 생각해야 영문을 모르겠으니 아마 요 전번,

"이 편지 써 왔으니까 너 나하구 꼭 살아야 한다."

하고 크게 얼른 것이 좀 잘못이라 하더라도 이쁜이가 고개를 푹 숙이고 있다가,

"그래."

하고 눈에 눈물을 보이며,

"그 편지 읽어 봐."

하고 부드럽게 말한 걸 보면 그리 노한 것은 아니니 석숭이는 기뻐서 그 앞에 떡 버티고 제가 썼으나 제가 못 읽는 그 편지를 떠듬떠듬,

 "도련님전 상사리, 가신 지가 오래 됐는디 왜 안 오구 일년 반이 됐는디 왜 안 오구 하니깐 이쁜이는 밤마두 눈물로 새오며 이쁜이는 그럼 죽을 테니까 날을 듯이 얼찐 와서……."

 이렇게 땀을 내이며 읽었으나 이쁜이는 다 읽은 뒤 그걸 받아서 피봉에 도로 넣고 그리고 나물 바구니 속에 감추고는 그 대루 덤덤히 산을 내려온다. 산기슭으로 내리니 앞에 큰 내가 놓여 있고 골고루도 널려 박힌 험상궂은 웅퉁바위 틈으로 물은 우람스레 부딪치며 콸콸 흘러내리매 정신이 다 아찔하여 이쁜이는 조심스레 바위를 골라 디디며 이쪽으로 건너왔으나 아무리 생각하여도 같이 멀리 도망가자는 도련님이 서울로 혼자만 삐쭉 달아난 것은 그 속이 알 수 없고 사나이 맘이 설사 변한다 하더라도 잣나무 밑에서 그다지 눈물까지 머금고 조르시던 그 도련님이 이제 와 싹도 없이 변하신다니 이야 신의 조화가 아니면 안 될 것이다. 이쁜이는 산처럼 잎이 퍼드러진 호양나무 밑에 와 발을 멈추며 한 손으로 바구니의 편지를 꺼내어 행주치마 속에 감추어 들고 석숭이가 쓴 편지도 잘 찾아갈는지 미심도 하거니와 또한 도련님 앞으로 잘 간다 하면 이걸 보고 도련님이 꼼짝하여 뛰어올 겐지 아닌지 그것조차 장담 못 할 일이언마는 아니, 오신다, 이 옷고름을 두고 가시던 도련님이어늘 설마 이 편지에도 안 오실 리 없

1908년   1월 22일, 강원도 춘성군 신동면 증리(실레)에서
　　　　 부 김춘식, 모 청송 심씨의 2남 6녀 중 막내로 출
　　　　 생. 어릴 때 이름은 '멱설이'라 부름.

1914년   어머니 돌아가시다.

1916년   아버지 돌아가시다. 이래 4년 동안 한문을 공부함.
　　　　 안국동에서 관철동으로 이사.

1920년   재동 공립 보통 학교에 입학. 1921년에 3학년으
　　　　 로 진급.

1923년   휘문 고보 입학. 김나이로 부르다. 하모니카 밴드
　　　　 조직. 관철동에서 숭인동으로 이사.

1927년   연희 전문 문과에 입학.

1928년   연전 중퇴(더 배울 것이 없다고 선언).

1929년   가성이 춘천으로 이사. 봉익동 삼촌댁에 남음.

1930년   늑막염으로 앓기 시작(몸이 점점 쇠약해짐). 전국
　　　　 각지로 방랑 생활을 시작함.

1931년 실레마을에서 야학을 열고, 금광을 전전하며 들병
이들과 집시 생활을 함.

1932년 실레마을에서 금병의숙을 설립하여 조카 김영수와
동료 조명희와 함께 문맹 퇴치 운동 등을 함.

1933년 〈소나기〉와 〈산골 나그네〉 집필.

1934년 〈만무방〉 집필.

1935년 〈소나기〉가 《조선일보》에 당선. 〈노다지〉가 《중앙
일보》에 당선.

3월, 〈금 따는 콩밭〉을 《개벽》에 발표.

6월, 〈떡〉을 《중앙》에 발표.

7월, 〈만무방〉을 《조선일보》에 발표.

8월, 〈산골〉을 《조선일보》에 발표.

12월, 〈봄봄〉을 《조광》에 발표.

1936년 1월, 〈산골 나그네〉를 《사해공론》에 발표.

5월, 〈동백꽃〉을 《조광》에 발표.

7월, 〈옥토끼〉를 《여성》에, 〈야앵〉을 《조광》에 발표.

10월, 〈정조〉를 《조광》에 발표.

12월, 〈슬픈 이야기〉를 《여성》에 발표.

1937년   2월, 〈따라지〉를 《조광》에, 〈땡볕〉을 《여성》에 발표.

3월 29일, 광주 누님 집으로 옮겨 병을 치료하다 별세.

5월, 〈정분〉이 《조광》에 발표됨.

10월, 〈생의 반려〉가 《중앙》에 11월까지 연재됨.

판권
본사
소유

(밀레니엄북스 3) **봄봄**

초판 1쇄 발행 | 2002년 11월 30일
초판 12쇄 발행 | 2017년 7월 15일

지은이 | 김 유 정
펴낸이 | 신 원 영
펴낸곳 | (주)신원문화사

주   소 | 서울시 구로구 가마산로 27길 14 신원빌딩 10층
전   화 | 3664 - 2131 ~ 4
팩   스 | 3664 - 2130

출판등록 | 1976년 9월 16일 제5 - 68호

＊ 잘못된 책은 바꾸어 드립니다.

ISBN 89 - 359 - 1058 - 9 03810